집 생각

HOMESICK

집생각

나를 나답게 만드는
집의 사용법

김대균 지음

다산초당

일러두기

인명이나 지명은 국립국어원의 외래어 표기법을 따랐습니다.
단, 일부 굳어진 명칭은 일반적으로 사용하는 명칭을 사용했습니다.

prologue

누구나 날마다 집을 경험한다. 월세든 고시원이든 집 없음이 이름이 되어버린 홈리스, 노숙자도 골판지를 바닥과 벽으로 삼아 하루살이 집을 경험한다.

동시에 누구든 집을 갈망한다. '내 집만 생긴다면 내 삶을 멋지게 만들 수 있을 텐데.'라고 말이다. 하지만 자기 소유의 아파트나 주택이 있는 사람들도 부동산 가치를 위해, 혹은 현재 상황을 이유 삼아 내가 꿈꾸는 집을 유보하면서도 집에 대한 갈망을 멈추지 않는다.

물을 마셔도 가시지 않는 갈증처럼 집에 대한 갈망이 가시지 않는 원인은 집이 '무의식의 근원'이기 때문이다. 집은 나의 시간을 축적해서 기억을 만들고, 그 기억은 다시 추억을 만든다. 추억은 살면서 겪을 수밖에 없는 비바람과 추위를 견디는 내 삶의 뿌리가 된다. 결국 집은 나의 시간을 재료로 쌓아올린 시공간이다.

가지고 싶은 미래의 집은 사실 내 무의식 속에 각인된 마음의 집이다. 일하다가, 놀다가, 혹은 여행을 가서 어느 순간 '아, 집 생각난다!'라는 문장이 마음에 들어오는 바로 그때가 내 몸과 마음이 집과 연결된 간증의 순간이다. 집생각을 영어 사전에서 찾아보면 그뜻에 홈시크Homesick가 있다. '홈시크'라는 단어는 나의 내면 깊은 그리움의 실체가 집과 연관되어 있다는 것을 증명한다. 지금 내가 경험하는 집이 지금의 나를 말하고, 집을 알아가는 것이 나를 알아가는 것이다.

매일 집을 사용하지만 집을 잘 사용하는 방법을 알기는 어렵다. 이는 왜일까? 그것은 집이 근원적인 것이기 때문이다. 진리란 무엇인가? 이 질문에 답하기란 참 어려운 일이다. 나는 누구인가? 이 질문 역시 마찬가지다. 자신의 존재를 자각하는 것은 마치 유체이탈을 하는 것처럼 현재 존재하는 나와 나의 내면을 분리해 볼 수 있어야 한다.

나라는 존재는 내가 누구의 자녀이고, 어느 동네에 살고, 어느 학교를 다녔고, 어떤 책과 음악을 좋아하는지 등 수많은 관계를 통해서만 부분적으로나마 말할 수 있다. 이러한 수많은 관계의 축적이 나이고, 이 모든 경험의 축적의 중심에는 집이 있다. 집을 알기 어려운 것은 수많은 과거의 나와 지금의 나를 통해 집을 이해해야 하기 때문이다.

생각해 보면 우리는 집과 본능적으로 연결되어 사용했을 뿐, '집의 사용법'을 배웠던 적은 없다. 지어진 아파트, 혹은 건축가나 인테리어 디자이너가 만든 집은 하우스House이지 홈Home이 아니다. 하우스에 내가 스며드는 과정이 더해질 때 비로소 홈이 된다.

이 책은 건축을 하면서 느낀 집에 대한 놀라움과 애정이면서 사소한 사용법이다. 건축은 사람과 지구를 위해 인문학적 바탕 위에 시공간에 섬세한 보편성과 특수성을 쌓는 작업이다. 지금까지 건축가로서 여러 프로젝트를 진행하면서 건축주와 가장 많이 대화가 필요했던 대상은 단연코 '집'이었다. 하지만 늘 제한된 설계 기간으로 인해 집의 내면을 함께할 수 없는 아쉬움을 이 책에 조금이나마 담았다.

집에 대한 가볍고 울퉁불퉁한 내용들이 독자에게 집에 대한 궁금함을 증폭시켜 집에 대한 질문을 끌어내는 책이 되었으면 한다. 완벽함의 눈에는 부족함만 보이지만, 미완의 마음은 부족함을 일깨워 지속할 힘을 만든다고 믿는다.

2023년 건축가 김대균

차례

03 가구와 집

04 집의 스타일

chapter 2 집과 생명

05 몸과 마음과 집

06 집의 의미

chapter 1 집과 나

01

감각과 집

냄새와 감정과 기억의 집

며칠간 여행을 다녀온 뒤 집 현관문을 여는 순간, 그동안은 자각하지 못했던 낯선 집 냄새에 서둘러 환기를 한 경험이 있을 것이다. 환기 후 냄새는 옅어지지만 독특한 그 집만의 냄새는 사라지지 않는다. 파트리크 쥐스킨트Patrick Suskind의 소설 《향수》에서 얘기하는 체취體臭와 유사하게 집은 저마다 특유의 냄새를 가지고 있다. 샤를 보들레르Charles Baudelaire는 이러한 고유한 집 냄새를 '집의 영혼'이라고 했다.[1] 집에서 냄새가 난다니, 생각만으로도 유쾌하지 않은 듯하다. 그런데 보들레르는 어째서 집의 냄새를 '집의 영혼'이라고 표현한 것일까?

어느 여름 오후 오랜만에 고향 집을 방문했다. 대문을 열고 마당을 지나 현관문을 여는 순간, 고향 집의 냄새는 어릴 적 어느 여름날 오후 거실의 겨자색 커튼 사이를 지나 낡은 마루를 비추는 햇살을 바라보던 찰나의 순간으로 나를 순간이동시켰다. 이는 매우 놀라운 경험이지만 동시에 이런 경험은 누구에게나 일어난다. 프랑스 작가 마르셀 프루스트 Marcel Proust의 소설 《잃어버린 시간을 찾아서》에서 주인공 마르셀은 홍차에 적신 마들렌 과자의 냄새를 맡고 순식간에 어린 시절의 수많은 기억을 떠올린다. 여기서 유래한 프루스트 현상Proust Phenomenon은 후각의 자극을 통해 기억이 재생되는 현상을 이를 때 쓰인다.[2] 후각은 뇌에서 감정과 기억을 담당하는 영역과 직접 연결되어 있어서 우연히 맡은 냄새는 매우 빠르게 감정의 변화를 일으키고, 기억 속에 저장된 냄새를 맡았을 때에는 누구나 과거의 어느 때로 시간 여행을 떠난 듯한 생동감 있는 순간을 경험하게 된다.

시각과 청각이 의식적인 감각기관인 데 반해, 후각과 촉각은 무의식적이고 본능적인 감각기관이다. 그리고 후각과 촉각은 내면의 자아를 찾는 중요한 열쇠가 된다. 직업인으로서의 자아, 부모로서의 자아, 민족으로서의 자아는 사회·문화적 인식을 통해 만들어진다. 하지만 진정한 내면의 자아는 무의식과 의식의 결합 사이에서 만들어진다. 후각을 통한 냄새의 기억은 무의식을 넘어 유전자에 남아 대를 이어 전해진다. 요즘에는 흙냄새를 직접 맡는 경험이 매우 적지만 우리 몸의 유전자는 이른바 흙냄새의 원인인 지오스민이란 냄새에 매우 민감하도록 각인되어 있기 때문에 흙냄새에 대한 기억은 대를 이어 전해진다.

집의 기능을 떠올려보면 자산으로서의 기능, 휴식과 보호를 위한 기능, 보관의 기능, 연고지 등 그 종류가 매우 다양하다. 그중 내밀한 동시에 많은 사람이 인지하지 못하는 것이 바로 나와 가족의 '기억 저장고'로서의 기능이다. 지금 생활 중인 집이라는 공간은 오로지 현재와 미래를 위한 공간이라고 생각하기 쉽다. 하지만 우리의 집은 기억을 축적하는 공간이기도 하다.

얼마 전 코로나19와 관련한 다큐멘터리를 시청했다. 다큐에는 부모님을 잃은 아들이 소파에 남은 부모님의 냄새를 맡고 몸을 비비며 오열하는 장면이 소개되었다. 부모님의 냄새를 맡은 순간, 아들은 사진 속에 존재하는 부모님을 마주했을 때와는 전혀 다른 감정을 느꼈을 테다. 지금 내가 맡는 부모님의 체취와 현실에 부재한 부모님의 존재 사이의 간격은 현실을 더욱 고통스럽게 만든다. 하지만 부모님의 냄새는 언제든 부모의 곁으로 갈 수 있도록 안내하는 열쇠이기도 하다.

집이 냄새의 저장고라는 사실은 호텔과 집을 비교할 때 더욱 선명하게 드러난다. 호텔은 기능적으로 집과 유사하다. 하지만 집과 달리 호텔은 삶의 흔적을 남기지 않고 매일 새것과 같이 재생된다. 매일 반복되는 일상의 무게는 상당하다. 늘 보이는 주방과 침대, 책, 오디오, 장식품은 끊임없이 나에게 말을 건다. 도무지 집중할 수 없다. 집이 아닌 다른 공간에서 생활할 수 있다면 더 가벼운 나로 살 수 있을 것 같고, 진짜 나를 찾는 데에도 더욱 수월할 듯하다. 그렇기에 많은 이들이 한 번쯤 호텔에서의 생활을 상상하곤 한다. 그러나 삶이 바다를 항해하는 배와 같다면, 호텔에서의 생활은 마치 닻이 없는 배와 같다. 영원히 부유하는 삶은 어쩌면 저주일지도 모른다. 죽음을 앞두고 고향과 집을 그리워하는 마음은 모든 존재의 본능이다. 그리고 이 본능의 기저에는 언제나 냄새가 있다.

냄새 분자와 세포는 시각이나 청각과 다르게 실제로 화학 반응을 일으키기 때문에 더욱 강렬하게 작동한다. 냄새와 몸의 화학 반응은 다른 감각에도 영향을 주어 공감각적인 반응을 일으키는데, 후각과 미각은 강력하게 연결되어 있기 때문에 코감기에 걸렸을 때 맛을 느끼지 못하는 경험을 한 적이 있을 것이다. 섬유유연제의 향은 빨래를 실제보다 더 부드럽게 느끼게 한다. 집을 매매할 때 집에서 커피 향이나 갓 구운 빵 냄새가 나면 더욱 호감을 느낀다. 독일 드레스덴대학교 연구팀에 따르면 '후각은 곧 다른 사람에 대한 사회적 정보를 준다'라고 한다. 봉준호 감독의 영화 〈기생충〉에서도 냄새는 신분을 상징하는 강력한 모티브가 된다.

그렇다면 좋은 향은 무엇일까? 나와 맞는 향이 있을까? 우리 집의 냄새는 어떤 것이 좋을까? 곰팡이 냄새, 습한 냄새, 하수구 냄새 등 우리가 좋지 않다고 느끼는 냄새는 뇌가 신체를 보호하기 위해 전달하는 신호다. 반면 햇빛에 잘 말린 이불 냄새, 추운 겨울 주전자에서 올라오는 수증기 냄새, 퇴근 후 집에서 풍겨오는 밥 짓는 냄새, 아이들 방에 가득한 아기 냄새, 새벽 베란다에서 나는 풀 냄새 등 집에서 느낄 수 있는 기분 좋은 냄새는 그 집의 시이고, 순간의 영원이며, 보들레르가 말한 '집의 영혼'이라는 생각이 든다. 냄새는 감정과 기억의 열쇠이고, 이 열쇠와 연결된 것은 나와 집이다.

온전히 촉각만 남은 방

이사를 갈 때 흔히 하는 말이 있다. "도배와 장판은 새로 해야 하지 않을까?" 도배와 장판을 새로 하는 것은 상대적으로 적은 비용으로 나의 취향을 반영하고 집의 분위기를 바꿀 수 있는 방법이다. 덕분에 이 둘은 언젠가부터 인테리어의 대명사가 되었다. 하지만 실상 도배와 장판을 새롭게 하고 싶은 근원적 이유는 도배와 장판이 실제 내 피부와 접촉하는 가장 촉각적인 재료이기 때문이다. 도배는 단열에 도움이 되고, 벽지의 선택에 따라 다양한 분위기를 만들 수 있다. 결로를 방지하기 위한 단열공사만 유의하면 벽지는 마감재로서도 매우 훌륭하다. 벽지는 근대 산업사회가 되면서 건축에서 사용한 최초의 산업마감재다. 당시 초기 공장 제조를 통해 생산된 벽지의 수준은 이전의 수공예 제품에 비해 매우 조악했다. 영국의 건축가이자 사상가인 윌리엄 모리스William Morris는 공예와 예술을 산업 제품에 접목하면 상품의 질을 끌어올릴 수 있다고 생각하였고, 예술가나 공예가의 그림을 벽지에 프린트하는 방식을 생각해냈다. 바로 이것이 1860년대, 영국에서 발생한 미술공예운동의 시작이다. 참고로 미술공예운동은 근대 디자인의 시작점으로 이후 1890년대 아르누보라고 하는 근대 장식예술에도 영향을 주었으며, 미국의 프레리 스타일, 동북아시아의 민예운동에도 지대한 영향을 주었다.

장판이라는 단어를 살펴보면 장壯은 견고하거나 굳건하다는 의미이고, 판版은 평평하다는 의미다. 즉 견고하고 평평한 바닥을 의미한다. 하지만 한옥의 바닥 마감재는 견고한 재료가 아니라 약한 종이를 사용한다. 바닥의 마감을 종이로 접근한 예는 세계적으로 유례를 찾아보기 어렵다. 입식 문화에서는 종이의 강직도가 약해 쉽게 찢어지기에 적절하지 않고, 좌식 문화에서는 습기 때문에 사용이 불가능하다. 그런데 우리나라에서는 습기를 말릴 수 있는 온돌과 좌식 문화이기 때문에 종이를 활용한 바닥 마감이 가능했다. 거기에 더해서 종이 위에 콩기름을 발라 코팅하는 방식으로 습기나 물기에 저항하는 지혜를 발휘했다. 자연환경과 주거 환경의 한계를 극복하기 위해 종이를 생각해 낸 진취적이고 대담한 선조들의 상상력에 새삼 감탄하게 된다.

오래전 경주의 한옥을 개보수하며 전통 방식으로 도배와 장판 작업을 한 적이 있다. 비틀린 문을 바로잡고 기울어진 오래된 벽에 단열을 채운 뒤 가벽을 세워 한지 도배로 마무리하는, 간단하지만 정성이 필요한 공사였다. 이 과정에서 한지 도배에 대해 더 전문적인 지식을 얻고자 솜씨 좋은 한지 도배사를 만나 이야기 나누는 자리를 마련했다. 도배사는 여러 가지 도배 방법 중 흰 종이로 초배를 한 뒤 부직포를 붙이고, 그 위에 삼합지라는 두터운 한지의 네 모서리만 풀로 칠해 벽에 띄운 상태로 부착하는 것이 가장 좋은 마감 방식이라고 했다. 일반적으로 도배는 초배와 정배 두 번의 과정이 따르기 마련이라 어째서 이러한 방식으로 시공을 하느냐 물었더니, 좀 더 은은하고 깊은 한지의 맛을 살리기 위해 흰 색 부직포를 사이에 시공한다고 했다. 동시에 과거에는 한지 벽의 깊이감을 더하기 위해 칠 겹 도배를 했지만, 지금은 비용이 너무 비싸서 비슷한 효과를 내는 부직포로 대체한 것이라고 말해주었다. 이것은 덧칠을 통해 유화의 깊이를 더하는 것과 유사하게 흰색에 흰색을 더해 깊이를 만드는 방식이다. 이 대화는 지금도 마음 깊이 남아 건축을 하는 데 나침반이 되고 있다.

건축을 하면서 가장 인상 깊었던 공간을 손꼽으면 그중 하나는 이때 도배한 작은 방이다. 정성껏 도배를 마친 가로세로 길이 2.1m 남짓한 방에 들어선 그 순간을 나는 지금도 잊지 못한다. 미닫이 한지 문을 닫고 방에 앉은 순간, 갑자기 마법이 일어났다. 오전의 동쪽 빛을 받은 한지 문의 창살은 추상화처럼 그림자만 남을 뿐, 나머지 문의 존재는 방을 감싼 한지와 동화되어 사라졌다. 사방이 한지로 둘러싸인 방은 빛을 솜처럼 머금고, 또 동시에 은은한 빛을 뿜어내며 온기를 전했다. 따스한 빛으로 가득 찬 방은 공간감이 사라지고, 찰나의 순간 중력이 사라져 부유하는 듯했다. 나도 모르게 눈을 감고 숨을 고르게 되니, 나라는 존재는 사라지고 온전히 촉감만이 방 안에 가득했다.

시력이 떨어지면 안경을 쓰고, 청력이 떨어지면 보청기를 사용한다. 그러나 촉각과 후각은 도움을 줄 수 있는 도구가 없다. 많은 미디어 역시 시각과 청각에 집중한다. 게다가 공장에서 생산된 천편일률적인 제품들은 우리의 촉각과 후각

나와 오랜 세월을 함께 보내며 역사를 쌓는 것이 빈티지이고, 바로 그것이 시간의 촉감이다.

을 더욱 쇠퇴하게 만든다. 피부는 무려 우리 신체의 16~18%를 차지한다. 게다가 촉각은 우리의 심리·인지·정서 안정에 매우 중요한 역할을 한다. 현대는 접촉 부재의 시대다. 그리고 이를 해결할 수 있는 방법이 바로 집이다. 빨래를 하고, 음식을 하고, 화분의 흙을 갈고, 식물을 가꾸고, 반려동물과 함께 생활하고, 운동하고, 청소하고, 책상과 의자에 몸을 맡기고, 목욕을 하고, 이불을 덮고, 가족과 부대끼며 살아가는 공간이 바로 집이기 때문이다. 촉각의 중심에는 집이 있다.

건축에서 재료는 건물의 스케일과 함께 거론되는 가장 중요한 건축 디자인 요소 중 하나다. 건축의 실체는 재료이고, 재료가 전하는 감각을 통해 우리는 안전함, 굳건함, 편안함, 포근함 등을 느낄 수 있다. 적절한 재료의 사용은 단순한 기능을 넘어선 힘을 갖는다. 건축가의 건축가로도 불리는 페터 춤토르Peter Zumthor는 건축의 재료란 각각의 소재가 의미 있는 상황을 부여할 때 '시적 속성'을 띤다고 했다. 시적 속성이란 소재가 가진 물리적인 특성은 물론, 일반적으로 사용되는 방식을 뛰어넘는 의미 있는 상황, 내재된 감각적 특성, 문화적 맥락 등을 한 공간 안에서 새롭게 조명하는 것을 말한다. 스위스 발스 지역에 페터 춤토르가 설계한 호텔 속 스파 건물은 그 지역의 돌을 판석으로 가공해서 켜켜이 쌓아 올려 벽을 만들고, 동일한 돌로 바닥을 마감했다. 지붕에는 빛이 들어올 수 있도록 천창을 두었는데, 천창을 통해 들어온 빛과 물과 돌의 조화가 이루어낸 건물의 분위기는 정말이지 환상적이다. 그럼에도 나는 한동안 페터 춤토르가 말한 재료의 시적 속성을 좀처럼 이해할 수 없었다. 그러다 우연히 그 건물과 관련한 다큐멘터리를 보았다. 다큐멘터리의 첫 장면은 발스 지역의 계곡이었고, 이후 꽤 오랜 시간 영상은 계곡에 흐르는 물을 비추었다. 그리고 바로 그 장면을 통해 그동안 이해하지 못했던 재료의 시적 속성에 대한 깨달음을 얻었다. 발스 계곡의 돌과 물과 빛은 자연이 만든 것이고, 춤토르가 설계를 통해 구현한 돌과 물과 빛은 바로 그 지역의 자연을 시적 은유의 방식으로 고스란히 건축에 담아낸 것이었다.

재료에는 촉감 외에 또 하나의 중요한 의미가 담겨 있다. 그것은 바로 재료에 담긴 시간이다. 세월을 함께하는 재료에는 삶의 흔적이 담긴다. 새로움이 미덕인 요즘, 집과 재료에 시간을 담는다는 개념이 세상 물정 모르는 철없는 소리로 들릴지도 모른다. 하지만 지금이 모여야 내가 존재하고, 이렇게 모인 순간들이 역사가 된다. 지금 내 생활의 축적이 역사다.

그러므로 좋은 재료의 기준은 시간을 축적할 수 있는지를 기준으로 삼아야 한다. 재료의 마감 역시 각 재료가 가지고 있는 특성을 오랫동안 지탱할 수 있는 방식으로 접근해야 한다. 이러한 접근을 통해 깊은 맛이 나는 나만의 집을 만들 수 있다. 낡은 것이 아니라 나와 오랜 세월을 함께 보내며 역사를 쌓는 것이 빈티지이고, 바로 그것이 시간의 촉감이다.

투명한 공간 감각

어떤 공간은 작지만 답답함을 전혀 느낄 수 없다. 반대로 어떤 공간은 실제로는 꽤 넓지만 왜인지 작게만 느껴진다. 이와 같은 물리적 공간의 크기와 심리적 공간의 크기 차이는 어디서 오는 것일까? 집을 설계할 때 공간적인 관점에서 디자인하는 것과 평면적인 관점에서 디자인하는 것은 매우 다른 결과를 만든다. 집은 3차원 공간이다. 그런데 벽 마감에 중점을 두고 평면적으로 계획하면, 집이 단조로워지기 쉽다. 흔한 예로 거실 한 면만 다른 재료를 사용했을 때, 그 벽면은 시각적으로 강조된 변주의 공간이 될 수 있다. 하지만 벽은 매일 마주하는 대상이다. 단조로움을 피하고자 변화를 선택했지만,

그 벽이 시각적으로 강조되어 시선이 고정된다면 오히려 지루함과 답답함의 원인이 될 때가 많다.

아침부터 밤까지 시간의 흐름에 따른 빛의 변화, 방과 방 사이의 관계, 발코니와 거실, 현관과 내부의 관계 등 공간 사이의 연속과 분절, 통합을 통해 우리는 심리적으로 다양한 변화를 느낄 수 있어 단조로움을 피할 수 있고, 집의 기운을 흐르게 만든다. 집의 기운은 창에서 들어오는 빛, 환기를 통한 공기의 흐름, 식물이나 사람의 호흡으로 만들어진다.

공간과 공간의 관계를 만드는 것은 다른 관점으로는 내가 있는 공간과 다른 공간을 동시에 인지하도록 만드는 행위다. 사방이 벽이나 문으로 막혀 있을 때 우리는 우리가 있는 그 하나의 공간만을 인지하지만, 창 너머 공간을 동시에 경험할 수 있고, 완전히 막히지 않은 벽은 그 너머의 공간이 겹쳐 보이기 때문에 다른 공간을 동시에 인지할 수 있다. 두 개 이상의 공간을 동시에 본다는 것은 투명한 레이어가 있다는 것을 의미한다. 창가의 흔들리는 커튼 사이로 들어오는 빛과 그림자가 몽환적으로 느껴지는 이유도 내부 공간과 외부 공간을 동시에 인지하고 커튼에 비치는 빛과 그림자를 통해 다층적인 공간을 느끼기 때문이다.

근대에 들어서며 서유럽은 데카르트, 뉴턴, 아인슈타인과 같은 인물들 덕분에 공간과 시간에 관한 눈부신 발전을 이루었다. 예술과 건축에서도 19세기 중반 이후 안과 밖이라는 이분법적인 관점에서 벗어나 '공간의 상호관통과 침투'라는 새로운 개념이 등장했다. 러시아의 구성주의Constructivism, 독일의 바우하우스Bauhaus, 네덜란드의 데스틸De Stijl 등이 조금의 차이를 두고 동시다발적으로 등장한 것이다. 사실 이전까지는 벽돌이나 돌로 지어진 성당이나 관공서 건축은 벽이 구조적인 역할을 하였고, 이로 인해 입면 변화에 한계를 가지고 있었다. 하지만 콘크리트와 철골, 유리라는 근대재료와 공법이 등장하였고, 그 덕분에 기둥이 벽 대신 하중을 지지하는 역할을 하면서 한층 자유로워진 벽은 새로운 내·외부 공간의 관계를 형성할 수 있게 되었다. 이러한 근대의 투명성은 단지 건축에만 국한되지 않고 조각, 회화, 타이포그래픽 등 디자인 전반에 걸쳐 새로운 조형 언어로 발전하며 뻗어 나갔다.

20세기 건축에서 투명성과 관련한 이론을 정립한 건축이론가 콜린 로우Colin Rowe는 투명성을 '실재적 투명성Literal Transparency'과 '현상적 투명성Phenomenal Transparency'이라는 두 가지 개념으로 정의하였다.[3] 그가 말한 실재적 투명성은 투명한 재료를 통해 다른 한 공간을 보는 방식이 아니라, 두 공간 이상의 다시점 공간을 동시에 인지하는 것을 뜻한다. 한 예로 건물 모서리에 있는 창을 통해 건물의 내부 공간을 보는 것은 평면 상태에서 보는 것보다 더 많은 공간을 한 번에 인지할 수 있기 때문에 '실재적 투명성'을 극대화한다. 3차원인 공간에 시간의 차원을 더한 것이 우리가 살고 경험하고 있는 4차원이다. 시간은 고정되어 있기 때문에, 둘 이상의 다시점 공간을 투명한 재료를 투과해서 한 번에 인지할 수 있는 방법이 '실재적 투명성'인 것이다.

두 번째로 그가 정의한 '현상적 투명성'은 유리처럼 투명한 물체를 통과해 공간을 인지하는 방식이 아니라, 여러 레이어를 통해서 공간을 인지하는 방식이다. 안동에 있는 병산서원이 대표적인 예다. 병산서원의 모든 건물은 경사지의 단 차에 따라 배치되었다. 그 덕분에 서원의 안쪽 마당에서는 누마루 사이 기둥을 통해서 건너편 산을 볼 수 있는데, 이때 사진 프레임처럼 누마루 기둥 사이에 보이는 풍경이 바로 '현상적 투명성'이라고 할 수 있다. 눈앞에서 산을 볼 때보다 겹겹이 중첩된 산을 보았을 때 더욱 깊은 공간감을 느낄 수 있다. 산기슭은 산 앞의 공간과 뒤의 공간을 동시에 인지할 수 있는 구간이며, 이러한 여러 겹의 층위가 공간의 다층적인 깊이감을 만들어낸다.

1960년대 이후 건축의 투명성은 당시의 히피 문화와 접목되면서 유동적이고 유목적인 공간을 만드는 데 활용되었다. 이후 2000년대 일본 건축가 세지마 가즈요妹島和世는 투명성을 위계 없는 공간으로 재해석하여 세계적인 건축가로 주목받았다. 개인적으로 앞으로도 공간의 투명성은 도시 커뮤니케이션과 자연과 건축의 관계를 풀어내는 수단으로 더욱 중요한 역할을 할 것이라 생각한다.

근대 회화에서도 사물의 본질에 다가가기 위한 수단으로 콜린 로우가 말한 '실재적 투명성'이 적용되었다. 인간은 시공간 속에서 사물의 한쪽 면만 인지할 수 있을 뿐, 뒷면을 동시에 볼 수 없다. 따라서 누구도 사물의 전체 모습을 한 번에 보는 것은 불가능하다. 근대 회화의 시초라 여겨지는 프랑스 화가 폴 세잔Paul Cézanne은 빛과 그림자에 의해 '목격되는' 사과를 그린 것이 아니라 가장 '사과다운' 여러 장면의 사과를 관찰하고 중첩해 하나의 캠퍼스 안에 그려 넣음으로써 사물의 존재를 근원적으로 모색했다. 즉 세잔의 정물이란 실재를 그린 것이 아니라 실재를 모색한 결과인 셈이다.

근대 건축과 회화는 모두 '실재적 투명성'에서 출발했다. 그러나 공간의 중첩을 모색한 건축과 달리 회화에서는 시간의 중첩을 통해 시공간의 동시성을 구현하고자 했다. 근대 회화에서 '현상적 투명성'을 잘 보여주는 대표적인 그림은 요제프 알베르스Josef Albers의 겹쳐진 사각형이다. 겹쳐진 사각형들의 명도와 채도, 한난 대비는 색의 진출과 후퇴가 공간감을 만든다. 중첩을 통해 느껴지는 공간감은 실제 공간보다 더욱 깊은 공간감을 느끼게 한다.

동양에서는 앞서 설명한 두 가지 투명성 외 또 다른 개념의 투명성이 존재한다. 첫 번째로 '허의 투명성'이다. 일본의 절에는 모래와 돌만을 사용해서 고요한 바다 위에 섬이 떠 있는 것 같은 풍경을 묘사한 정원이 있는데, 이것을 고산수 정원이라고 한다. 처음 고산수정원을 볼 때는 섬처럼 놓인 돌에 눈길이 가지만, 찬찬히 지켜보면 돌과 돌 사이를 보게 되고, 나중에는 전체를 보게 된다. 이러한 과정을 통해 궁극적으로 텅 빈 기운을 볼 수 있다. 즉, 비어 있음을 보는 것이다. 이것이 허의 투명성이다. 이것은 마치 바둑에서 돌을 놓으면서 빈 집을 만드는 방식과 유사하다. 허의 투명성은 텅 빈 것을 통해 공간을 인식하게 만드는 역설의 공간감이다.

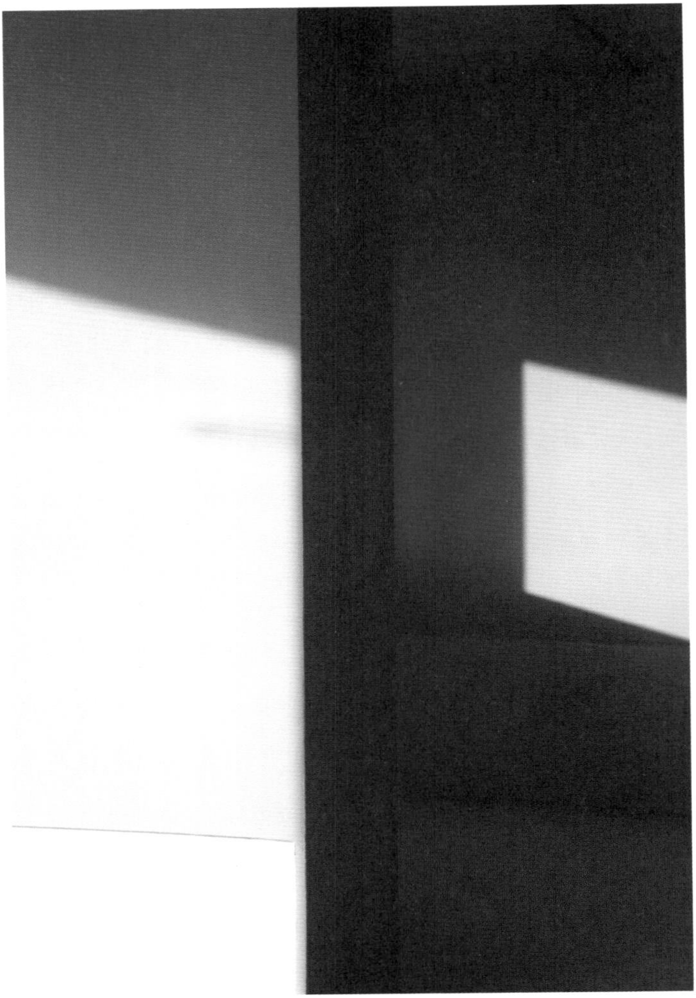

스며듦으로 경계를 사라지게 만들어 어느 순간 깊이를 알 수 없는 영원한 공간감을 느끼게 한다.

동양의 두 번째 투명성은 '스며드는 투명성'이다. 인간은 유한한 존재이기에 본능적으로 영원함을 갈구하고 경외심을 갖는다. 자연과 우주, 신에 대한 경외는 영원함의 경외다. 중국에서는 조경의 시작과 끝을 알 수 없도록 정원을 가꾸는 것이 매우 중요한 요소다. 물과 땅의 경계를 보이지 않기 위해 갈대를 심거나, 물이 나오고 들어가는 곳을 숨기고, 호수 가운데 돌출된 정자를 배치해 호수 전체를 파악할 수 없도록 한다. 이와 같은 다양한 방식으로 무한함을 추구하는 것이다. 스며드는 투명성은 동양의 수묵담채화에서 흔히 사용되는 방식이기도 하다. 수묵화의 농담은 중첩이 아니라 스며듦으로 경계를 사라지게 만들어 어느 순간, 깊이를 알 수 없는 영원한 공간감을 느끼게 한다.

투명한 공간 감각은 나라는 존재를 환기하기 때문에 '실재'하는 감각을 일깨운다. 해 질 녘 황혼이 환상적인 이유는 새벽의 보랏빛, 아침의 푸르름, 오후의 맑음, 저녁의 붉은 노을이 겹쳐 모든 시간의 중첩된 빛 레이어를 가지고 있어 기존의 세상을 다층의 레이어로 볼 수 있기 때문에, 해 질 녘 황혼의 시공간에 있는 나라는 존재에 대한 실재의 감각을 일깨운다. 현재의 나는 과거 나의 투영이며, 내 안에는 타인이 있고,

타인의 내부에는 내가 존재한다. 이것이 투명함이다. 실체는 역설적으로 투명함의 어느 부분에 있다.

* 이 글은 《맨 노블레스》 2020년 01/02월 호에 〈경계없는 건축, 투명한 통창의 로망〉으로 소개된 글을 바탕으로 합니다.

집을 흰색으로 칠하는 이유

일반적으로 집 내부를 칠할 때 대부분은 흰색 계열을 선호한다. 옅은 아이보리나 회색도 자주 사용되긴 하지만 조금 어려운 느낌이다. 하지만 이렇게 고심해서 무채색을 선택해도 나중에는 대부분의 사람들이 색의 차이를 잘 인지하지 못하는데, 이는 순수한 백색이란 존재하지 않기 때문이다. 사람들은 흰색이야말로 공간을 환하게 만들고 무난하며 안전한 색상이라고 생각한다. 그렇다면 흰색은 언제부터 이토록 대중적으로 사용되었을까? 대표적인 하얀 공간인 갤러리의 벽면은 언제부터 하얀색으로 칠하게 된 걸까? 이러한 질문은 차치하고, 과연 흰색이라는 것은 무엇일까?

백白은 촛불을 형상화한 글자다. 촛불로 밝혀진 현상을 흰색으로 인식한 것이다. 그렇다면 '밝힌다'는 개념과 흰색은 어떻게 연결되는가? 모든 색에는 기준이 있고, 흰색의 기준은 태양의 중심이다. 태양 중심의 백색을 기준으로, 모든 표준색 좌표가 결정된다. 태양은 지구를 포함해 태양계의 모든 존재를 밝히고, 그 중심을 이상적인 흰색으로 정의한다. 빛과 그림자는 실제 흰색과 검은색은 아니지만 사람들의 인식에 자리하고 있다. 이처럼 흰색은 본질적으로 색이 아니라 온도 에너지가 사물에 에너지를 전달하여 밝히는 것을 의미한다. 결국 흰색은 본질적으로는 에너지이다. 우리말 '희다'의 어원이 '태양이다'를 의미하는 '해다'에서 시작된 것은 조상들의 놀라운 식견이 아닐 수 없다.

그렇다면 태양 빛에는 흰색만 존재하는 것일까? 어릴 적 프리즘을 통과한 햇빛이 무지개빛을 띤다는 사실을 알고 신기해했던 경험이 있듯, 태양에는 무수한 색이 존재한다. 참고로 모든 색을 다 합하면 흰색이 된다. 근대 화가 클로드 모네Claude Monet는 1892년, 같은 장소에서 노르망디의 루앙 대성당을 6개월간 30점 넘게 그렸다. 그의 그림은 동일한 시점을 유지하면서도 아침과 저녁, 계절에 따라 시시각각 변화하는 빛 덕분에 모두 다른 색을 띤다. 우리는 사물이 고유한 색을 가지고 있다 착각하지만, 사실 태양이 가지고 있는 다양한 빛에 사물이 반응하여 일부는 흡수하고 일부는 반사함에 따라 사물의 색이 나타나는 것이다. 이처럼 빛이 가진 다양한 색을 연색성Color Rendering이라고 하는데, 연색성이 좋을 때 사물은 제대로 된 빛깔을 표현할 수 있다. 백화점 매장에서 좋아 보이는 물건을 구매해 집에서 살펴볼 때 왠지 매장과는 다른 느낌에 당황했던 이유는 백화점에서는 연색성이 좋은 조명을 사용하기 때문이다.

서양에서도 흰색은 완벽한 색으로 인식된 지 오래다. 고대 그리스와 로마의 건축은 백색 대리석으로 지었고, 백색 건축은 유럽 라틴문화의 상징과 같았다. 라틴어권의 이성 중심의 철학과 사고는 서구 사회를 지속적으로 주도했다. 그들은 흰색은 이성적이고 순수하다고 인식했고, 색채는 자연인이나 아이들이 좋아하는 것으로 취급했다. 르네상스 시대의 건축가 레온 바티스타 알베르티Leon Battista Alberti도 흰색 회벽도장이 이성적인 건축 질서를 표현하는 바탕이 된다고 생각했다. 18세기 철학자이자 과학자 괴테Johann Wolfgang von Goethe 역시 《색채론》에서 '교양있는 사람들은 색에 거부감을 느낀다.'라고 적었다. 르 코르뷔지에Le Corbusier는 1925년

《오늘날의 장식예술》에서 흰색 회반죽 도료는 삶에 기쁨과 활동의 기쁨을 가져다준다고 하면서 "흰색 도료는 지극히 도적적이다. (…) 흰색 도료는 가난한 자와 부자, 모든 사람의 자원이다."라고 흰색을 찬양했다.[4] 19세기 근대 건축에서 흰색은 장식을 제거하고 건축의 형태를 드러내는 가장 중요한 원칙으로 자리 잡았다. 건축에서는 흰색을 하나의 색상이라기보다 다른 물건이나 색의 배경으로 사용하였는데, 이는 비어 있는 것, 즉 공간을 느끼게 하는 방식이었다. 흰색은 빛이라기보다 빛과 그림자를 받아들이는 시공간이고 동시에 사물의 배경이었다.

공간 안에서 흰색은 자체의 성질을 드러내지 않기 때문에 비어 있다. 비어 있기 때문에 다른 어떤 것과도 관계를 맺을 수 있다. 특히 매일 시시각각 변화하는 빛과 그림자는 비어 있는 공간에서 더욱 선명해진다. 흰색은 시간과 빛, 그림자와 함께 공간의 백색, 즉 공백空白이 된다. 하라 켄야原研哉는 그의 저서 《백》에서 이렇게 말했다. "백은 존재하는 것이 아니다. 하얗다고 느끼는 감수성이 존재할 뿐이다. (…) 하얗다고 느끼는 방식을 찾아야 한다. (…) 고요함이나 공백이라는 단어의 의미를 이해할 수 있고 잠재되어 있는 의미를 구분할 수 있게 된다."

모든 생명의 시작과 끝에는 흰색이 존재한다. 아이가 태어나면 흰색 천으로 감싸고, 인생의 마지막 의복인 수의 역시 흰색이다. 백에서 시작해 다시 백으로 돌아가는 모습은 태양의 중심 색이 백에서 시작해 모든 빛을 뿜어낸 뒤 모든 색이 수렴해 다시 백으로 돌아가는 것과 신비로울 정도로 교차된다. 하라 켄야는 일본어로 빨갛다는 '아카이', 검다는 '구로이', 하얗다는 '시로이', 파랗다는 '아오이'와 같이 색을 의미하는 단어 '이로'의 어원이 '사랑'에서 나왔음을 지적했다. 한국어에서도 빨강, 파랑, 노랑이라는 단어가 '사랑'이라는 단어와 유사성이 있는 것은 한국과 일본에서 생각하는 색과 생명에 상호 유사성이 있지 않을까 하는 추측을 해봄 직하다. 모든 여린 생명은 사랑으로만 생명을 키워갈 수 있다. 흰 색은 색이 아니라 모든 빛이고, 빛은 생명이고, 생명은 사랑이다.

소리를 잃어버린 도시

지하철이나 버스를 타거나 길을 걸을 때 이어폰을 끼는 것은 매우 흔한 일상이 되었다. 음악을 듣거나 통화를 하는 등 목적을 가진 경우도 있겠지만, 복잡하고 요란한 도시의 소음을 차단해서 심리적 안정을 취하려는 경우도 많다. 그렇다면 이처럼 소란스러운 도시에서 안락함을 얻을 수 있는 또 다른 사회적 방법은 없을까?

'정숙함의 차이가 곧 고급스러움의 차이'라는 광고 문구를 기억하는가? 이는 상품만의 이야기가 아니라, 도시에도 그대로 적용된다. 지하철이나 버스가 달릴 때 소음을 줄일 수 있도록 차음에 신경 쓴 디자인은 안락한 승차감을 제공한다.

승용차의 문을 닫을 때 나는 소리나 알림 등 소리를 디자인하는 것을 '사운드 디자인'이라고 한다. 이는 철도, 신호등, 정거장, 엘리베이터 등 움직이는 기계와 인간이 만나는 지점이라면 어디든 존재한다. 이들은 너무나 일상적이어서 우리 대부분은 이 소리를 인지하지 못할 정도로 무감하다. 안전을 알리는 경고음은 명료함이 기본이겠지만, 알림 소리가 신경질적으로 반복된다면 그 장소와는 알게 모르게 심리적인 거리감이 발생한다. 결국 우리가 충분히 알아차릴 수 있으면서도 폭력적이지 않은 섬세한 소리야말로 도시의 고급스러움을 만들어낸다. 타인을 배려하지 않는 소리나 말을 포함해서 세상의 소음에 지친 사람들은 점점 소리 자체에 강박적인 태도를 가질 수밖에 없다. 결국 소음에서 벗어나고자 이어폰을 끼고 길을 걷고, 결국에는 세상의 모든 소리에 무관심하게 된다.

페터 춤토르는 집을 '내부와 주변의 삶을 담는 봉투이자 배경이며 바닥에 닿는 발자국의 리듬, 작업의 집중도, 수면의 침묵을 담는 예민한 그릇'이라고 표현했다. 눈을 감고 고요하고 따스한 침실에 누워 가족의 조용한 발소리를 듣는다고 상상해 보라. 평온함이 느껴지지 않는가? 심리적 만족감을 선사하는 집을 위해서는 청각적 배려가 매우 중요하다. 흡음에 대한 고려 없이 시각적으로만 미려한 석재 바닥과 도장 마감으로 이루어진 집은 반사음이 커져서, 소리의 명료도가 떨어지고, 날카로운 소리를 만들어 심리적 긴장감을 만든다. 소리는 사물의 진동에너지로 공기를 타고 흘러 우리에게 전달된다. 따라서 공간에서 소리의 명료도를 높이려면, 흡음과 반사음의 적절한 비율을 갖춘 소재를 사용하는 것이 중요하다. 흡음이 되는 소재는 섬유처럼 공극孔隙이 있는 것이다. 재료의 공극은 소리에너지를 열에너지로 전환해 소리를 흡수한다. 또한 효과적인 차음을 위해서는 두 공간 사이 접점을 최소화해 진동이 전달되는 것을 줄이고, 단위 면적당 무게를 늘리는 것도 효과적이다.

최근 주요 사회 문제로 떠오르고 있는 아파트 층간 소음의 경우, 위층 바닥이 아래층의 천장이기 때문에 구조 바닥의 두께가 두꺼워야 밀도가 높아져서 소음을 줄일 수 있다. 하지만 두꺼운 구조 바닥은 시공 비용이 증가하며, 각 층마다 10cm 정도 바닥 구조판을 두껍게 할 경우 30층 아파트의 한 층이 줄어드는 등 경제적인 손실이 발생한다. 하지만 경제적인 요소가 우선하는 것이 우리 사회와 시공사에 최선일까 하는 생각이 든다.

영화 〈일 포스티노〉는 이탈리아 남부 작은 섬에 칠레 시인 네루다가 망명 온 뒤 섬의 우편배달부 마리오가 겪게 되는 삶과 은유와 사랑에 대한 이야기다. 시인 네루다는 시간이 흘러 결국 고국으로 돌아간다. 섬에 남은 마리오는 네루다의 소식을 기다리며 네루다에게 보내기 위해 그가 남긴 녹음기에 섬의 아름다움을 기록하기 시작한다. "선생님, 저는 마리오입니다. 기억이 안 나실 수도 있지만 제가 보내드리는 이 소리를 들으면 저와 이탈리아가 기억날 거예요." 그는 섬의 풍경을 사진기가 아니라 녹음기에 담는다. 해변의 작은 파도 소리, 어부가 그물을 내리는 소리, 성당의 종소리를 녹음하고 별빛 반짝이는 섬의 밤하늘을 향해 마이크를 들고서 섬의 침묵을 녹음한다. 도시에는 저마다의 소리가 있다. 어릴 적 부산항이 훤히 보이는 곳에 살았던 나는 아침 일찍 뒷산에 올라 바다를 바라보곤 했다. 아침 일출에 붉고 푸르게 물든 항구, 그곳에서 들리는 백색소음, 그사이 간간이 들리는 거대하고 웅장한 뱃고동 소리는 도시 구석구석이 저마다의 소리를 내고 있다는 사실을 알려주었다. 아, 도시는 살아 있는 생명이구나!

땅은 생명으로 가득하고 지금 우리 곁에는 밤하늘의 침묵도 함께 존재한다. 소리 전에 침묵이 있다. 침묵은 생명의 토양이고 소리는 생명의 새싹이다. 숨소리, 발걸음 소리, 말소리가 쌓여 삶의 소리를 이룬다. 도시와 건축에서 잃어버린 침묵과 자연의 소리를 찾는 것이야말로 우리가 생명으로서 살아가는 첫 단계이다.

* 이 글은 《맨 노블레스》 2019년 11/12월 호에 〈도시의 잃어버린 소리와 건축〉으로 소개된 글을 바탕으로 합니다.

단절의 감각

하루 종일 일과 사람에 치여 지친 몸으로 돌아온 집은 안식처 그 자체다. 다른 사람의 눈을 의식할 필요도 없고, 인식하지 못한 수많은 외부 환경으로부터 피신할 수 있다. 이러한 맥락에서 집은 태생적으로 '단절의 도구'로 사용되었다. 외부의 날씨나 기온, 짐승이나 수상한 외부인으로부터의 단절은 우리에게 안식을 주고, 자기 회복과 내면 소통의 단초가 된다. 동시에 집에서 하는 일은 언제나 반복적이고 일상적이다. 씻고, 옷을 갈아입고, 소파나 침대에 몸을 내던지는 행위는 편안함을 주지만 그 뒤에 내가 하는 일이라곤 다른 사람의 SNS를 들여다보거나 TV를 보는 게 대부분이다. 이 행위는 다시 수많은 정보와 나를 연결하고, 집은 오히려 미디어와 나를 더욱 단단하게 묶어버린다.

그렇다면 외부와 단절의 도구로서 집을 사용하기 위해서는 어떻게 해야 할까? 우선은 집에서 나를 기분 좋게 하는 것, 또는 하고 싶은 일을 설정하는 것이 먼저다. 기분 좋게 샤워하고 싶어. 근사하게 식사하고 싶어. 예쁜 화분을 키우고 싶어. 감각적인 소품을 수집하고 싶어. 건강한 음식을 먹고 싶어. 커피를 근사하게 마시고 싶어. 음악을 듣고 싶어. 고요하게 있고 싶어. 이 모든 일상의 욕망이 단절과 연관되어 있다. 내가 하고 싶은 것이 무엇인지 파악하는 일은 매우 쉬워 보이지만 막상 구체적으로 설정하려고 하면 막막하기만 하다. 소크라테스는 관계의 출발을 나 자신으로 보았고, '나에 대한 질문'을 소통의 시작으로 삼았다. 소통의 핵심은 다른 사람과 나누기 이전에 나 자신과 먼저 나누는 것이다. 나를 알아가기 위한 작업에는 집중력이 필요하고, 사람의 집중력에는 한계가 있기 마련이기에, 하고 싶은 무언가를 행하기 전에는 그 행동에 집중할 수 있는 환경을 먼저 조성해야 한다. 공부를 잘하는 방법으로 우선 오래 앉아 공부 시간을 늘리는 것이 모범 답안 같지만, 그 전에 구석진 장소가 아니라 쉽고 편안하게 오랜 시간 책상에 앉을 수 있는 환경이 필요하다. 푹신한 의자와 크기가 조금 작은 책상, 적당히 밝은 조도, 잡다한 물건이 없는 깔끔한 주변 환경은 공부에 더욱 집중할 수 있도록 만든다.

우리나라 거실은 대부분 편안하게 TV를 시청하는 데 집중한 구조지만 이 구조가 당연하지 않음을 깨달아야 한다. 진정으로 내가 집에서 하고 싶은 일을 하기 위해서는 가장 먼저 어떤 행위를 위한 공간이 필요하다. 준비된 공간 안에서 내가 좋아하는 행위에 집중하고, 이를 통해 비로소 외부와 단절될 기회를 얻을 수 있다. 심심한 상태는 다음을 위해 반드시 필요한 단계다. 끊임없이 연결되어 있는 상태는 강박을 만들어낸다. 세계적인 경영 컨설턴트이자 미래학자인 니콜라스 카Nicholas G. Carr는 "뇌의 주요 과제는 데이터 처리가 아니라 감각의 형성이고, 그것을 위해서는 주의력이 필수다."[5]라고 말했다. 고요하고 집중하고 있을 때 비로소 여러 감각을 통해 진정한 나를 만들 수 있다. 뇌는 데이터 저장소가 아니다.

타인과 연결된 환경은 본능적으로 안정을 주지만, 그 전에 혼자 있을 수 있는 용기와 자립이 우선 필요하다. 집은 내 몸과 마음이 일상으로 연결된 환경이다. 집이 품고 있는 단절의 감각은 다른 의미로 나 자신과의 내적 연결을 의미한다. 침묵과 고요 속 활력의 힘은 정보로 뒤덮인 세상만큼이나 강력하다. 프랜시스 베이컨Francis Bacon은 "침묵은 지혜를 살찌우는 잠이다."라고 말했다. 헨리 데이비드 소로Henry David Thoreau는 "번화가나 사교계에서 나는 거의 언제나 제멋대로 사는 하찮은 사람이다. 하지만 외딴 숲, (…) 초원에 홀로 있을 때 나는 나 자신이 된다."라고 썼다. 중국 당나라 선종의 계파인 임제종을 만든 승려 임제의현臨濟義玄은 불법이 다른 곳에 있는 것이 아니라 일상 속 나에게 있음을 이야기하며 "수처작주 입처개진隨處作主 立處皆眞"이라는 말을 남겼다. '수처작주'는 내가 머무르는 곳의 주인이 된다는 뜻이고, '입처개진'은 내가 서 있는 이곳이 진리의 시작이라는 의미로, 밖에서 추구하는 모든 것은 어리석다는 말이다. '수처'의 실체는 나와 집이다. 집의 주인이 되는 것이 내가 되는 일이다. 집은 단절되고 또 동시에 원대하게 연결되어 있다. 그리고 바로 그 연결의 시작점에 내가 있다.

정보를 주고받는 것을 의미하는 커뮤니케이션의 궁극적인 도달 지점은 '마음'이다. 모든 생명은 태어나면서부터 소통의 기술을 익혀야 살 수 있고, 서로 연결되어 있다는 마음에서 본능적으로 안도와 위안을 느낀다. 소리와 몸짓, 그림, 글자 등 인간의 모든 역사는 소통의 역사라고 볼 수 있다. 언젠가부터 인간의 소통은 생존과 위안을 넘어, 지구 생명체 중 가장 강한 종이 되는 도구로서 사용되었다. 지금까지 인류 역사에서 소통은 늘 긍정적으로 여겨졌지만, 어느 순간 과잉 정보와 과다한 커넥션은 인간의 교감과 감각의 균형을 무너뜨리고 있다. 이성과 정신 사이에는 정보에 대한 감각의 수용 단계가 필요한데 이를 위해서는 집중과 사색이 필요하고, 이런 집중과 사색은 자신과 세상을 이해하는 맥락을 구축하고 나라는 존재를 만드는 기반이 된다. 인간이 무엇인지는 잘 모르겠지만 많은 정보를 받아들이고 동시에 빠르게 처리하는 능력이 인간의 척도가 아님은 분명하다.

02

집의 구성 요소

현관의
마음

개인적으로 집에서 가장 잘 설계하고 싶은 곳을 꼽으라면 단연 현관이다. 마치 작곡가가 곡의 첫 소절을 고민하는 마음과 같달까. 현관에 대한 나의 로망은 어릴 적 살던 집에서 가장 기억에 남는 공간이 현관인 데서 비롯되었다. 학교를 다녀오거나 친구를 만나고 돌아와 현관 앞에 서는 순간, 학교에서 친구를 만났던 즐거움은 어느새 잊어버리고 곧바로 신발을 벗어 던진 채 오늘의 이야기를 쏟아내려 어머니에게 달려갔다.

영어에서 현관을 뜻하는 엔트런스Entrance는 들어가는 곳인 동시에 외부로 나가기 위한 공간이다. 하지만 나가는 것을 중심으로 만든 문인 엑시트Exit는 기능적 용도가 중심인 반면에 Entrance는 출구보다 내부로 들어가는 입구라는 의미를 강하게 가지고 있다. 우리가 흔히 출입문을 지칭할 때 쓰는 말인 '현관'은 검을 현玄과 관계할 관關으로 이루어진 단어로, 선불교에서 유래되었다. 선불교에서 현관은 '이치나 도리가 헤아릴 수 없이 깊고 미묘한 뜻에 출입하는 관문'을 의미한다. 검을 '현'은 오묘하고 심오하고 깊으며, 고요하거나 통달한 의미를 표현할 때 사용된다. 관계할 '관'은 두 짝의 문을 열쇠로 잠근 모양을 형상화한 것으로 둘 사이가 친밀하게 묶여 있음을 의미한다. 이 두 단어를 잘 살펴보면 결국 현관은 '깊고 심오함의 관계를 맺는 공간'인 셈이다.

마치 《이상한 나라의 앨리스》의 문처럼 우리는 매일 현관을 통해 친밀하게 묶여 있던 나의 세계에서 나와서 바깥세상을 드나든다. 집은 나라는 내면의 세계이고, 현관이 이 현묘한 내면의 세상으로 들어가는 입구라 한다면 지금까지 우리가 알고 있던 출입구로서의 현관과는 다른 마음가짐이 생긴다. 현관에서 나갈 때는 세상을 맞이하는 마음을 가지고, 집으로 들어올 때는 나와 가족의 세상을 맞이하는 마음을 가진다면 우리의 하루는 매우 특별해진다.

사실 현관의 분위기는 집안의 생활 방식, 더 나아가 문화

세상을 맞이하는 마음으로 현관을 나서고, 나와 가족의 세상을 맞이하는 마음으로 들어온다면 우리의 매일은 매우 특별해질 수 있다. 이것이 바로 현관의 마음이다.

의 차이에 따라 그 모습이 매우 다르다. 어느 집이건 현관에 들어서면 그 집만의 고유한 분위기가 느껴진다. 실내에서 맨발로 생활하는 한국과 같은 문화권에서는 가지런하게 정리된 신발이 놓인 현관이 그 공간의 마음가짐과 상태를 대변한다. 현관에 신발이 정갈하게 정돈된 것을 보고 도둑이 그냥 돌아갔다는 이야기나 장례식장에 신발 정리를 담당하는 인원이 따로 배치될 정도로 신발 정리는 우리 일상에서 중요하다. 집 안에서 신발을 벗고 생활하는 문화는 다른 아시아 국가를 포함해 아랍, 아프리카 등 전 세계에 넓게 퍼져 있다. 비가 자주 오는 지역이나 도로포장 사정이 좋지 않은 지역에서도 집이 지저분해지는 것을 피하기 위해 실내에서 신발을 벗고 생활했다. 반대로 집에서도 신발을 신고 생활하는 문화는 서유럽과 미국, 남아메리카 등에 퍼져 있다. 이 지역의 공통점은 모두 로마 시대 문화의 영향을 받았다는 것이다. 로마 시대에는 신발을 패션의 완성으로 여겨 실내에서도 잘 벗지 않았다. 남아메리카 역시 이러한 유럽의 오랜 지배를 받은 영향이 아직 남아 있는 것이라 볼 수 있다.[6]

현관을 이루는 공간은 단순히 신발을 신고 벗거나 드나들기 위한 기능 외에도 다양한 구성 요소를 포함한다. 현관 옆 머드룸Mudroom은 외출에서 돌아와 신발을 털거나 우비나 모자를 두는 공간으로, 전원주택이나 농가주택의 경우 이 공간은 내부 공간의 청결함을 유지하는 데 매우 유용하다. 거실과 연결된 테라스 공간은 신발을 신는 경우 내부와 외부를 쉽게 이동할 수 있기 때문에 더욱 잘 활용될 수 있다. 지중해의 거실 테라스가 멋져 보이는 이유는 온화한 날씨로 내부와 외부의 경계가 되는 창을 얇고, 개방감을 느낄 수 있도록 크게 만들 수 있고, 내부와 외부에 같은 바닥마감재를 사용해서 하나의 공간감을 연출할 수 있기 때문이다.

반면에 신발을 벗는 공간은 좀 더 내부적인 경향이 강해진다. 신발을 신고 벗는 것에 따라 공간의 성격이 달라질 수 있기 때문에, 신발을 신는 영역의 변화는 집에서 다양한 공간의 변화를 만들 수 있다. 참고로 한옥은 신발을 벗는 공간이라고 생각하지만 마당은 신발을 신는 공간이고, 신발을 벗는 공간은 전체 한옥에서 매우 제한적이다.

잘 정리된 현관을 유지하기 위해서는 현관 가구가 필수다. 현관의 신발장은 단순히 신발만 보관하는 용도라기보다 호텔이나 식당에서 고객의 소지품을 보관하는 클로크룸Cloakroom과 유사한 기능을 한다. 우비나 모자, 청소 도구, 우산, 축구공, 농구공, 골프백 등 집 밖에서 사용하는 다양한 물건을 신발장에 보관하면 집 안으로 들이지 않고 보관할 수 있다. 특히 작은 서랍이나 선반을 현관에 노출해 배치하는 것은 열쇠나 향수 등 자주 사용하는 작은 물건을 보관하기에 유용하다.

일반적으로 아파트에는 흔히 현관과 거실이 바로 연결되어 있지만, 현관 옆으로 방이나 주방이 연결되면 생활에 무척 편리하다. 현관 옆방은 가족의 프라이버시를 확보할 수 있어 손님방이나 다실 등으로 활용할 수도 있고, 에어비앤비와 같이 집과 분리해서 숙박 용도로 활용할 수도 있다. 현관 옆에 주방을 배치하면 물건을 쉽게 주방 공간으로 들일 수 있으며, 쓰레기 배출에도 유리하다.

물리적으로 공간이 전환될 때는 스스로 인지하지 못할 수도 있지만, 호흡이나 동공의 변화 등 신체적인 전환이 일어난다. 잠시 숨을 고르고 공간의 전환을 마음으로 인지하는 것은 매우 중요하다. 현관은 사적인 나와 사회적인 나의 전환이 매일같이 일어나는 매우 중요한 장소다. 집을 나설 때 기분과 집을 들어설 때 기분은 나의 다음 시간을 좌우한다. 현관은 마음이 작동되는 시작점이라는 사실을 유념하자.

LDK;
거실, 다이닝, 주방 사이의 밀고 당기기

20세기 초 최초의 근대 아파트는 프랑스 건축가 오귀스트 페레Auguste Perret가 1904년에 프랭클린가 25번지에 만든 것이다. 이 아파트는 거실과 메인 침실 등 주요 공간은 빛이 잘 드는 길가에 닿도록 배치하고 화장실, 계단, 엘리베이터와 같은 서비스 공간을 후면 중정과 닿도록 설계하였다.

사실 아파트라는 명칭은 프랑스 귀족의 거주 공간에서 사적인 영역을 의미하는 아파트멍Apartment에서 유래하였다. 아파트멍은 손님을 접대하는 앙티샹브르Antichambre와 더 안쪽 내부에 위치한 샹브르Chambre, 가장 안쪽 카비네Cabinet 세 공간으로 구분된다. 16세기 프랑스 귀족의 집은 방 여러 개가 한 줄의 실에 꿰이듯 일렬로 줄줄이 배치되는 형태였다. 현관에서 가까운 곳이 가장 공적인 장소이며, 내부로 들어갈수록 사적인 공간인 아파트멍을 배치하는 방식이었다. 또한 복도에 정렬된 방문을 모두 열면 투시 효과를 통한 깊은 공간감을 조성해 권위를 부여했는데 이러한 구조는 앙필라드Enflilade라 불렸다.[7]

페레의 아파트 평면도를 살펴보면 현관 가운데에 거실이 있고 양쪽으로 식당과 침실이 일렬로 존재한다. 세 개의 방은 문을 열면 앞서 말한 앙필라드 공간과 유사하다. 집은 사적인 공간이라고 생각하지만 근대 이전에는 비바람을 피하고 추위를 막기 위한 셸터Shelter의 역할이 더 중요했다. 특히 귀족의 집은 자신의 권위를 표현하기 위한 수단으로 사용되어 많은 사람을 초대하는 공적 기능이 특히 중요했다. 따라서 집 내부 깊숙이 위치한 사적 공간이 필수적이었다. 이 중 가장 내밀한 공간은 여성의 드레스룸으로, 이는 현재 침실의 옷장을 지칭하는 클로짓Closet의 시초다. 이곳은 말 그대로 닫힌Closed 공간이었으며, 이 공간은 철근 콘크리트로 지어진 오귀스트 페레의 최초 아파트에도 발견할 수 있다.

근대 이전에는 고급 주택일수록 주방을 집에서 보이지

않는 구석 공간에 숨겨두었다. 환기가 잘되지 않는 주방의 냄새와 수증기는 집 안 곳곳에 좋지 않은 인상을 남겼고, 이는 특히 주택의 맨 위층의 경우 더욱 심했다. 페레의 아파트 역시 주방은 거주 공간과 분리해 위치한다. 르 코르뷔지에가 주택의 완성이라고 생각했던 빌라 사보아Villa Savoye를 지을 때도 그는 주방에서 발생하는 냄새와 연기, 습기를 해결하기 위해 주방을 최상층에 배치하였다. 거주 공간과 분리된 지저분하고 냄새나는 공간인 주방이 새로운 이미지를 갖게 된 것은 현대식 주방 환경이 만들어지고 난 뒤부터다. 현재 우리에게 익숙한 현대식 주방은 1926년 오스트리아 최초의 여성 건축가 마가레테 쉬테 리호츠키Margarete Schütte-Lihotzky에 의해 등장했다. 그녀는 6.5㎡라는 작은 공간 안에서 효율적인 동선과 위생 상태를 고민해 현대식 주방을 디자인했다.

당시 독일 프랑크푸르트에서는 제1차 세계대전 이후 부족한 주택 문제를 해결하고 미적·문화적 이상을 실현하기 위한 계획으로 '뉴 프랑크푸르트'라는 사회주택 건설을 진행했다. 20세기 유럽의 일반적인 노동자 주택은 주방과 거실이 통합된 거주주방Wohnküche의 형태가 일반적이었으나 리호츠키의 주방이 사회주택 건설과 함께 자리 잡으면서 일반 주택에서도 주방과 거실이 분리되고, 식사를 하는 공간도 따로 마련된 형태가 보급되었다. 그녀가 만든 프랑크푸르트 주방은 조리에 매우 효율적인 동선으로 이루어졌는데, 이는 현대 주방 디자인의 클래식으로 자리 잡는다. 사실 이러한 프랑크푸르트 주방에 지대한 영향을 끼친 것은 미국의 테일러리즘이다. 미국의 엔지니어 프레더릭 윈즐로 테일러Frederick Winslow Taylor는 업무의 효율성과 감독하기 쉬운 사무 공간 시스템을 만들었는데, 공간을 합리적이고 효율적인 관점에서 구성한다는 그의 개념은 유럽 근대 건축의 기능 중심의 합리성에 큰 영향을 미쳤다. 위생적이며 작은 공간에서 효율성이 극대화된 현대 주방은 다른 방의 배치에도 다양한 가능성을 제공하였고, 그녀의 현대식 주방은 현대 건축에서 가장 실질적인 전환점이 되었다.

제목에서 소개한 LDK라는 단어는 거실Living room과 식사 공간Dining room, 주방Kitchen을 줄인 말이다. LDK라는 개념은 제2차 세계대전 이후 미국에서 만든 〈모던 리빙, 핵가족을 위한 주택의 표준 양식〉에서 시작되었다. 이후 일본은 1951년에 전쟁 후 국가 복구를 위해 미국의 〈모던 리빙〉을 따라 공공주택 표준 설계를 마련하며 16평의 A형, 14평의 B형, 12평의 C형을 마련해 일본 전국에 보급한다. 이 중 거실 공간 없이 다이닝과 키친만 있는 C형은 일본주택공단의 주도하에 가장 흔한 주택 형태가 되었다. 이후 맨션이라고 불리는 민간 분양 아파트와 농촌 주택, 단독 주택 등도 모두 C형을 복사해 건설된다.

우리나라에서도 1962년 대한주택공사가 설립되면서 일본의 C형을 그대로 답습하였으며, 이는 우리나라의 대표적인 주거 형태인 아파트 평면의 시발점이 되었다.[8] 문화는 뿌리를 같이하되 개인의 다양화가 존재할 때 긍정적인 힘을 발휘할 수 있다. 김치는 집집마다 자기 집의 김치가 있고, 집 간장 또한 비슷하지만 하나도 같은 것이 없는 지문처럼 각각의 개성을 지니고 있다. 문화는 반복을 통해 무수히 많은 차이를 만들어내고, 여기서 파생된 다양성이 건강한 사회를 만든다. 아파트는 많은 장점을 가지고 있지만, 동시에 삶의 다양성을 저해하고 부동산 가격 상승, 양극화, 인구 절벽 등 많은 사회 문제를 야기하는 원인이라는 점은 다시금 생각해 봐야 할 지점이기도 하다.

음식은 사람을 모이게 한다. 가족을 칭하는 다른 말인 식구食口는 음식을 함께 만들고, 먹는 행위의 상징성을 보여준다. 인류 역사에서 불의 사용은 집과 떼려야 뗄 수 없는 불가분의 관계다. 거주하고, 자고, 요리하고, 먹는 등 집에서 행해지는 모든 행위의 중심에는 불이 있다. 창문 역시 최초의 목적은 집 안의 연기를 배출하기 위한 배출구의 역할이 더 컸다. 중심, 또는 집중을 뜻하는 단어 '포커스Focus'는 놀랍게도 '화로'라는 의미가 있다. 실제로 집을 지을 때 거실과 식탁, 주방의 관계를 설정하는 것은 매우 중요하다. 주방과 식탁을 중심으로 구성한 평면도에는 가족을 모으는 힘이 있다. 반면 거실 중심의 집은 정적인 공간이 된다. 역사적으로 주방은 단순히 먹는 것을 조리하는 공간의 의미를 넘어 가족이 모이는 공간이자 교육 공간이었으며, 위생과 청결의 상징이었다. 앞으로 1인 세대, 공유주택, 다양한 동거 형태의 가족, 배달 및 간편식의 등장은 물론이고 다양한 첨단 기술과 가전 가구의 진화로 미래의 주거 공간에서 가장 큰 변화를 겪게 될 공간은 주방이 될 것이다.

집의 다양성은 삶의 다양성을 만든다. 앞서 말했듯 다양성은 모든 생태계의 근본이자 생존 방식이다. 팬데믹 이후 집의 변화는 더욱 가속화되고 있다. LDK라는 평면 중심의 사고에서 사용자 중심의 사고로 전환되고 있는 것이다. 홈트레이닝이나 홈 캠핑과 같이 취미를 중심으로 집을 꾸민다든지, 작은방이나 집 일부에 칸막이를 설치해 홈오피스로 만드는 등 집 안에서 더욱 다양한 활동을 위한 집의 기능이 확장되고 있다. 앞으로 다양한 LDK의 변화가 더욱 기대된다.

벽과 공간;
근대 공간 개념의 선구자들

경제학자 오마에 겐이치大前研一는 그의 저서 《난문쾌답》에서 인간을 바꾸는 방법은 오직 세 가지라고 말했다. 시간을 다르게 쓰는 것, 사는 곳을 바꾸는 것, 새로운 사람을 사귀는 것이다. 다이어트를 하겠다고 결심한 이후에는 집 근처 헬스장이나 공원 등 운동을 할 수 있는 장소에 익숙해지고, 운동을 도와줄 코치나 동료와 함께 운동하는 시간이 즐겁다는 것을 깨달아야 한다. 그래야 비로소 공간, 인간, 시간의 실질적 변화가 일어나 다이어트 결심이 실체화될 수 있다. 집은 내가 가장 오랜 시간을 보내는 공간이자 가장 밀접한 관계의 사람들과 함께하는 공간이기에 나를 변화시킬 수 있는 출발점이자 도착점이다. 하지만 너무 익숙한 공간이기 때문일까? 집이 나에게 영향을 끼친다는 사실을 깨닫기란 쉽지 않다.

'벽'은 그 존재가 너무나 당연하다. 하지만 건축이라는 관점에서 벽은 외부와 내부를 구분 지음으로써 우리에게 안정감을 선사하는 매우 중요한 요소다. 만약 벽이 없는 집에서 지낸다고 상상해 보라. 마치 군대에서 보초를 서는 듯한 기분으로 살아가야 할 것이다. 벽은 인지 부담을 덜어 우리에게 편안함을 준다. 벽이 주는 안정감은 벽의 재질이나 강도, 두께 등을 통해 더욱 세밀하게 조절할 수 있다. 그리고 이러한 벽의 기능을 강화한 공간이 방이다. 방은 벽으로 둘러싸인 공간으로 외부의 시선은 물론 소음과 다양한 위험 요소로부터 사생활을 보호한다.

기능적으로 침실은 우리에게 가장 내밀한 장소다. 따라서 침실은 생활 공간과 분리되었고, 이러한 공간 분리로 인해 역사적으로 성생활을 바라보는 관점 또한 변화되었다. 공간 사회학자 피터 워드Peter Ward는 "서구의 가정 공간이 사생활과 자기 영역, 각자의 방을 수용하는 방향으로 복잡해지면서 서구문화가 집단보다는 개인에게 더 가치를 두는 방향으로 발전해 왔다."라고 밝혔다.[9] 이처럼 벽은 단순히 공간을 분리하는 용도만이 아니라 공간의 사용 용도를 정하고 동시에 사적 영역과 공적 영역을 구분하며 공간 성격을 세분화하는 도구로 사용된다.

서구 근대 건축의 거장들이 근대 건축의 클래식으로 여겨지는 데에는 많은 이유가 있겠지만, 공통적인 이유는 그들 모두 공간을 만드는 특별한 방법을 하나씩 고안해 냈다는 데 있다. 먼저 유럽 근대 건축에 큰 영향을 끼친 미국 건축가 프랭크 로이드 라이트Frank Lloyd Wright는 1800년대 후반에서 1900년대 초까지 미국의 토착적 대초원을 뜻하는 '프레리스타일'을 확립했다. 이는 유럽 건축과 구분되는 미 중서부지역의 스타일로, 견고한 벽돌 구조와 넓게 돌출된 처마를 가진 수평선이 강조된 건물 형식이다. 프레리스타일이 도입되기 전 미국의 주택은 대부분 현관을 통해 집 안으로 들어오면 계단을 중심으로 방이 사방을 둘러싼 사각형 구조였다. 그런데 프레리스타일은 방을 하나의 단위로 삼고, 수평적으로 자유롭게 연결하면서, 개방된 공간이 연속될 수 있는 유기적인 형태를 만들었다. 그는 프레리스타일의 집을 땅과의 결혼으로 묘사하기도 했고, 현재 방들이 자유롭게 연속으로 배치된 구조의 집은 이 프레리스타일에 큰 영향을 받았다.

두 번째로, 근대 건물 중 유일하게 세계문화유산으로 등재된 건축물들을 설계한 르 코르뷔지에다. 그는 종합 작품집 1권에서 빌라 사보아를 소개하면서 '집을 구성하는 네 가지 구성'이라는 제목의 메모가 적힌 그림 스케치를 함께 소개했다. 그가 말한 네 가지 구성 중 첫 번째는 각 유닛을 옆에 있는 유닛과의 관계에 따라 유기적으로 결합한 방식으로, 앞서 언급한 프레리스타일과 유사하다. 이 형식은 구성이 편리하나 변화가 많다는 단점이 있다. 두 번째 방식은 순수한 사각형 입방체에 방과 공간 구성을 결합하는 방식인데, 구성 면에서 가장 어려운 방식이기도 하다. 이는 지금 우리가 살고 있는 아파트 같은 공간으로, 건축의 거장이 가장 어렵다고 말한 공간 방식을 너무 일반화해서 사용하고 있다는 점에서 어쩌면 우리는 모두 천재이거나 혹은 효율이나 경제성에 치우쳐 사각형 공간에 모든 것을 욱여넣은 것은 아닌가 싶다. 세 번째는 바둑판과 같은 규칙적인 격자의 그리드에 기둥을 세우고 격자 위에 자유롭게 평면을 구성하는 방식이다. 이 방식은 층마다 바닥 판은 물론 외부와 내부에 쉽게 변화를 줄 수 있고, 동시에 규칙적인 기둥의 배치로 기하학적 비례를 유지할 수 있다. 르 코르뷔지에가 소개한 네 번째 집의 구성 방식은 위의 세 가지를 모두 결합한 방식이다. 외관은 두 번째 방식처럼 순수한 사각형 큐브 형태를 유지하면서 동시에 세 번째 규칙인 바둑판과 같은 기하학적 구조 기둥을 세우고, 바닥을 자유롭게 구성하는 식이다. 이는 르 코르뷔지에의 주택 이론을 집대성한 건물 구성 방식이기도 한데, 기본 구조를 기둥이 담당하면서 자유로운 공간 구성이 가능해지고 집 안에서도 외부와의 연계를 가질 수 있게 되었다. 이러한 건축방식은 그 당시 다른 많은 건축가들도 시도했지만 르 코르뷔지에의 상징적인 선언은 이러한 그들의 시도를 더욱 선명하게 보여주었다.

"Less is more(간결한 것이 더 아름답다)"는 모던 디자인을 상징하는 문장으로, 사실 이것은 독일 근대 디자인의 산실 바우하우스 3대 교장이자 건축가인 루트비히 미스 반 데어 로에Ludwig Mies van der Rohe의 건축을 설명할 때 처음 등장한 것이다. 그는 '진리는 사물과 지성의 일치'에 있다는 종교학자 토마스 아퀴나스의 철학에 깊이 영향을 받아 "건축은 정신적으로 결정되고 공간적으로 실행된다."라고 말했다. 동시에 고대 건축이 가지고 있는 비례를 유지하되, 근대의 상징인 철과 유리를 재료로 활용함으로써 고전 건축을 새롭게 해석했다. 미스는 건축의 구조와 공간의 관계를 극명하게 보여줄 수 있는 방식으로 유니버설 스페이스universal space라는 공간 구조를 만들었다. 이것은 건물의 둘레에 비례를 바탕으로 철골구조 기둥을 세우고 유리로 외부 입면을 마감해서 건물 구조의 아름다움을 선명하게 드러낸다. 또 내부 공간은 오픈된 형태로 비워둠으로써 공간의 가변성을 확보하고 동시에 외부와 내부의 관계를 더욱 선명하게 보이도록 만들었다. 내부 공간의 비움, 즉 'less'를 통해 공간과 건축의 본질인 'more'에 다가가는 그의 건축 방식은 현대 도시의 거의 모든 빌딩 설계에 적용되고 있다.

마지막으로 "장식은 죄악이다."라는, 근대 디자인에서 또 하나 유명한 문장은 오스트리아 건축가 아돌프 로스Adolf Loos가 1908년에 쓴 〈장식과 죄악〉이라는 평론에서 출발한다. 아돌프 로스는 장식을 노동력의 낭비이면서 동시에 허구의 문화라고 생각했고 여러 건축을 통해 이를 입증했지만, 너무 과감한 시도로 이따금 사회적 반감과 조롱을 받기도 했다. 하지만 아돌프 로스가 만든 공간은 당시 누구와도 비교할 수 없는 특별한 방식임은 분명했다. 그는 높이가 다른 각각의 방을 다양한 레벨로 겹쳐 쌓고 연결해 공간을 구성하였다. 그의 건물은 외부가 단순하다. 하지만 다양한 높이로 쌓인 라움Raum(방이나 부피를 칭하는 독일어)으로 굉장히 역동적인 내부 공간을 만들었는데, 이러한 공간 구성을 라움플랜Raum plan이라고 한다. 그는 건물의 외부는 장식을 극도로 배제하였지만, 각 라움의 벽면 마감재는 다양한 대리석과 채도가 높은 색을 활용해 풍부한 질감으로 표현하였다. 이렇게 만들어진 건물의 단면은 층으로 구분되지 않고, 다양한 높이의 바닥과 계단을 통해 유기적으로 연결된다. 층이라는 개념을 허물면서도 단순한 외형을 유지하고, 동시에 내부 공간의 다양한 볼륨을 만들어내는 라움플랜은 건축 공간의 혁명과도 같았다.

광화문 교보빌딩 앞에 서면 커다란 돌에 새겨진 문구를 볼 수 있다. “사람은 책을 만들고 책은 사람을 만든다.” 이 말은 우리의 집과도 제법 잘 어울린다. 앞에서 소개한 오마에 겐이치의 말대로 시간과 공간의 변화는 인간의 사고와 행동을 변화시킨다. 근대의 다양한 공간 구성은 인간에게 더욱 다양한 시간과 공간을 경험하도록 했다. 우리가 지금 살고 있는 공간은 평소 여러 근대 건축가들에 의해 고안된 공간개념이다. 공간과 시간과 인간의 교차점인 집. ‘사람은 집을 만들고, 다시 집은 사람을 만든다.’

생명과 시공간이 만나는 곳, 창

철학자 하이데거는 1951년 〈건축한다, 생활한다, 사고한다〉라는 제목의 강의에서 "건축은 다리다."라고 정의하였다.[10] 개인의 자산일 것만 같은 건물은 공동성과 협력의 결과이기도 하다. 좁은 의미로 건축법규이겠지만, 본질적인 의미로는 지역과 건물 간 공동의 규칙과 질서가 필요하고, 건축주와 건축가, 시공사의 협력과 건물 주변 주민들의 이해가 없다면 건물은 지어질 수 없다. 게다가 한번 지어진 건물은 짧게는 수십 년에서 길게는 수천 년 동안 유지된다. 결국 하나의 건물은 장소를 만들고 문화를 연결한다.

그렇다면 건물 내부에서 이곳저곳을 연결하는 요소는

무엇일까? 답은 창과 문이다. 너무 당연한 이야기인가? 하지만 생각해 보라. 창과 문이 없는 가로 세로 높이 5m인 정육면체 콘크리트 구조 안에 갇혀 있다면? 빛이 들어오지 않아 어떠한 구분도 할 수 없으며 공기 중 산소가 희박해져 숨 쉬기도 힘들어질 것이다.

19세기 중반 이후 유럽과 미국에서는 도시, 건축, 예술, 디자인 분야에서 근대로 진입하는 다양한 사건이 일어났다. 미국 시카고에서는 엘리베이터의 등장과 함께 철골 구조의 고층 건물이 우후죽순으로 지어졌다. 유럽에서는 철, 유리, 콘크리트 등의 산업재를 건축에 사용하려는 다양한 시도가 있었다. 특히 유리창은 근대 건축물을 구성하는 대표적인 요소다. 유리는 창이라는 개념을 넘어 벽이 되었고, 건물 모서리를 유리로 처리하는 등 건물의 개방감을 위한 다양한 시도에 활용되었다. 근대 건축가 르 코르뷔지에는 당시의 다양한 건축적 시도를 모아 '근대 건축의 5원칙'을 선언하였는데, 그가 말한 다섯 가지 근대 건축 요소는 필로티, 옥상 정원, 자유로운 평면, 자유로운 입면, 가로로 긴 창이다. 필로티는 기둥과 천장이 있고 벽이 없는 공간을 말하는데, 기둥 위에 건물을 지어 땅과 건물을 선명하게 분리했다. 옥상 정원은 말 그대로 옥상

집의 창을 '생명의 구멍'이라 지칭한다면 결국 창이란 세상과 생명, 자연과 우주를 연결하는 지점인 셈이다.

에 정원을 꾸며놓음으로써 인간과 자연의 연계성을 확장한 시도다. 자유로운 평면과 입면은 이전 건물의 벽이 대부분 건물의 하중을 지지했던 구조와 달리, 콘크리트나 철골 기둥을 사용함으로써 벽과 바닥은 하중과 무관하게 더욱 근대적 공간 개념을 실현할 수 있게 된 것을 말한다. 마지막으로 가로로 긴 창은 기존의 세로로 긴 창을 통해서는 빛이 통과할 수 있는 부분이 협소해 발생했던 음영의 대조를 해결해 더욱 밝고 균일한 실내 공간을 실현시켰다. 이는 이전에 지어진 무겁고 어두운 벽돌과 석재 건물에 대한 이별 선언이기도 하다.

19세기 가장 대표적인 유리 건물은 1851년 영국 하이드파크에서 열린 만국박람회를 위해 세워진 크리스털 팰리스Crystal Palace다. 이 건물은 길이 563m, 폭 124m의 어마어마한 크기로 1년 만에 완성되었는데, 유리와 철골로만 이루어진 온실건축을 모티브로 했다. 이는 당시 창문에 세금을 매기던 이른바 '창문세'의 폐지로 유리 가격이 인하된 덕분에 가능한 일이었다.

이 건물과 관련해 한 가지 더 살펴볼 것은 조명의 사용이다. 당시만 해도 조명을 사용하는 것은 여러 기술적 한계로 흔치 않은 일이었다. 그런데 19세기 초부터 영국, 미국, 러시아 등지에서 20종이 넘는 백열등 특허가 출원되었고, 1879년

초에는 영국의 발명가 조지프 스완과 미국의 토머스 에디슨이 경쟁하듯 백열전구를 발전시켰다. 또 1992년 에디슨이 세계 최초로 발전소를 활용해 전기를 생산함으로써 도시 전체에 불을 밝히는 등 엄청난 발전을 이루었다. 그러니 크리스털 팰리스가 등장한 1851년만 해도 영국의 밤거리는 칠흑같이 어두운 상태였다. 상상해 보라. 깜깜한 도시의 밤을 밝히는 거대한 유리 건물의 모습을. 인류 역사상 한 번도 볼 수 없었던 경이로운 풍경이었음에 틀림없다. 이러한 크리스털 팰리스의 모습은 유럽은 물론 세계 사람들의 동경과 상상의 대상이 되기에 충분했다. 유럽의 다른 대도시도 앞다투어 가로등과 상점의 불을 밝히며 반짝이는 도시를 만들고자 했다.

프랑스 근대 시인 보들레르는 《악의 꽃》에서 샹젤리제 거리 레스토랑에서 연인과 저녁 식사를 하는 자신의 눈동자와 그러한 자신의 모습을 창문을 통해 바라보고 있는 거지의 눈동자의 동질감을 이야기했다. 비록 그 둘의 처지는 다를지언정, 그들의 눈동자는 모두 근대의 불빛과 변화하는 세계에 대한 경외감을 품고 있었을 것이다. 개방감을 주는 커다란 창으로 만들어진 건물은 도시의 황홀한 밤 풍경을 만들었고, 모임과 사회적 교류의 장을 확대하였다. 이처럼 창을 통해 서구 근대의 수많은 도시가 풍경의 전환을 맞이하게 된 것이다.

개인적으로 창의 심도 깊은 의미는 '구멍'이라고 생각한다. 어느 공간이라도 조그만 구멍이 뚫려 있다면 우리는 숨을 쉴 수 있고 그 구멍을 통해 들어오는 빛을 통해 스스로의 존재를 확인할 수 있다. 작은 구멍은 사람을 살리고, 빛과 바람을 느끼게 하고, 낮과 밤을 알 수 있게 만든다. 구멍을 통과하는 시간에 따라 움직이는 빛줄기는 외부와 나를 연결하는 안식의 빛줄기이며, 구멍으로 보이는 밤하늘의 별이나 달은 벗이 될 수 있다. 집의 창을 '생명의 구멍'이라 지칭한다면 결국 창이란 세상과 생명, 자연과 우주를 연결하는 지점인 셈이다.

미국의 대지 예술작가 낸시 홀트Nancy Holt의 〈태양 터널〉은 유타주 북서부 그레이트 베이슨 사막에 약 5.5m 길이 2.7m 높이의 콘크리트관 4개를 약 5만 평 부지에 X자 형태로 배치한 것이다. 각각의 콘크리트관에는 작은 구멍이 여러 개 뚫려 있는데, 낮에는 이 구멍들 사이로 새어 들어오는 빛줄기를 느낄 수 있으며 밤에는 구멍을 통해 별자리를 볼 수 있다. 양쪽 끝이 뚫려 있는 관 형태이긴 하지만 두꺼운 콘크리트 터널 안은 메아리가 울리고 한낮에도 외부 온도보다 15도 정도 더 낮다. 이러한 울림과 온도 차는 외부와는 확연히 다른 공간감을 느끼게 한다. 이 작품은 작품이란 미술관에 존재해야 한다는 상투적인 개념을 깨뜨렸을 뿐만 아니라, 안과 밖, 인

공과 자연, 장소와 존재 등에 대해 다시 생각할 수 있게 한다.

일본 소설가 무라카미 하루키村上春樹는 그의 소설 《해변의 카프카》에서 창의 확장된 개념으로서 '구멍'에 대한 경외를 표했다. "세상에 구멍 하나가 빠끔 뚫리고 거기에 대해 올바른 경의를 표하지 않으면 그 구멍은 메워지지 않아."라는 구절은 현재 내가 있는 장소나 시간에 대한 진정성을 갖추지 않는다면 다음에 있을 공간과 시간 역시 제대로 맞이할 수 없다는 의미다. 하루키는 "경의를 표한 뒤에는 어두운 입구를 더 이상 들여다보지 않는 게 좋아. 그런 건 고양이에게 맡겨두면 돼. 그런 걸 생각하면 넌 어디로든 갈 수 없어."라고 말하며 구멍의 시간성과 공간의 전환에 대해 언급했다. 인간, 시간, 공간이라는 단어를 이루는 간間이라는 한자는 사이와 관계를 의미하는 글자로, 문 사이로 햇빛이 들어오는 모습을 형상화한 것이다. 창은 시공간과 생명이 만나는 지점이다.

* 이 글은 《넥스트 매거진》 2021년 12월 창간호에 〈창과문—생명과 시공간의 연결점〉으로 소개된 글을 바탕으로 합니다.

집의
문법

현대 철학자 루트비히 비트겐슈타인Ludwig Josef Johan Wittgenstein은 언어를 통해 세상을 그림처럼 보여줄 수 있다고 했다. 집도 마찬가지다. 모든 언어는 문장을 구성하는 규칙 즉, 문법이 있고, 단어와 조사가 연결되면 구가 되며, 구와 구가 만나 문장을 이룬다. 이 문장을 결합하면 이야기가 되고, 이야기는 자신만의 색을 띨 때 한 사람의 문체가 된다.

집도 단어가 문장이 되는 과정과 동일한 단계를 거친다. 벽, 바닥, 창, 기둥, 천장, 계단, 처마 등의 요소는 단어와 같다. 기둥을 열 지어 세우고, 지붕을 씌워 회랑을 이루고, 높낮이가 다른 두 바닥과 그 사이를 연결하는 계단을 놓아 계단실을 만드는 과정은 문장의 구다. 건축의 구를 연결하여 단위 공간이 만들어지면 이는 비로소 하나의 문장이 된다.

건축을 배우는 행위는 건축 요소인 단어를 배우고, 건축 요소가 결합한 구를 이해하고, 완성된 공간인 문장을 쓰는 방법을 익히는 것과 같다. 문장을 결합하여 하나의 글을 완성하는 것처럼 공간의 결합을 통해 건축이 완성된다. 위대한 건축가들은 건축이라는 문법에 자신만의 색채를 가미해 '건축적 문체'를 만든다. 작가의 언어는 이렇게 탄생한다.

적합한 글을 쓰기 위해서는 단어를 정확히 이해하고 풍부한 어휘력을 갖추어야 한다. 마찬가지로 공간에 적합한 건축을 위해서라면 바닥, 벽, 창 등 다양한 재료의 사용과 존재 의의를 정확하게 파악해야 한다. 예를 들어 창은 환기, 채광, 조망이라는 주요한 세 가지 역할을 하는데, 환기를 위해서는 유리가 아닌 단열에 유리한 판재를 사용하는 것이 더 좋다. 조망을 위한 창은 개폐가 되지 않는 고정창이 더 유리하며, 채광만을 위한 것이라면 투명한 유리가 아닌 간유리를 사용해 사생활 보호의 효과를 꾀할 수 있다. 이처럼 창의 기능을 정확히 이해하면 기능에 충실하면서도 아름다운 집을 만들 수 있다. 창의 개폐 방식에 따라서도 다양한 선택이 가능한데, 여닫이창, 미닫이창, 오르내리기 창, 풀다운 창, 프로젝트 창 등 다양한 종류의 창을 용도와 공간에 맞추어 사용해야 한다. 한지에 비치는 그림자에서 착안해 그림자 영影 자를 붙인 영창의 개념을 안다면, 어두운 밤 빛과 그림자를 연결한 실내 공간을 만들 수 있다. 유럽 고딕 성당의 정문 위쪽에 위치한 장미를 닮은 커다란 창은 그 모양 때문에 로즈윈도라는 이름이 붙었다. 이 창의 존재를 안다는 것은 고딕 성당 입구에서 창과 빛이 만나 나타내는 아름다움 또한 안다는 의미다. 한옥에서는 벌레가 들어오는 것을 막고 바람이 통할 수 있게 성글게 짠 비단창을 비단 사絲를 써서 '사창'이라고 하는데, 옥색이나 다홍색으로 물들인 비단 창을 통해 빛이 들어오면 한지로 도배한 방은 옥빛이나 다홍빛으로 물든다. 이처럼 풍부한 어휘의 사용은 공간을 상상하게 만드는 힘이 있고, 이를 통해 우리는 이야기를 만들 수 있다.

그럼 지금부터 '현관'이라는 건축의 문장을 완성해 보자. 가장 먼저 현관에서 어떤 행동을 하는지 생각하고 나열해 보자. 문 잠그기, 현관문 여닫기, 신발 벗기, 구둣주걱으로 신발 신기, 손님 맞이, 배달 받기, 조명 켜기 등 기본적으로 현관에서 이루어지는 다양한 행동은 물론 나만의 희망사항도 넣을 수 있을 것이다. 여기에 현관의 분위기를 조성하는 그림을 걸거나 신발을 신을 때 걸터앉을 수 있는 의자를 두는 것, 젖은 우산의 빗물이 흐르지 않도록 우산꽂이를 놓는 등 소품을 통해 새로운 분위기를 만들 수 있다. 이때 사용되는 현관의 가구, 바닥재, 조명, 현관문의 종류, 중문 등은 모두 단어다. 이 단어에 바닥과 조명, 문의 조합을 더해 구를 만들고, 이 구를 조합해 현관이라는 문장을 완성할 수 있다.

공간에서 이루어지는 행동을 중심으로 집의 단어를 수집하고 이를 문장으로 만드는 것은 집에 접근하는 방식을 더욱 체계적으로 만들 수 있고, 또한 자신이 원하는 집이 무엇인지 더욱 명확하게 깨닫게 한다.

문장이나 말에 풍부한 표현을 더하는 기법을 수사법이라고 한다. 이러한 문장의 수사법은 공간의 수사법이 될 수 있다. 주어와 목적어와 술어의 순서를 바꿔 뜻하는 바를 강조하는 형태를 도치법이라고 하는데, 으레 1층에 위치하는 거실을 2층으로 도치해 거실 공간을 전환한다면 이는 도치적 공간 구성이 된다. 주방을 중심으로 삼고 나머지 공간을 구상한다면 강조법을 통해 집을 풍부하게 표현한 경우다. 긴 복도를 만들어 일정하게 방을 배치하는 것은 반복법을 통해 공간을 구성했다 할 수 있다. 현관에서 내부 공간이 바로 노출되는 형태가 아닌 내부로 진입하거나 벽을 지나야만 마주할 수 있게 꾸몄다면 이는 점층법적 공간 구성이며, 현관에서 정원과 같은 분위기를 느낄 수 있게 꾸며놓았다면 이는 은유법적 공간 구성이다. 이러한 다양한 수사법적 공간 구성은 집을 더욱 풍성하게 만든다.

마지막으로 이야기를 만들 때 가장 중요한 부분은 이야기의 연계성이다. 움직이는 동선과 빛의 변화를 통해 집의 공간을 경험하는 것은 매우 중요하다. 일본 건축의 거장 안도 다다오安藤忠雄가 건축가로 막 활동을 시작한 1976년에 지은 스미요시 주택은 가로 3.3m 세로 14m인 14평 크기의 아주 작은 2층 주택이다. 이 집은 특이하게 현관에 들어서자마자 거실이 있고, 거실 밖 외부 중정을 지나야 식당이 있는 구조다. 2층의 침실 역시 실내에서는 이동할 수 없고 중정에 있는 외부 계단이나 중정 사이 다리를 통해야만 진입할 수 있다. 이 구조는 얼핏 너무나 불편해 보이지만, 건축가는 아주 작은 공간임에도 자연과 함께 살 수 있는 커다란 집이라는 개념 아래 설계를 진행했음을 밝혔다. 실제로 그 주택에 거주하는 집주인 역시 수십 년째 불편과 기쁨을 함께 즐기며 살고 있다고 전했다. 빛이나 환기 문제를 해결하기 위해 뒷마당을 설치하는 일반적인 일본의 주택 형식과 달리, 안도 다다오는 가운데 중정을 두는 방식을 통해 집과 외부를 하나의 공간으로 단단히 결합한 것이다.

비트겐슈타인은 언어를 통해 세상을 그림처럼 보여줄 수 있지만, 동시에 말할 수 없는 것은 침묵하여야 한다고도 했다. 이는 곧 말할 수 있는 것은 정의할 수 있지만 정의할 수 없는 것 역시 세상에 존재한다는 의미다. 계이름 도와 레 사이에는 도 샵과 레 플랫이 있고, 나머지 음은 악보에 표현할 수 없다. 서양 음악에서는 음계로 표현할 수 없는 음을 음악에서 사용하지 않았다. 하지만 독일에서 활동한 세계적 음악가 윤이상은 국악에서는 흔히 사용하지만 음계로는 표현되지 않은 도와 레 사이 수많은 음을 기호로 표현하고 도입함으로써 현대 음악에 큰 영향을 미쳤다. 집의 분위기는 그 공간의 온도와 바람, 빛, 재료, 색, 가구, 사람 등 수많은 변화에 의해 형성된다. 문법과 문체, 수사를 넘어선 어떤 것은 말로 표현할 수 없는 것이기에 논리적으로 만들 수 없다. 집을 짓고 인테리어를 하는 것은 생활의 시작을 위한 첫 단계일 뿐이다. 살면서 채워가는, 말로 표현할 수 없는 수많은 집의 이야기와 분위기는 시간과 집이라는 장소에 공기처럼 존재한다.

북으로 창을 내겠소!

한국에서 집을 지을 때 환경적 요소 중 가장 우선적으로 고려하는 것이 무엇일까? 생각해보면 단연코 집의 배치를 남향으로 정하는 것이다. 아파트 설계에서도 건물의 방향은 아파트 가격에도 영향을 줄 만큼 중요한 요소다. 덕분에 남쪽을 향한 커다란 창문이 있는 거실의 모습은 한국에서 볼 수 있는 가장 전형적인 모습이다. 남쪽 창은 직사광선을 가장 많이 받아들일 수 있기에 집을 따뜻하게 만들고, 해의 움직임에 따라 집에서 마주하는 빛의 변화도 다양해서 더 풍부한 집의 표정을 경험할 수 있도록 한다.

수년 전 창과 관련한 재미난 설계를 진행한 적이 있다. 잘 알고 지내던 동료 건축가가 자신의 가족과 친분이 깊은 다른 두 가족을 포함해 3세대가 생활할 수 있는 집 설계를 의뢰한 것이다. 건축가가 다른 건축가에게 자신이 살 집을 설계해 달라는 요청에 판단이 서지 않았고, 건축적 철학과 꼼꼼함을 갖춘 존경하는 건축가의 요청이라 더욱 부담스러웠다. 하지만 자신이 살 집을 직접 설계할 수 있음에도 다른 두 세대와 함께 사는 집이기에 본인이 직접 설계하는 것보다 다른 건축가에게 의뢰하는 것이 더 좋겠다는 판단이 들었다는 말에 감동했고, 집을 짓는 동안 서로 나눌 수 있는 건축적 대화에 흥미가 생겨 설계를 맡게 되었다.

집을 지을 부지는 도로에 면한 3m 폭의 골목과 같은 좁은 부지를 지나 안쪽에 땅이 있는 소위 말하는 자루형부지였다. 대지 주변으로는 4~5층 규모의 건물 5개가 사방을 막고 있었는데, 이 때문에 가장 먼저 채광이 들지 않아 어둡고 답답한 집이 될 수 있겠다는 생각이 들었다. 동시에 이 문제를 해결하는 것이 집의 핵심이 되겠다고 생각했다. 부지의 폭도 넉넉하지 않아서 한 층의 크기는 10m×8m 정도로 작았다. 따라서 답답함을 피하기 위해 각 세대가 가능하면 10m 길이나 8m 길이를 한눈에 볼 수 있는 시각적으로 트인 통로 공간

창은 공간과 시간, 장소 그리고 집의 관계를 만들어주는 장치다.

을 계획했다. 남쪽에 면한 집은 이 집과 너무 가까이 있어 채광창을 만들기 불리했기 때문에 집과 집 사이의 이격 거리를 확보할 수 있는 북쪽에 가로로 긴 채광창을 냈다. 이것이 이 건물의 핵심이었다. 남향은 우리나라에서는 집의 가장 기본 공식이지만, 이 집은 정반대로 북향 창을 낸 것이다. 이것을 이해하기 위해서는 빛의 성질을 이해할 필요가 있다. 태양 빛은 지구에 두 가지 형태로 도달한다. 하나는 많이들 알고 있는 직사광선direct light이고, 다른 하나는 천공광skylight이다. 천공광은 태양 빛이 대기의 수증기나 먼지에 반사되거나 산란되어 확산되는 빛이다. 하늘이 푸른 것도 대기의 먼지나 수증기에 부딪친 태양 빛이 산란하기 때문이고, 반대로 우주가 어두운 이유도 산란할 대기가 없기 때문이다. 북쪽 창은 직사광선은 들어오지 않고 천공광만 들어오기 때문에 균일한 빛을 얻을 수 있다.[11] 직사광선이 닿으면 사물은 흰색에 가깝게 보이지만 천공광은 사물의 색상을 선명하게 볼 수 있게 한다. 한강도 강북에서 강남을 보는 것보다 강남에서 강북을 바라볼 때 선명하고 부드럽게 보인다. 사무실도 북향이 남향보다 양호하고, 미술관에서 자연광이 들어오게 할 때는 반사 빛을 들어오게 하거나, 북쪽에 창을 두는 방식을 이용한다.

2층과 3층 일부는 돌출되어 서쪽으로 창을 낼 수 있었는데, 이 창에서만 유일하게 멀리 하천이 조금 보였다. 서쪽 창은 아침에는 부드러운 천공광이 들어오고 오후에는 붉고 따뜻한 빛깔의 직사광선이 집 안 깊숙이 들어오게 된다. 북쪽 창이 선명하고 부드러운 빛을 준다면 서쪽 창은 붉고 따듯하고 깊은 빛을 만든다. 오후와 저녁 해지기 전 노을빛이 가득한 집의 모습은 집을 더욱 사랑스럽게 만들었다. 동쪽에는 건물 두 채가 가깝게 있어 건물 사이에 환기창만 두었다. 참고로 동쪽 창은 아침에 집에 빛과 온기를 주기 때문에 아침에 활기 있는 공간을 만들려면 동쪽 창을 활용하는 것이 좋다.

모든 생명은 24시간 주기로 변하는 생체리듬을 가지고 있는데, 이를 일주기 리듬Circadian Rhythm이라고 한다. 붉은색 태양이 떠오르는 일출부터 흰색 직사광선으로 가장 태양빛이 강한 점심을 지나고 다시 노을이 지는 일몰을 거쳐 어둠이 깊어지는 밤까지 빛의 변화는 생체리듬에 큰 영향을 준다. 하지만 대부분의 도시인은 낮 시간에는 태양 빛이 부족한 실내에서 일하고 충분히 어두워야 할 밤 시간에는 조명이 밝게 빛나는 환경에서 생활한다. 이런 빛 환경은 생체리듬을 깨트리고 수면장애나 우울증 등의 원인이 된다. 남향은 한국의 자연 환경에 적합한 배치이지만 한옥에는 사면으로 창이 있다. 동서남북은 공간이기도 하지만 동시에 빛의 시간이기도 하다. 창은 공간과 시간, 장소 그리고 집의 관계를 만들어주는 장치다. 나의 라이프스타일을 잘 살피고 방과 가구의 배치를 창과 함께 고려할 때 더 좋은 집을 만들 수 있으며, 동시에 건강한 나를 만든다.

03

가구와 집

가구는 집을 구체화한다

형태를 만드는 조각과 달리, 역설적이게도 건축은 비어 있는 공간을 만들기 위해 형태를 만든다. 비어 있는 공간은 무엇이든 할 수 있다는 가능성도 품고 있지만, 구체적인 행동을 하기에는 불편할 수도 있고, 심지어는 전혀 할 수 없는 경우도 있다. 목욕을 하기 위해서는 반드시 물과 욕조가 필요하고 음식을 만들기 위해서는 불을 피울 수 있는 아궁이가 있어야 한다. 이처럼 비어 있는 공간에서 구체적인 행위를 할 수 있도록 만드는 요소는 무엇일까? 정답은 '가구'이다.

가구의 한자 뜻을 살펴보면 집 가家에 구체화할 구具를 사용한다. 즉 집에서 하는 행동을 구체적으로 만들어주는 것이 가구다. 그럼 텔레비전이나 오디오도 가구에 속할까? 답은 '그렇다'이다. 텔레비전은 과거 가전가구라 불리기도 했으며, 나무 다리가 달린 나무 상자 안에 놓여 일반적인 목재 가구와 형태가 비슷했다. 이처럼 집을 구체화하는 모든 것이 가구라면, 커튼도 액자도 조명도 가구의 일부라고 할 수 있다. 건축이 비어 있는 공간을 만든다면, 가구는 공간에서 일어나는 행동을 도와주는 모든 장치나 물건으로 의미를 확대해 볼 수 있다.

르 코르뷔지에는 "현대주택의 평면계획을 개혁하려면 우선 가구의 문제를 해결해야 한다. 그러지 않으면 현대적인 이념을 아무리 추구하려고 해도 소용없다."라고 가구와 건축의 중요성을 강조하였다.

가구를 칭하는 영어 단어 furniture 앞쪽의 어근 furn은 공급, 또는 설비를 뜻하는 프랑스어 furniss, furnir에서 유래했다. 아궁이나 욕조 등과 같은 설비 시설을 생각하면 '퍼니처'를 쉽게 이해할 수 있을 것이다. 또 독일에서는 가구를 möbel이라고 쓰고 이탈리아에서는 mobilo, 프랑스에서는 meubles, 스페인에서는 mobiliario라고 한다. 모두 라틴어 moveo가 어원으로 '움직이다'라는 뜻을 지니고 있고 이는 우리가 알고 있는 모빌의 기원이기도 하다. 위의 단어를 통해서 유럽에서 가구는 '고정되어 있는 집'에서 '움직일 수 있는 도구'라는 의미를 갖고 있음을 알 수 있다.

우리가 알고 있는 브랜드 루이뷔통Louis vuitton은 여행 가방을 만드는 회사로 시작했다. 17세기 후반 이후 유럽의 귀족들 사이에서 여행이 크게 유행하면서 물건을 보관하며 동시에 가볍고 옮기기 쉬운 튼튼한 가방의 수요가 늘어났다. 당시 가방은 나무 궤짝에 모서리를 보호하는 철물과 궤짝 둘레를 끈 형태의 철물로 단단히 고정하는 형태가 일반적이었다. 이 모습은 가방보다는 가구와 유사했다. 실제로 와인과 잔을 보관하는 가방의 내부는 주방과 동일한 구성을 보여주었고, 의류를 넣는 가방 역시 서랍과 옷걸이를 포함하는 등 가구의 형태와 동일했다. 루이뷔통도 집의 가구와 내부 형태는 동일하고 외부는 가죽과 철물로 된, 가구 같은 가방을 만들었다. 이와 같이 가구와 가방은 '이동성'에서 유사성을 찾을 수 있고 가구는 이동하는 것이다.

그렇다면 우리나라에서 이동성의 의미를 지닌 가구는 무엇일까? 우리나라의 장롱은 장欌과 농籠으로 이루어진 합성어다. 장이 넓은 범위의 수납 가구를 의미한다면, 농은 대바구니를 뜻하는 한자로 가벼운 재료로 만들어져 이동이 쉽고, 각각 분리되어 무게를 분산할 수 있는 수납 가구를 뜻한다. 따라서 2층장, 3층장은 각각이 분리되지 않는 한 덩어리의 가구이고, 2층농, 3층농은 각각이 분리되는 가구다. 조선시대에는 딸이 태어나면 마당에 오동나무나 느티나무를 심고 딸이 시집갈 때가 되면 그 나무를 베어 마을을 돌아다니는 가구 장인에게 가구를 만들게 했다. 그 가구가 바로 우리가 알고 있는 '함'이다. 함은 이동이 수월하기 때문에 딸이 시집을 갈 때 종이로 만든 옷의 패턴이나 바늘, 옷감 등의 물건을 함에 담아 시댁에서 요긴하게 쓸 수 있도록 했다. 특히 함에는 이런 기능적 용도보다 더 큰 의미가 있는데 본가 마당의 나무와 자신의 집에 대한 추억과 부모님의 마음이 '함'에 담겨 있는 것이다.

가구를 고를 때 알고 있으면 도움이 되는 몇 가지 원칙을 공개한다. 몸에 잘 맞는 옷을 입은 사람이 멋져 보이는 것처럼 공간의 크기에 맞는 가구도 공간을 멋지게 만든다. 공간이 좁은데 커다란 소파를 들이면 집이 작아 보이고 소파도 어색해진다. 공간뿐만 아니라 사용자의 몸 역시 중요하다. 주방 싱크대나 서랍장의 높이는 대부분 85cm부터 95cm인데, 여기서 1~2cm만 높아도 매우 불편하다. 가구를 고를 때 대부분 디자인부터 보지만 가장 먼저 살펴야 할 것은 내 몸과 가구와 집의 적절한 비례다. 옷을 살 때도 디자인을 본 다음, 몸에 맞는 치수를 골라 구매해야 하는 것처럼 가구 역시 치수를 고려하는 것이 핵심이다.

두 번째로 가구를 선택하는 데 고려할 사항은 내가 가지고 있는 기존 가구의 재료나 색과 유사한 것을 고르는 것이다. 집 전체를 고려하지 않고 가지각색의 가구를 들이는 것은 피해야 한다. 집을 아무리 잘 지어도 어울리지 않는 가구가 들어오는 순간 집의 조화는 깨진다. 일부러 어긋남을 통해 조화를 꾀하는 미스매치라는 개념도 매치가 기본일 때 가능하다. 옷을 고를 때도 베이스가 되는 옷을 바탕으로 약간의 포인트를 주는 것이 진짜 센스 있는 옷차림인 것처럼 가구도 마찬가지다. 옷을 입을 때 포인트가 장신구라면 가구에는 함께 사용되는 쿠션이나 침구류, 스탠드 조명, 펜던트 조명, 주방 옆 트롤리 등이 그 역할을 한다. 이들의 모양이나 패브릭에 살짝 변화를 주면 더욱 감각적인 집을 완성할 수 있다. 또 그림이나 식물을 함께 배치하면 더욱 부드러운 분위기가 연출된다.

마지막으로 가구를 구입할 때 내가 그 가구와 함께 어떤 행동을 어떻게 할지 구체적으로 상상하는 것도 중요하다. 상상 속 내 모습이 편안하고 자연스럽고 아름답다면 그 가구는 집에 적격이다. 가구의 외형만 보는 데서 더 나아가 가구를 통해 나의 생활이 어떻게 변화될 것인가를 상상한다면 더 조화로운 공간을 만들 수 있을 것이다. 가구는 집을 구체화한다.

* 이 글은 《맨 노블레스》 2019년 09/10월 호에 〈가구는 집을 구체화한다〉로 소개된 글을 바탕으로 합니다.

수납,
물건의 자리

어릴 적 자주 들었던 말이 있다. '제자리에 둬라!' 집을 가꾸기 위한 격언에 순위를 매기라면 단연 상위권에 안착할 말이다. 물건에는 모두 제자리가 있다. 입석으로 기차를 타면 어디에 서 있건 마음이 불편하듯, 물건을 사고 집에 놓을 자리가 없으면 마음이 불편하다. 반대로 딱 거기에 있었으면 하는 물건이 집에 자리를 잡으면 집이 조금 더 빛난다.

그렇다면 물건의 '제자리'는 어디일까? 나름의 노하우를 공개하자면, 내가 각 공간에서 어떤 일을 하는지를 먼저 파악하면, 물건의 제자리를 정하기가 쉬워진다. 즉 그 물건을 가지고 행동하는 주변 공간이 물건의 제자리다.

현관에서는 신발을 신거나 벗고, 우편이나 배달을 받고,

우산을 꺼내고, 골프백이나 축구공을 보관하기도 한다. 결국 현관이 제자리인 물건은 신발, 구둣주걱, 우산, 청소 도구, 우편물 등이다. 거실에서는 소파에 눕듯 앉아 TV를 보고, 핸드폰이나 책을 보기도 한다. 가끔 커피나 치킨을 먹을 때도 있다. 거실에서 사용되는 물건은 TV, 리모컨, 테이블, 책, 노트북, 핸드폰 등이다. 주방에서는 장을 본 식재료를 냉장고에 넣거나 음식을 하고, 음식물 쓰레기를 치우거나 설거지를 한다. 주방에 속한 물건은 양념통부터 그릇, 냄비, 도마, 국자 등일 테다. 이처럼 각각의 공간에서 수행하는 행동을 생각하고 그 주변의 물건을 배치하면 집도 정리되고 행동을 하기에도 수월하다.

물건의 제자리를 찾아주었다면 그다음 단계는 '수납'이다. 제자리를 찾았다고 해서 그 물건들이 모두 저마다 한 자리씩 차지하고 있다면 집은 엉망이 되고 만다. 수납은 집 정리의 핵심이다. 건축가나 인테리어 디자이너가 만든 집을 처음 볼 때는 매우 아름답다. 그러나 이는 어디까지나 집에 아무런 물건이 없을 때 이야기다. 집에 물건이 가득할 때도 아름다울 수 있을 때 그 집은 진정으로 아름다운 것이다. 하우스와 홈의 차이는 '나의 생활이 집에 녹아 있는가'의 여부다.

집을 짓거나 인테리어를 할 때 타일이나 페인트의 색, 마

'제자리에 둬라!' 집을 가꾸기 위한 격언에 순위를 매기라면 단연 상위권에 안착할 말이다. 물건에는 모두 제자리가 있다.

루의 재질, 포인트가 되는 펜던트 조명의 사용 등 시각적인 아름다움을 중심으로 계획하는 것도 분명 중요하다. 하지만 개별 공간에서의 행위와 물건의 자리를 중심으로, 동선에 맞는 적정한 수납장의 크기를 정하는 것 역시 매우 중요한 작업이다. 개인적으로 이 과정은 집을 디자인하는 단계에서 디자이너와 함께 계획할 것을 강력하게 추천한다. 주방 상판, 수납장의 문고리 등은 매우 신중하게 결정하지만 개수대나 인덕션 아래 수납장에 어떤 주방 도구와 용품이 얼마나 들어가야 하는지를 디자이너와 상의하는 경우는 매우 드물다. 자신이 가지고 있는 물건의 양과 종류에 대한 정보를 미리 공유하면 건축이나 인테리어를 진행하며 반영할 수 있으니 참고하자.

수납을 잘하기 위한 첫 번째 방법은 수납할 물건의 치수와 환경, 무게 등을 파악하는 것이다. 주방 가구는 개수대, 화구, 조리대 세 영역으로 이루어진다. 개수대 아래에는 소쿠리, 볼 등 사용 빈도가 적은 식기, 주방 세제 등을 보관하고 화구 아래에는 프라이팬, 냄비 등 자주 사용하는 조리도구를 보관한다. 조리대 아래에는 젓가락, 칼과 같은 조리 도구와 조미료, 건조식품 등을 보관하기도 한다. 기본적으로 각 행위에 맞는 물건을 공간 아래에 두는 것이다. 작은 조미료 통의 높이는 15cm 이내이고, 식초나 식용유 등 조금 큰 통도 30cm 이내다. 큰 통에 담긴 걸 조금 작은 통에 옮겨 담아 보관하면 더 효율적으로 수납장을 구성할 수 있다. 주방 가구의 평균 높이가 90cm이고 실제 수납 높이는 80cm 정도이기 때문에 각 수납 칸의 높이를 10cm씩만 줄여도 3칸 수납에서

4칸 수납으로 늘릴 수 있다. 그러면 수납 공간은 약 20% 늘어난다. 만약 이 차이가 실감 나지 않으면 평당 집 임대료나 땅값을 계산해 보라. 아마 수납에 더욱 열심히 임할 수 있을 것이다. 마지막으로 주방 수납 시 부피가 큰 물건은 아래 칸에 두고 자주 쓰는 물건은 손이 쉽게 닿는 높이에, 자주 쓰지 않는 물건은 높은 곳에 두면 더욱 편리하다.

거실 테이블이나 주방의 식탁은 늘 물건이 짐처럼 놓여 있곤 하다. 티슈, 리모컨, 책, 안경, 문구류 등 자주 쓰는 물건들을 별생각 없이 테이블 위에 놓다 보면 어느새 테이블은 짐의 정거장이 되고 만다. 이때 테이블 높이보다 조금 낮은 수납장을 테이블 옆에 두면 이 문제를 말끔히 해결할 수 있다. 수납장은 공간 분리의 효과도 있어 식탁과 소파 공간을 멋지게 만들 뿐 아니라, 아이가 놀 수 있는 공간과 정리된 공간을 분리하는 등 집 전체가 엉망이 되는 것을 방지하는 효과도 있다. 만약 수납장을 둘 공간이 없다면 테이블 높이의 바퀴가 달린 트롤리를 활용하길 강력 추천한다. 트롤리는 주방이나 침실, 거실 어디든 그 공간을 잘 정돈할 수 있는 마법의 가구다. 이때 트롤리는 오픈된 형태가 좋은데, 평소 잘 사용하지 않는 물건은 수납장에 따로 보관하고 요즘 보는 책, 매일 사용하는 물건은 오픈된 트롤리에 두면 훨씬 편리하면서도 정돈되어 보인다.

수납을 잘하기 위한 두 번째 방법은 분산 수납과 집중 수납을 적절히 사용하는 것이다. 분산 수납은 필요한 위치에 물건을 수납하는 방식으로 필요할 때 바로 꺼내서 사용할 수 있고, 공간을 효율적으로 활용할 수 있다는 장점이 있다. 하지만 살다 보면 물건이 늘어나는 것이 당연지사다. 자주 사용하지 않거나 특정한 계절에만 필요한 물건은 별도의 공간을 마련해 보관하는 집중 수납 방식이 더욱 효율적이다. 집중 수납의 대표적인 예가 침실 옆에 위치한 워크인클로짓Walk in Closet이다. 줄여서 W.I.C라고 쓰는 이 공간은 옷 전체를 한눈에 파악할 수 있고 간단한 겉옷부터 코트, 신발 등을 분류해 수납할 수 있기에 옷을 코디하기에도 유용하다.

마지막으로 수납을 잘하는 세 번째 방법은 물건을 사랑하는 것이다. 물건의 역사, 만들어진 과정을 알고 난 뒤에는 물건이 달리 보인다. 물건의 효과나 사용법을 정확히 알면 나의 상황에 적합한 물건을 더 잘 고를 수 있고 잘 사용할 수 있다. 사용 후 깨끗이 손질해 보관하면 물건을 사용하는 마음가짐이 달라진다. 이렇게 오랜 세월 사용하면 그 물건은 또 다른 내가 된다. 그리고 이 과정을 통해 물건을 더욱 사랑하게 된다. 물건을 사랑스럽게 잘 사용하면 많이 사지 않게 되고, 자연스레 보관해야 하는 물건의 수도 줄어든다. 수납공간을 많이 만들면 잘 쓰지 않는 물건도 죄다 쌓아놓게 되고 결국 잘 쓰는 물건도 찾기 어렵게 되고 만다.

미니멀 수납과 맥시멀 수납 자체보다는 생활의 적절함이 어디에 있는지, 그리고 내가 집에서 어떤 생활을 하고 싶은지 꾸준히 살피다 보면 적절한 판단이 가능하다. 오래 사용한 물건은 그 자체로 고유한 분위기를 갖게 되고, 이런 물건이 모여 집의 취향이 된다.

몸과 의자

의자는 몸을 편히 쉴 수 있는 대표적인 가구다. 의자는 안락함을 대변하기도 하지만 권위를 표현하는 수단으로 사용되기도 한다. 가치 있다고 믿는 사물을 바닥에 두지 않고 단 위에 올려두는 행위는 인류가 허구의 이야기를 믿고 미지의 존재를 숭배하는 역사와 궤를 같이한다. 이것은 물건에만 해당하는 것이 아니라, 사람도 바닥에서부터 멀리 떨어져 높은 곳에 앉음으로써 권위를 나타낼 수 있다. 기원전 7세기 부조나 이집트 토기에 그려진 의자들은 의자의 다리 모양이 동물의 모습인 경우가 많다. 이는 용맹하거나 신성한 동물 위에 앉은 모습이 권위를 상징한다고 생각했기 때문이다. 하지만 고대 그리스 시대 이후 건축물이 권위의 상징으로 자리 잡으면서 동물 다리를 대신해 건물 기둥이 의자 다리를 대체하였다.

스툴, 책상 의자, 소파, 라운지체어, 윙백체어, 베드체어 등 수많은 형태의 의자가 있지만, 결국 의자의 형태는 앉는 자세나 몸의 각도에 따라 결정된다. 가장 단순한 기능의 의자는 등받이와 팔걸이가 없이, 좌석만으로 이루어진 스툴이다. 스툴은 가장 원초적인 의자이기도 하다. 돌이나 통나무 위에 걸터앉는 데에는 어떠한 가공의 단계나 기술이 필요하지 않으며, 운이 좋을 때는 적당한 대상을 찾는 것만으로 충분하다. 스툴은 물건을 올려두기에도 적당하다. 현대 가구 디자인에서 가장 혁신적인 변화를 이끈 찰스 임스Charles Eames와 레이 임스Ray Eames는 사이드 테이블의 기능과 스툴의 기능을 동시에 제공하고, 가끔은 물건을 내릴 때 디딤대로 사용할 수 있는 월넛스툴을 디자인하였다. 이 스툴을 소파 주변에 두면 스탠드나 화분을 놓을 수 있고, 사이드 테이블처럼 쓸 수도 있다. 스툴은 거실이나 침실의 분위기를 만들면서도 가장 원초적인 의자의 기능을 담고 있다.

가장 흔한 의자의 형태는 등받이가 있는 것이다. 근대 이

전까지 의자는 다리와 등받이, 좌석을 따로 만들어 연결하는 방식이었기에 부품의 가짓수도 많았고 조립을 위한 숙련된 기능공이 필요했다. 오스트리아 가구 디자이너이자 사업가인 미하엘 토넷Michael Thonet은 1841년 나무를 증기로 쪄 구부리는 기술을 개발, 등받이나 좌석의 프레임을 하나의 부품으로 완성했다. 이 기술을 통해 의자에 필요한 부품을 6개로 줄이면서 튼튼하고 가벼운 의자를 완성할 수 있었다. 이러한 부품의 간소화는 조립의 간소화를 이끌었고, 그 결과 토넷 의자는 역사상 최초로 공방에서 만들어진 소량생산 형태가 아닌 공장에서 대량생산이 이루어진 의자가 되었다.

토넷 의자는 다양한 형태로 제작되었고 이후 피카소나 아인슈타인를 비롯해 근대 건축의 거장 르코르지뷔에도 자주 사용했다. 이 중 가장 대표적인 모델인 토넷 n14는 1859년에 처음으로 제작되어 1930년까지 5000만 개 이상 만들어졌으며 지금까지도 널리 사용되고 있다. 이는 역사상 가장 많이 팔린 단일 모델이자 근대 이후 만들어진 수많은 의자의 아이디어의 근원이 되었다.

의자에 바르게 앉는 것보다 기대거나 누울수록 몸은 더 편안해진다. 안락의자 중 가장 상징적인 의자는 건축가 마르셀 브로이어Marcel Breuer가 1926년에 만든 바실리체어다. 체코 태생인 마르셀 브로이어는 바우하우스의 학생으로 시작해 마스터가 된 몇 안 되는 인물 중 하나이며, 잡지《타임스》에서는 그를 20세기의 형태를 만들어낸 인물이라고 평하기도 했다. 최근에도 흔히 발견할 수 있는 반짝이는 스테인리스 강관으로 만들어진 의자도 바로 그에게서 시작되었다. 20세기 초 독일의 융커스라는 항공사는 강관을 구부리는 기술을 보유하고 있었으며, 뎃사우 바우하우스 건물의 난방기를 만드는 곳이기도 했다. 당시 금속은 근대의 시대정신을 대표하는 재료였기에 마르셀 브로이어는 바실리체어를 선보이며 공간과 투명성을 강조하면서도 기계공학적 디자인을 적용하였다. 뉘어진 자세는 등받이에 하중이 크게 작용하는데, 바실리체어는 금속과 가죽이 가지는 긴장감으로 뉘어진 몸을 단단하면서도 적절하게 받친다. 당시 일반적인 목재 프레임과 솜이 들어간 등받이와 비교해서 바실리체어를 상상하면 이 의자의 혁신을 조금 더 이해할 수 있을 것이다. 이후 많은 건축 거장들의 금속 의자의 모티브가 된 것도 역시 바실리체어다.

몸의 형태와 의자 모양의 관계를 보여주는 대표적인 제품은 바로 찰스 임스와 레이 임스가 만든 라세즈Lachaise다.

이 의자는 프랑스계 미국 출신 조각가 가스통 라세즈Gaston Lachaise의 조각에 영감을 받은 것으로, 유리 섬유를 넣은 플라스틱 소재인 FRP를 활용해 제작되었다. FRP는 가벼우면서도 강도가 강한 것이 특징으로 대량생산이 가능하다. 라세즈 의자는 풍만한 여성의 인체를 모티브로 삼아 우아한 곡선미를 가진 것이 특징인데, 기대거나 앉거나 누워도 몸을 편안하게 받쳐주는 형태이며 동시에 두 명이 앉기에도 적절한 것이 특징이다.

팔걸이가 있는 암체어는 팔의 위치를 자연스럽게 지정해줄 뿐만 아니라 팔걸이를 통해 몸의 대칭을 이룰 수 있어 앉아 있는 행위 자체로 권위를 부여한다. 지금도 회사나 지역을 대표하는 자리의 의자는 대부분 암체어를 사용한다. 하지만 암체어에서는 자세가 고정되어 딱딱하게 경직된 모습이 되기 쉽다. 아일랜드 출신의 여성 건축가 아일린 그레이Eileen Gray는 오른쪽에만 팔걸이를 두어 자세를 강제로 고정하지 않고 자연스럽게 기대어 앉을 수 있는 넌컨포미스트 암체어Non Confirmist Armchair를 고안했다. 최근에야 비대칭으로 앉는 것이 자연스럽다고 생각할 수 있지만, 대칭과 비례가 상식이었던 과거에는 이러한 대담한 발상이 정말 획기적이었다.

근대 건축의 거장이라 여겨지는 르 코르뷔지에가 에일린 그레이의 재능을 질투하고 집착했다는 일화는 매우 유명하다. 그녀가 디자인한 빌라 E-1027과 그 집에 놓인 가구를 보자면 근대 디자인 초기 가장 빛나는 재능을 가진 이가 에일린 그레이가 아닐까 라는 생각이 든다.

르 코르뷔지에의 가구 디자인과 관련한 또 다른 일화도 있는데, 그가 LC 시리즈의 가구를 디자인한 데에는 사실 그의 동료 샤를로트 페리앙Charlotte Perriand의 역할이 더 컸다고 할 수 있다. 당시 여성은 건축가로서 활동하는 것이 거의 제한적이었기 때문에 인테리어나 가구 디자인에 주력할 수밖에 없었고, 그녀는 르 코르뷔지에와 함께 가구와 실내 공간을 디자인했다. 이후 그녀는 동서양 문화를 융합한 건축과 가구 디자인을 통해 독자적으로 매우 뛰어난 건축을 했다. 근대 의자 디자인 중 가장 아름다운 것으로 꼽히는 바르셀로나 체어 역시 흔히 건축가 미스 반 데어 로에가 만든 것이라 생각하지만, 사실은 그의 여성 동료 건축가인 릴리 라이히Lilly Reich의 공이 매우 컸다.

인테리어를 할 때 중요한 팁 하나를 전한다. 침대를 제외하고 집에서 가장 오랜 시간을 보내는 곳은 바로 의자가 있는 곳이다. 따라서 의자를 놓을 때 앉아서 시선이 머무는 벽이나 창 주변에 식물, 그림 등 심리적 안정감과 즐거움을 선사하는 오브제의 배치를 고려하면 집의 아름다움이 배가될 수 있다. 또한 의자 주변에 조도 조절이 가능한 스탠드를 두는 것은 밤의 풍경을 상황에 따라 기능적이면서도, 동시에 아름답게 만든다. 언제나 바꿀 수 있는 것도 의자 배치이지만, 가장 중요한 고정 가구계획 중 하나도 집의 의자 배치이다.

테이블, 공간에서 행위를 모으다

생활의 형태가 다양해지면 집의 형태 역시 개인의 취향에 맞춘 다양한 모습으로 변화하고 있다. 하지만 동시에 2020년 기준 아파트가 우리나라 전체 주택의 51%를 차지한다는 조사 결과도 있다. 구조적으로 거의 동일한 아파트 평면도 역시 계속 확대되고 있는 것이다. 다양성과 획일화 사이에서 과연 집의 중심은 무엇이어야 할까?

주거의 원형을 생각한다면 공간의 중심은 단연 집을 따뜻하게 만들고 음식을 할 수 있는 불이다. 불을 피우고 불을 지키는 행위가 집의 기능을 유지하는 핵심 행위이기에 불을 조심히, 또는 신성하게 대하는 태도는 전 세계 어디서나 확인할 수 있다. 근대로 접어들면서 개인의 프라이버시가 중요해지면서 집안 내부의 가족 간 커뮤니케이션 비중이 줄어들면서, 자연스레 집 내부에도 하나의 중심 공간보다 다중심 공간 구성이 더욱 적합해진 듯하다. 근대 이후 다중심으로 공간이 변화하면서 역설적으로 집에서 관계의 중심 공간을 다시 생각해 보는 방식은 집과 가족에 대한 관계를 살펴볼 기회가 된다.

가족들과는 이미 너무나 친밀하게 연결되어 있다고 생각하기 때문에 오히려 서로 대화를 나누는 것이 어색하게 느껴질 때가 많다. 대화는 공통의 대상이 있을 때 발생한다. 청소를 함께 하는 경우 서로가 역할을 나누어 각자 맡은 소임을 다하는 것, 이는 얼핏 따로 행동하는 것 같지만 이 역시 대화다. 주방에서 식사를 준비할 때 함께 하는 것도 대화다. 대화는 말이기도 하지만 함께하는 마음이나 행동이기도 하다.

식구라는 말에서 알 수 있듯 한자리에서 무언가를 나누어 먹는 행위는 집에서 이루어지는 가장 중요한 커뮤니케이션이다. 식탁에서는 무언가를 먹을 수 있을 뿐 아니라 공부를 하거나, 책을 읽거나, 노트북을 이용하거나, 커피를 마시거나, 식재료를 다듬거나, 앉아서 잔소리를 하고, 들을 수도 있다.

과거에 불이 집의 중심이었다면 지금은 테이블이 생활의 중심이 된 것이다.

과거에 불이 집의 중심이었다면 지금은 테이블이 생활의 중심이 된 것이다.

오래전 부부와 컴퓨터게임을 좋아하는 초등학생 아들이 있는 15평 규모의 작은 집을 인테리어한 적이 있다. 그 집은 현관을 들어서자마자 복도를 겸한 작은 주방과 맞은 편에는 작은 방이 있고, 그다음 화장실과 안방이 차례로 배치된 구조였다. 방에서 게임을 하는 것을 좋아하는 아이와 가족이 좀 더 함께할 수 있는 방법을 고민하다가 주방과 작은 방 사이의 벽을 없애고 1m 크기의 원형 식탁을 두었다. 마침 통로 공간이 대략 70cm이고 벽 두께가 15cm였기 때문에 벽을 없애기만 하면 식탁을 집의 중심에 놓을 수 있었다. 일단 주방과 작은 방 사이 벽이 없어지니 공간이 넓어졌다. 그리고 현관을 들어서자마자 마주하는 원형 테이블의 힘은 상당했다. 테이블 위 펜던트 조명은 아늑한 분위기를 만들었고, 테이블 위에 꽃을 두는 것만으로도 집 전체 분위기가 달라졌다. 학교에 오면 아이도 식탁에 앉아 과일이나 음료를 마시게 되어, 게임 책상에 있는 시간이 조금 줄어들었다. 아이는 게임을 하고 엄마는 원형 식탁에서 책을 보는 서재의 역할을 하면서 테이블은 따로 또 같이 있는 공간으로 변하게 되었다. 아이 역시 그 공간이 마음에 들었는지 친구들을 초대해 보여주기도 하는 등, 테이블은 어느새 그 집의 중심으로 자리 잡게 되었다.

거실 소파는 편안한 자세로 TV를 보기 위한 장소라고 생각하기 쉽지만, 사실 거실 소파 공간이야말로 과거에는 가장 격식이 있는 공간이었다. 하지만 집에서 격식을 갖추는 문화가 희미해지면서 덩달아 그 존재가 애매해진 가구가 있으니 바로 소파 테이블이다. 소파 공간에서 격식을 차리는 문화에서는 소파가 서로 마주해 자리하고, 그 사이 소파 테이블을 놓아 어색함을 덜어냈다. 하지만 요즘 소파 테이블은 리모컨이나 안경, 핸드폰 등을 놓는 용도로밖에 사용되지 않는다. 이런 상황에서 소파 테이블을 대체할 매우 유용한 대안이 있으니 바로 사이드 테이블이다.

집이 작아 소파나 식탁 중 하나의 가구만을 선택해야 하는 경우, 많은 이들이 식탁을 선택한다. 하지만 두 가지 기능이 동시에 가능하고 공간을 좀 더 차분하고 부드럽게 만드는 높이가 조금 높은 소파 테이블은 좋은 대안이 된다. 소파 테이블은 일반 테이블보다 약 10cm 정도 낮은데, 또 소파의 편안함을 그대로 유지하면서도 먹고, 읽고, 쓰고, 보는 등 테이블의 기능도 동시에 충족할 수 있다.

테이블의 형태는 공간의 분위기는 물론, 그곳에 앉는 사람의 심리에도 영향을 준다. 사각 테이블은 공간을 효율적으로 사용할 수 있다는 장점이 있지만, 자리의 위계를 만든다. 반면 원형 테이블은 좀 더 수평적인 분위기를 연출할 수 있고 테이블에 방향성이 없기 때문에 공간적으로 여유가 있는 경우라면 원형 테이블을 통해 색다른 공간감을 줄 수 있다. 프랑스 여성 건축가 샤를로트 페리앙Charlotte Perriand은 사각형이나 원형이 아닌 자유로운 형태의 테이블 위에 실제로 접시를 배치해 모여 앉았을 때 분위기를 상상하며 비정형의 테이블을 만들었다. 이러한 비정형의 테이블에서는 서로 대칭으로 마주보는 것을 피하면서 자연스러운 분위기를 연출할 수 있다.

마지막으로, 식사를 위한 테이블 장소를 정할 때는 일어섰을 때 뒷벽과의 여유 공간까지 고려해야 한다. 만약 사이 공간이 부족할 경우 좌석이 돌아가는 회전의자를 사용하면 벽과 테이블 사이의 공간을 줄일 수 있다. 또 일반적으로 거실에서 가장 좋은 공간이나 TV가 있는 방향으로 소파를 배치하곤 하는데, 이때 소파를 벽에 붙이지 않고 소파 뒤편에 좁은 테이블을 두면 매우 유용하다. 미니멀 디자인으로 유명한 영국의 건축가 존 파우슨John Pawson은 시선 방향과 가구의 배치를 고려해 40cm 이내의 좁은 테이블을 침대나 소파와 결합하여 소파나 침대의 기능은 그대로 유지하면서 메모나 간단한 식사까지 가능할 수 있도록 테이블이 결합된 침대를 디자인했다.

'테이블은 공간에서 행위를 모은다.' 이 문장을 잘 기억하면 쓰임새가 매우 많을 뿐만 아니라 멋진 집을 만들 때에도 유용한 팁으로 활용할 수 있을 것이다.

해와 달과 조명

밝다는 의미인 한자 명明은 해와 달을 함께 쓴다. 밝음의 대명사인 태양은 지구와 모든 생명을 밝힌다. 달은 태양처럼 스스로 빛을 내지는 않지만 반사한 달빛은 우리에게 마음에 안식을 주고, 보름달이 뜨면 마술에 걸린 듯 우리의 마음은 요동친다. 스스로 빛을 내는 태양은 직접 볼 수 없는 존재이기에 신으로 모시지만, 달은 사람과 대화하며 어머니와 같은 마음으로 수많은 세월, 곳곳에서 소원을 주워 담고 이야기를 만든다. 여린 촛불에서 LED조명에 이르기까지, 어둠을 밝히기 위해 만든 모든 조명은 근원적으로는 해와 달을 담으려는 시도이며, 빛에 관한 마음과 은유를 담고 있다.

설계를 할 때 반드시 적용하는 몇 가지 원칙이 있다. 조명을 선택할 때 반드시 공간 전체를 밝히는 조명은 간접 조명을 사용하고, 테이블이나 소파, 침대 등 행동이 있는 공간 주변에 추가로 스탠드 조명이나 플로어 조명을 설치해 부족한 빛은 보완한다. 간접 조명은 천장을 파거나 천장 일부를 겹으로 만들어야 하지만, 여의치 않을 때는 눈높이보다 높은 가구 상부에 조명을 올려두면 천장에 빛이 반사되어 간단하게 간접 조명의 효과를 얻을 수 있다. 나이가 들수록 더 높은 조도가 필요하긴 하지만 늦은 밤까지 너무 밝은 조명에 노출되는 것은 불면증의 원인이 된다. 밤에 조명이 필요한 경우 스탠드를 사용하면 공간마다 변화를 줄 수 있고 공간에 대한 집중도도 생긴다.

조명은 집에서 공간의 분위기를 만드는 핵심이고, 분위기의 핵심은 빛의 그러데이션이다. 모든 공간을 빛으로 채우면 결국 그 공간은 창백해진다. 낮에는 창으로 집을 밝히고 밤에는 달빛과 같은 스탠드나 펜던트 조명을 활용해 집을 비추는 것이 자연을 닮은 조명의 모습이다.

복도와 방이 분리된 고전적인 집의 형태에서 벗어나 공간과 공간이 자연스럽게 연결되도록 공간을 구성하는 프레리하우스 스타일을 확립한 근대 건축의 거장 프랭크 로이드 라이트는 등받이가 머리 위까지 높이 올라오는 하이백의자와 식탁 위 펜던트 조명을 달아 식탁 주변 공간의 집중도를 높였다. 지금은 식탁 위에 달린 펜던트 조명이 당연해 보이지만 당시만 해도 아래로 길게 늘어진 형태의 조명은 건물 로비에만 사용되던 것이기에 이 시도는 매우 획기적이었다. 펜던트 조명의 핵심은 갓이다. 공간에서 빛이 퍼져나가는 분포 방식을 배광Light Distribution이라고 하는데, 빛이 직접 눈에 들어오면 눈부심이 발생하는데, 책상 스탠드나 펜던트 조명은 눈높이와 비슷하게 위치하기 때문에 눈부심을 없애면서도 빛을 어떤 형태로 분포하게 하는지는 갓의 모양에 달렸다. 이런 문제를 가장 멋지게 해결한 디자이너가 바로 루이스 폴센 조명을 만든 폴 헤닝센Poul Henningsen이다. 그는 '빛의 형태를 디자인한다'라는 루이스 폴센의 슬로건처럼 어느 방향에서도 전구가 직접 노출되지 않는 여러 개의 갓과 반사판을 디자인해 원하는 방향과 너비로 빛을 보낼 수 있게 하였으며, 동시에 조형적으로도 훌륭한 조명을 만들어냈다. 당시 많은 근대 디자이너와 건축가가 형태와 소재에 집중할 때 헤닝센은 빛의 질을 디자인한 것이다.

이런 빛의 질을 동양의 방식으로 해결한 예술가는 이사

무 노구치野口勇다. 그의 아버지는 일본인으로 시인 겸 교수였고 어머니는 미국인으로 작가 겸 교사였다. 이러한 배경 덕에 그는 스스로를 경계인이라고 말하며, 조각은 물론이고 가구와 조경, 놀이터, 분수, 인테리어 디자인 등 폭넓은 분야에서 동서양의 미감이 교차되고 과거와 현재가 연결되는 탁월한 작업을 선보였다. 그는 일본어로 환한 빛을 뜻하는 아카리akari라는 이름의 조명을 만들면서 "빛을 조각한다."라고 정의했다. 아카리 조명은 일본 기후현의 뽕나무 껍질을 이용한 일본 종이와 대나무를 활용한 다양한 크기와 형태의 종이 등인데, 어두운 밤 창을 통해 밖으로 스미듯 나오는 아카리 조명의 빛은 동양적인 빛의 감성을 대표한다. 빛을 갓으로 컨트롤하는 것이 아닌 종이를 통과해 스미며 나오는 빛은 달빛을 닮았다. 아카리의 로고도 明(밝을 명)을 모티브로 심벌을 만들었다.

동서양의 경계에서 디자인을 하는 또 다른 디자이너로 재스퍼 모리슨Jasper Morrison이 있다. 그는 주로 가장 오랫동안 인식되어 온 인류의 원초적인 형태를 디자인의 바탕으로 삼았다. 그가 만든 불투명 유리 재질의 살짝 눌러진 볼 형태의 글로볼glo-ball 조명은 달의 형상과 은은한 달빛을 닮았다. 조명에서는 밝게 밝히는 것이 중요한 기능 같지만 사실 조명이 가져야 할 덕목은 부드러움이다.

지금까지의 이야기로 인해 태양의 빛에는 어떠한 덕목도 없는 것인가 의아할 수도 있다. 하지만 결국 달빛을 포함해서 세상 모든 색의 빛은 태양에서 발생한다. 모든 사물은 고유한 에너지를 가지고 있는데 태양 빛이 닿으면 일부가 흡수되고 반사된 빛에너지를 우리는 사물의 색으로 인식한다. 조명에서 사물의 색이 선명하게 드러나도록 하는 것을 연색성이라고 앞에서 설명했다. 터널을 지날 때 모든 사물이 노란빛과 그림자의 대비로 존재하는 것은 터널 안 조명으로 노란 단색광을 쓰기 때문이고, 백화점의 물건이 집에서보다 예뻐 보이는 비밀도 연색성에 있다. 연색성이 높을수록 태양광과 유사한 색인자가 풍부한 빛이며, 80Ra 이상이면 좋은 연색성을 띤 광원이라 평가된다. 집에서 많이 사용하는 형광등은 푸른색을 띠고, 백열등이나 할로겐은 오렌지색을 띠기 때문에 적절한 빛감을 표현하지 못한다. 앞으로는 가정에서 사용하는 빛 역시 연색성의 중요도가 더욱 커질 것이다.

청각과 시각은 비슷한 점이 많다. 갑자기 커다란 소리가 들리면 모두가 깜짝 놀라는 것처럼 어두운 밤 화장실을 가거나 현관에 들어설 때 켜지는 조명 역시 불쾌감을 줄 수 있다. 어둠에서 밝음으로 자연스럽게 적응하기 위해서는 점진적으

빛의 섭리는 해와 달이다. 자연의 섭리는 시간과 방향, 빛과 어둠으로 연결되어 있다.

로 밝아지는 조명을 사용하는 것이 좋다.

누군가 적은 비용으로 인테리어의 변화를 꾀하길 바란다면 가장 먼저 조명 인테리어를 시도할 것을 추천한다. 메인 조명으로 형광등과 백열등의 중간 정도 색상의 조명을 사용하고, 조광기 스위치를 설치해 빛의 세기를 조절하는 것이다. 가구 주변에는 스탠드를 놓아 추가 조명까지 설치하면 집의 모습은 확실히 달라질 수 있다. 여기에 창에 블라인드를 추가로 설치해 둔다면 온종일 빛을 통해 아름다운 집을 맞이할 수 있을 것이다.

어둠과 빛은 하나다. 빛이 있다고 해서 사물을 볼 수 있는 것이 아니고 어둠 역시 마찬가지다. 빛은 생명을 키우지만 어둠도 그렇다. 빛의 섭리는 해와 달이다. 자연의 섭리는 시간과 방향, 빛과 어둠으로 연결되어 있다. 조명 디자인의 근원적 접근은 시간에 따라 해와 달이 변화하는 모습을 따르는 것임을 잊지 말자.

가구의
집

어릴 적 안방 이불장 안에 들어가 있으면 마치 집 깊숙이 위치한 또 다른 비밀 공간에 들어온 듯한 기분이 들었다. 차곡차곡 쌓인 이불 위는 어떤 침대보다 폭신하고, 살짝 열어둔 장롱 문은 내가 숨어 있는 비밀의 집을 연결하는 통로가 되었다.

집 안에 가구가 있는 것이 당연하다고 생각하지만 만약 가구 안에 내가 있다면 어떨까? 미국의 디자이너 켄 아이작Ken Isaacs은 1955년 이러한 생각을 기반으로 한 리빙 스트럭처Living Structure를 만들었다. 리빙 스트럭처란 목재나 강관을 가로세로로 엮어 다양한 행위를 담을 수 있도록 만든 가구다. 아이작이 발표한 슈퍼 체어Super Chair는 다리를 펴고 책을 읽을 수 있는 쿠션 소파를 중심으로 오른쪽에는 2단 책꽂이를, 왼쪽에는 찻잔을 놓을 수 있는 사이드 테이블을 부착하였고, 스탠드 역할을 하는 조명을 매달아 서재 공간에서 일어날 수 있는 행위를 하나의 소파에 모두 담았다. 1950년대 후반 당시 미국은 전후 히피 문화가 예술 전반에 큰 영향을 끼쳤다. 켄 아이작 역시 집을 사기 위해 20년이 넘는 시간 동안 인생을 묶여 사는 것을 비판하면서 공간에서 일어나는 다양한 행동을 누구나 만들 수 있는 가구 하나에 담아 매뉴얼 선언문을 만들었다. 가구를 공간으로 파악한 아이작은 거실에서 할 수 있는 모든 행동을 고려해서 책상과 수납, 책꽂이, 영사기, 매트리스 등을 하나의 가구로 만든 3D 리빙3-D Living을 제작하기도 하고, 공사장에서 사용하는 가설 강관을 격자 모양의 공간으로 구성한 비치 매트릭스Beach Matrix는 침실, 거실, 식당 역할을 하는 가구를 강관 사이에 넣어 해변가에 가구의 집을 만든 것이다. 공간에서 일어나는 다양한 행동을 축약해서 가구로 담는 행위는 켄 아이작 이후 많은 디자이너에 의해 다양한 방식으로 진화하였다.

제2차 세계대전 이후 1960년대 미국과 소련은 모든 분야에서 경쟁 구도를 이루었다. 그중 가장 두드러진 영역은 바로 우주 개발이다. 1957년 소련이 발사한 세계 최초의 인공위성 스푸트니크 1호를 비롯해, 1961년 인류 최초로 소련 공군 조종사 유리 가가린이 대기권 밖을 다녀오자 다급해진 미국은 1969년 달에 인류의 첫발을 남긴다. 경쟁적인 우주 개발은 우주에 대한 대중의 관심을 이끌었고 이는 영화나 패션, 디자인에 큰 영향을 미쳤다.

이탈리아 디자이너 조 콜롬보Joe Colombo는 가구, 인테리어, 건축 분야에서 합리성을 기반으로 미래 디자인에 획기적인 영향을 미친 디자인을 남겼다. 그는 집에 살기 위해 필요한 모든 것을 가장 집약적으로 축약한 것이 우주선이라 여겼는데, 이에 모티브를 얻어 콜롬보는 주방, 침대, TV, 수납장, 테이블은 물론 화장실과 욕실까지 모든 장비를 가구 유닛에 결합한 토털 퍼니싱 유닛Total Furnishing Unit을 만들었다. 이 유닛은 상하수 설비와 환기 설비도 갖추었으며, 공간 집약적이고 효율을 추구한 조 콜롬보의 가구는 유머와 함께 미래라는 생활이 모두 담겨 있다.

한번은 전시와 고객 상담 그리고 매년 늘어나는 도록과 미술책을 수납하기 위한 갤러리 설계를 의뢰받아 이 세 가지 요구를 가구 하나로 해결한 적이 있다. 우선 전시 공간은 건물의 네 면 전체를 사용했다. 대신 한쪽 벽면에 서재와 유사한 형태의 작은 상담 공간을 만들어 책 수납과 상담을 동시에 할 수 있도록 계획하였다. 이때 상담 공간은 네 벽 중 한 곳만이 건물의 벽면이었기에 나머지 세 면을 추가로 설치해야 했는데, 이를 위해 나는 'ㄱ자' 형태의 책장 벽을 만들고 책장 뒷면의 합판을 보강한 후 전시장과 동일한 색으로 도장해서 전시장 벽의 역할을 하도록 했다. 남은 마지막 한 면은 투명한 유리 벽과 유리문을 두어 답답하지 않은 개방성을 주었다. 이처럼 옷장이나 책장과 같이 부피와 높이가 있는 가구는 공간을 분할하는 역할로 사용할 수 있다.

1929년 파리에서 개최된 살롱도톤salon d'Autonme 전시에서 르 코르뷔지에, 피에르 잔느레Pierre Jeanneret, 샤를로트 페리앙은 〈주거를 위한 설비〉라는 주제로 현대 주거 양식을 가구를 통해 보여주었다. 이때 그들은 벽 대신 카지에 스탕다르Casiers standard라는 수납 가구를 활용해 공간을 구획하였다. 그리고 그 안에 원형 스테인리스 파이프 구조의 검정 가죽 의자와 테이블을 놓아 공간이 부유하는 듯한 분위기를 연출하였다. 이 전시회에서 소개된 가구는 스티브 잡스가 애용했다고 알려진 LC2 소파를 비롯해 LC7 회전의자, LC6 테이블 등으로 현재까지 많은 사랑을 받고 있다.

일본 건축가 반 시게루坂茂는 기둥이나 벽 없이 거실, 방, 주방 등 각 공간에 필요한 수납 가구를 활용해 집의 구조적 역할을 할 수 있게 만들어 진정한 가구의 집을 만들었다. 목조 단층건물인 이 집은 집과 가구의 관계를 명확하게 보여주는 동시에, 지진이 일어났을 때 가구가 넘어져 사람들이 다치는 것을 보고 무너진 건물의 잔해를 막는 가구의 새로운 가능성을 발견했다.

한옥에서 기둥과 기둥 사이의 한 단위 공간을 의미하는 '칸'도 가구를 닮았다. 한 칸은 평균적으로 2.1~2.4m 크기로, 검소함의 상징인 초가삼간은 방, 마루, 주방을 각각 한 칸으로 구성해서 미니멀한 한국 건축의 원형을 보여준다. 칸은 이불을 깔면 침실이 되고, 소반에서 식사를 하면 식당이 되고, 서안을 놓고 책을 읽으면 서재로 기능하고, 손님이 오면 응접실로 변신한다. 이토록 작은 공간이 이렇게 다양한 기능으로 변모할 수 있는 것은 좌식 생활 덕분에 부피가 작아도 답답함을 느끼지 않을 수 있고, 접을 수 있는 이불, 어깨 폭 정도 되는 작고 가벼운 좌식 테이블 등 쉽게 수납하고 이동할 수 있는 가구들 덕분이다. 현대에서도 집 현관 옆 작은 방을 이런 식으로 만든다면 그곳에서 차도 마시고 낮잠도 자고 책도 읽는 공간이 생겨 집의 즐거움이 더욱 커질 수 있다. 가구와 유사한 한 칸 방은 비움을 통해 다양한 행위를 담을 수 있는 매우 유용한 공간이 될 수 있다. 집의 형태는 집의 모습이 만드는 것이 아니라 사람이 살아가는 방식이 투영되어 만들어지는 것이고, 그 사이에 가구가 있다.

04

집의 스타일

클리셰와 진정성.
겉바속촉의 집

"요즘 건축의 트렌드는 무엇인가요?" 종종 이런 질문을 받는다. 자주 듣는 질문에는 대답을 준비하는 편이라 나는 조금 머뭇거리며 '집'이라고 대답한다. 조금 머뭇거리기는 전문가적 말하기의 아주 적절한 방법이 아닐까 생각하는데 정말 쓸데없는 생각이긴 하지만, 바로 답하면 생각하지 않고 답한 것같이 보이고, 한참을 기다리다 말하면 지금 생각해 말하는 것이라 추측할 수도 있기 때문이다.

거두절미하고, 실제로 집은 가장 오래된 건축의 형태지만 요즘 가장 트렌디한 건축 이슈다. 1인 세대의 비중이 늘고, 가족의 개념이 변화하고 있으며, 직업의 변화, 그리고 팬데믹의 영향으로 좀처럼 변하지 않을 것 같았던 집이 변화하고 있다. 재택근무가 조금씩 확대되고 집에 있는 시간이 길어지면서 인테리어를 위한 가구 수요가 폭발적으로 늘었다. 실내에 오래 머물게 되면서 이에 대한 반작용으로 야외 캠핑이나 지방에서 장기간 머물고자 하는 수요가 증가했으며, 택배와 배달음식의 증가는 현관에 택배 보관함을 설치하거나 사생활 보호를 위해 중문을 설치하는 등 집 내부에도 다양한 변화를 만들었다.

집에 관한 다양한 트렌드를 보고 있자면 나만 유행에 무지한 채 사는 것이 아닌가 하는 불안감과 함께 집을 가꾸고 싶은 욕망과 마주하게 된다. '자, 집을 꾸며보자!'라는 생각과 동시에 SNS를 통해 수많은 트렌드에 자신을 맞춰보고 자신의 방과 집을 편집한다. 어떤 집은 몸에 잘 맞는 옷처럼 멋지게 떨어지지만, 일부분만 보고 좋아 보여 선택한 대부분은 조금만 시간이 지나면 기대와 달리 집의 분위기는 오래 가지 못한다. 도대체 어떻게 하면 트렌디하면서도 나에게 잘 어울리는 집을 만들 수 있을까?

두 가지를 제안하는데, 첫 번째는 아주 쉽고 뻔한 것부터 시작하는 것이다. '뻔한 것, 식상한 것에 매력이 있을까?'

라는 질문에 쉽게 답이 떠오르지 않는다. 하지만 아침드라마에서 단골처럼 등장하는 출생의 비밀은 채널을 돌리게 만드는 이유이기도 하지만, 또 한편으로는 수십 년 동안 드라마를 보게 만든 마력이기도 하다. 뻔한 것은 스토리나 음악을 잘 알지 못해도 쉽게 이해할 수 있다. 이해의 문턱이 낮기 때문에 좀 더 미묘한 감정이나 디테일을 즐길 수 있는 것이다. 집도 그렇다. 화분을 놓고, 창가에 리넨 커튼이나 블라인드를 달고, 책상에 스탠드 조명을 두는 것은 큰 부담이 없다. 거기에 자신만의 기억이나 추억, 감성을 더하면 나만의 것으로 변모한다.

노래나 영화 등에 흔히 쓰이는 소재, 진부한 표현 등을 뜻하는 클리셰cliché는 프랑스어로, 인쇄의 편의를 위해 연판을 뜨는 것에서 유래했다. 판에 박힌 듯 생명력 없는 모습은 진부하지만 조금 다른 관점에서 보면 '본받다'라는, 장점을 공유해 자신의 것으로 만든다는 의미이기도 하다. 클리셰의 또 다른 장점은 기준이 되어준다는 것이다. 이 기준점은 문화의 지표가 되기도 하고, 패러디나 반전의 기반이 되기도 한다.

건축에서 이런 반전을 가장 잘 이용한 건축가는 2014년에 건축계의 노벨상으로 불리는 프리츠커상을 수상한 건축가 시게루 반이다. 건축은 짧게는 수십 년에서 길게는 수천 년간 지속된다. 건축은 오랜 세월 동안 구조적으로 안전하고, 비와 바람 등 외부 환경의 다양한 조건을 견디고자 튼튼한 돌이나 금속, 나무를 활용해서 건물을 지었다. 또 역사적으로 건축물은 종교나 정치 등과 긴밀한 관계를 맺어왔기에 권력과 가까웠다. 하지만 시게루 반은 이러한 강한 건축 자재와 권력 중심의 건축에서 벗어나, 가장 약한 소재인 종이를 활용한 약자의 건축에 큰 관심을 가졌다. 그는 종이로 기둥을 만들어 건물을 짓고, UN 난민수용임시건물을 후원하는 기업의 로고가 찍힌 플라스틱 방수 천을 벽과 지붕 재료로 활용하였다. 그의 다양한 반전의 시도는 건축의 지평을 더욱 넓혔다고 평가받는다. 피카소는 "규칙을 뛰어넘기 위해서는 먼저 규칙을 완벽하게 익혀야 한다."라고 말했다. 뻔한 것, 올드한 것에는 세월이 담겨 있다.

자, 집의 겉이 어느 정도 완성되었다면 그다음은 속을 채울 차례다. 그 속은 진정성이다. 진정성은 어려운 개념 같지만, 철학적인 의미를 살펴보면 오히려 간단하다. 진정성의 깊은 의미는 기성의 정체성에 얽매이지 않고 자신을 이해하려는 시도이며, 자기와 세상의 관계를 탐구하는 것이다. 집은 나와 가족이 사는 공간이다. 집은 자신과 세상을 연결하는 시작점이다. 따라서 나를 알아가는 과정으로서 집을 만든다면 집은 완성형이 아닌 진행형이어야 한다. 나와 가족은 끊임없이 변한다. 이 변화를 집이 함께하는 것이다.

건축가나 인테리어 디자이너도 아닌데 집을 어떻게 바꿀 수 있을까? 물론 이런 질문이 떠오르는 것이 당연하다. 하지만 집을 바꾸는 것은 의외로 간단할 수 있다. 한 예로 테이블을 집 가운데 놓으면, 그곳에서 밥을 먹거나 식사를 하거나 대화를 하는 행동이 집의 중심이 될 것이다. 한쪽 벽을 비워놓고 내가 좋아하는 글이나 사진을 스크랩하는 것도 좋다. 그러면 자신이 좋아하거나 관심 있는 내용을 눈으로 확인할 수 있고, 이는 가족 간 대화의 소재가 될 수도 있다. 집은 나와 가족의 확장이어야 한다.

다시 말하지만 진정성은 나로부터 출발해야 한다. 편안한 것만이 내가 아니듯, 편안함이 집의 모든 것은 될 수 없다. 재미있는 것, 고요한 것, 활발한 것, 일상적인 것 등 집은 나와 가족의 다양함을 담는 그릇이다. 트렌드의 힘은 다양한 모색을 만들고, 다양한 모색은 다양한 방향을 만든다. 다양한 모색 중 진정성과 본질에 연결된 몇 가지는 문화의 구심점이 된다. 그리고 우리는 그것을 '클래식'이라 부른다. 겉모습에만 치중한 것 같은 트렌드의 이면에 진정성이 더해지면 그

것은 단순한 유행이 아니라 지속적인 생명력을 갖는다.

현대 건축에서 가장 큰 영향을 끼친 건축가를 단 한 명 선정하라고 한다면 주저 없이 미스 반 데어 로에를 선택할 것이다. 현재까지 전 세계 거의 모든 오피스 빌딩의 평면과 입면은 그의 생각을 바탕으로 한다. 그는 건물을 지지하는 기둥과 건물 중앙의 계단, 엘리베이터, 화장실이 모여 있는 코어 공간을 제외하고는 다른 모든 공간을 비워두었다. 텅 빈 공간은 공간 배치가 자유롭다. 외벽의 기둥이 구조를 담당하고 벽은 건물의 외피가 되어 건물 전체가 창이 되거나 일정 크기의 판넬을 부착하여 벽을 형성하기 때문에 외형을 더욱 자유롭게 만들 수 있다.

우리나라에서 오피스 빌딩만큼이나 많은 건물의 형태는 아파트다. 현재 아파트의 상당 부분 역시 미스 반 데어 로에가 1927년 바이센호프 주택전시회에서 선보인 바이센호프 아파트의 형식을 따랐다. 이 아파트는 1970년대 반포아파트와 비교해도 구조가 크게 다르지 않고 디자인의 완성도는 오히려 훨씬 뛰어나다. 그가 활동하던 20세기 초는 기하학적인 건축 방식이 새로운 트렌드를 형성하던 때였다. 하지만 신학을 바탕으로 철학을 집대성한 토마스 아퀴나스의 사상에 심

취해 있던 그는 원리, 질서, 형태의 본질을 건축에 부여하고자 했다. 철과 유리로 만들어낸 단순하고 명쾌한 구조와 형태, 그것이 만들어내는 자유로운 평면과 입면이 건축의 본질과 진실함에 가깝다고 생각한 것이다. 이제 클래식이 된 미스의 건물은 그가 활동하던 당시의 다양한 트렌드의 모색과 진정성이 결합된 결과다.

2021년, 사무실에서 유네스코 문화유산으로 등재된 전라남도 해남 대흥사에 위치한 100여 년의 역사를 지닌 유선여관을 1년간의 리노베이션을 거쳐 다시 개장하였다. 이 프로젝트를 진행하며 가장 고민했던 것은 최근 누구나 흔하게 경험할 수 있는 트렌디한 한옥스테이와 유선여관이 무엇을 함께하고 또 무엇이 다를 수 있는가 하는 문제였다. 하지만 뜻밖에도 내가 내린 고민의 결과는 '다를 것이 없다'였다. 전통이 단순한 과거의 복제나 흉내 내기에 그친다면 이는 생명력을 잃어버린 모형일 뿐이다. 전통은 지금과 함께 있는 것이지 단절된 어떤 것이 아니다.

이와 같은 결론을 내린 뒤, 이곳의 진정성은 무엇인지 다시 생각해 보았다. 가장 먼저 이 공간에 묵었던 수많은 사람의 기억을 떠올렸다. 그리고 주변의 공기와 나무, 계곡, 밤하

이 프로젝트를 진행하며 가장 고민했던 것은 최근 누구나 흔하게 경험할 수 있는 트렌디한 한옥스테이와 유선여관이 무엇을 함께하고 또 무엇이 다를 수 있는가 하는 문제였다.

늘의 별을 생각했다. 결국 집은 배경이 되고, 시간의 기억과 주변의 자연이 중심이 되는 공간. 이것이 바로 트렌드와 진정성의 결합이라 결론을 내린 후, 뜬금없이 갑자기 요즘 유행하는 겉바속촉이라는 말이 떠올랐다. 겉은 통통 튀는 트렌드처럼 바삭하고 속은 묵직한 정체성으로 촉촉한, 겉바속촉한 집을 떠올리니 피식 웃음이 난다.

* 이 글은 《GQ》 2021년 10월 호에 〈겉바속촉의 진리〉로 소개된 글을 바탕으로 합니다.

미니멀
라이프

최근 미니멀 라이프에 대한 관심이 커지고, 미니멀의 개념도 다양한 영역으로 범위가 확대되고 있다. 미니멀한 소비, 미니멀한 수납, 미니멀하게 살기, 미니멀한 인간관계 등 더 소비하고, 더 관계를 맺고, 더 일하는 것이 미덕이던 시대의 부작용에 대한 반작용으로 미니멀이라는 대안을 모색하게 한다. 덜 소비하고, 덜 관계 맺고, 삶에 균형을 찾는 일은 지난 가치들에 대한 질문이자 새로운 가치를 위한 모색이며, 내 생활의 반성이기도 하다.

하지만 세상은 그리 만만치가 않아서 우리의 삶이 미니멀을 향하도록 쉽게 놔두지 않는다. 일단 실제로 그러한지 그저 미디어가 만들어낸 것인지는 모르겠지만 세상에는 맛있는 것이 너무 많다. 또 세상을 살면서 반드시 알아야 한다는 항목의 리스트가 점점 늘어나고 있다. 필수 사항이 늘어난다는 것은 미니멀을 담는 보자기도 커져야 한다는 의미다. 이런 상황이 되면 더 이상 미니멀은 미니멀이 아닌 셈이다.

게다가 아무리 내가 미니멀을 실천하려 해도 내가 살았던 방식을 단박에 바꾸기란 쉽지 않다. 기존에 입던 옷, 책, 생활 도구, 가구 등은 미니멀로 향하는 길을 바리케이드처럼 막고 있다. 집만 비워도 가볍고 단순하고 건강하게 살 수 있으리라는 생각에, 원래 그곳에 있던 집의 물건들은 졸지에 짐처럼 변신한다.

이제는 누구나 아는 것 같은 '미니멀'이라는 단어가 직접적으로 쓰인 건 20세기 초 근대 건축이나 근대 디자인에서가 아니라, 1960년대 현대미술에서부터다. 비움의 태도나 근대 건축의 합리성은 처음부터 '미니멀'이라는 개념이 포함된 생각은 아니었다. 서구 근대 미술작품은 캔버스 안에만 존재하는 것이 아니라 그 너머 아우라와 시대정신을 포함한 대상이었다. 작가가 세상을 이해하는 태도와 정신이 작품 안에 담겼다고 믿었기에, 사람들은 그들의 작품에 존경과 경의를 표했다. 이러한 생각의 바탕에는 작품에 직접적으로 드러나는 '사물'과, 겉으로 드러나지 않는 작품 속 '정신' 두 가지가 포함되어 있음을 전제로 한다. 하지만 미니멀리즘 작가들은 이를 부정했다. 작품은 그 자체로 존재한다는 것이다. 작가 정신과 아우라를 배제하고 작업이 어떤 장소에 놓일 때, 그 공간과 시간 안에서 발생하는 작품과 관객 사이의 관계에만 집중하자는 것이다. 이러한 사고방식을 철학에서는 '현상학'이라고 한다. 과거의 철학이 이성적이고 무한하고 보편적인 것들을 인간이 추구해야 하는 가치이자 본질이라 보았다면, 현상학에서는 반대편에 있는 감각적이고 유한하고 개별적인 것을 인간 존재 그 자체를 보았다. 프랑스의 철학자 사르트르 Jean Paul Sartre가 말한 "실존은 본질에 앞선다."는 현상학을 대표하는 문구다.

개인이 실존한다는 것은 '인간이 다 똑같은 존재'가 아니라 각자가 개별성과 고유성을 가지고 있다는 의미다. 실존, 즉 '내가 나로 사는 것'을 통해 나라는 존재를 규명하는 것이 실존주의이고, '나'와 지금 이 '장소'와 '대상' 등 현존하는 대상의 그물을 이해하는 것이 현상학인 것이다. '나는 무엇인가?'라는 질문에 막연할 수도 있다. 하지만 나는 무슨 일을 하고 어디에 살고 누구를 알고 있는지 등 내가 맺고 있는 다양한 관계를 통해 나를 설명할 수도 있고, 나의 존재를 확인할 수 있다. 결국 나는 수많은 것들과의 관계를 통해서 존재한다. 그리고 바로 여기에 미니멀 라이프의 첫 번째 키가 있다. 나는 사람들과 어떻게 관계 맺고 있는가? 나는 어떤 음식을 먹고 있지? 나는 내 방과 어떤 관계라고 설명할 수 있지? 이러한 관계에 대한 질문을 통해 나에게 진짜 의미 있는 관계가 무엇인지 깨닫고, 그럼으로써 의미 없는 관계는 버릴 수 있다. 미니멀은 최소한의 생필품만을 남기고 죄다 버리는 방식이 아니라, 나와 맺은 관계를 살피고 그 관계를 통해 나라는 존재를 확인하는 것이다.

미니멀의 두 번째 키워드는 '지금'이라는 시간이다. 나라는 존재에게 중요한 것 역시 지금이라는 시간이다. 하지만 과거의 경험이 지금이라는 땅에 나를 굳건히 서 있게 하고, 미래의 가능성이 지금 나를 움직이게 만든다. 결국 '지금'이라는 것은 과거 및 미래와 상호 의존적 관계인 셈이다. 즉 나라는 존재는 과거와 미래와 지금이라는 동시적인 시간 위에 존재한다. 과거에 잡혀 사는 것, '원래 나는 이런 사람이야'라는 말, 옛날 집이 더 좋았었다는 아쉬움 등은 집을 과거에만 머물게 한다. 앞으로는 더 멋진 집에 살 테니 지금의 집이 불편하고 부족하더라도 참고 살겠다는, 미래만 바라보는 태도 역시 버려야 한다. 지금을 중심으로 나의 생활을 정리한다는 것을 기준점으로 삼으면 과거와 미래도 함께할 수 있다. 간소함, 모던함, 심플함, 명확함, 비어 있음 등 미니멀을 대체하거나 포괄하는 많은 개념에 앞서, 나를 중심에 두고 '나는 어떤 관계에 살고 있으며 지금의 나는 어떤가?'라는 물음이 미니멀 라이프의 출발점이다.

사실 미니멀은 표면적인 비움, 부족을 말하는 것이 아니다. 산수화를 그릴 때 이론의 바탕이 되는 것이 3원론으로, 이것은 인간의 시지각의 본능이기도 하다. 첫 번째는 '고원'으로, 멀리 높은 산이 있으면 누구나 산 정상을 바라본다는 것이다. 두 번째는 '심원'이다. 산 정상에 오르면 누구나 저 멀리 깊은 풍경을 바라본다. 마지막은 '평원'인데, 드넓은 평원을 보면 누구나 고개를 돌리며 파노라마처럼 넓게 펼쳐진 풍경을 바라본다.[12] 산을 오를 때는 힘들지만 정상에 올라 하늘과 구름, 풍경을 바라보면 잠시나마 힘든 일상과 집착에서 벗어나고 나도 모르게 큰 숨을 쉬게 된다. 아무리 돈을 많이 벌어도 부족한 듯하고 명예에 대한 욕심이 끝없는 것이 인간이라지만, 그 순간만큼은 온전히 마음이 가득 차게 된다. 그리고 바로 이것이 '텅 빈 충만'이다. 비어 있음을 통해 채움을 이야기는 지혜는 늘 가슴을 벅차게 한다. 미니멀은 가진 것이 많고 적음에 대한 이야기가 아니다. 오히려 비움을 통해 나를 온전히 채우는 '맥시멈'이다.

집의 분위기는
어디에서 오는 것일까

식당에 들어서면 프론트에서부터 주방, 테이블, 조명, 음식 냄새, 음악, 장식품까지 논리적이거나 체계적으로 인지되는 것은 아니지만 사람마다 즉각적이고 감각적으로 식당 분위기가 좋은지 싫은지 바로 느끼게 된다. 이러한 공간의 분위기는 어떻게 만들어지고 느껴지는 것일까?

건축가 페터 춤토르는 아름다움과 감동은 등가관계에 있으며, 복합적이고 순간적으로 지각되는 분위기를 분석하여 말하기는 어렵지만 아름다움은 '분위기'에서 나온다고 말했다. 그는 분위기를 만드는 아홉 가지에 관해 쓴 책《분위기》에서 아름다운 형태는 그 자체로 분위기를 만들기 때문에 물질을 모으고 혼합하여 새로운 공간을 만드는 건축이라는 행위 자체가 분위기의 첫 번째 비밀이라고 말했다. 여기에 재료가 가지는 비범함을 찾는 감각, 공간의 소리와 온도, 사물과 공간과의 관계, 공간의 안정성과 시간에 따른 공간의 변화, 내부와 외부의 관계, 기품을 만드는 나와 사물의 관계적 거리 등이 건축이 갖는 분위기의 실체라고 했다. 사람이 갖는 분위기도 그가 말한 아홉 가지 요소에 대입해 생각할 수 있다. 사람의 몸은 그 자체로 사람이 풍기는 분위기의 바탕이 된다. 비범함을 찾는 감각은 행동에서, 소리와 온도는 말에서 찾을 수 있다. 사물과 공간의 관계는 입고 있는 옷이나 그 사람이 가진 물건에서, 공간의 안정성은 성격에서, 시간에 따른 공간의 변화는 처세에서, 내부와 외부의 관계는 주변 사람들과의 관계에서 생각해 볼 수 있다.

이 원칙은 집에도 적용해 볼 수 있다. 집의 형태, 집에 쓰인 재료, 정리된 상태, 집에 있는 물건, 가족과의 관계, 집 안의 온도와 습도, 집의 안정감과 추억 등이 그 집의 분위기의 실체가 된다.

우연히 층만 다른 한 아파트에 각각 초대받아 간 적이 있다. 두 집 모두 아름다웠지만 분위기는 전혀 달랐다. 한 집은 유럽의 고전적인 소파와 테이블, 의자가 전체적인 분위기를 만들고, 소파 패브릭과 유사한 색감의 커튼은 집 전체에 포근함을 선사했다. 소파와 쿠션의 색감은 비슷했지만 쿠션은 광택이 있는 천을 사용해서 전체적으로 차분한 분위기에 화려함을 더했다. 볕이 잘 드는 코너에는 커다란 열대식물을 두었고, 식물 아래에는 화이트 대리석 테이블을 놓았는데, 그 위에 다양한 모양의 액자를 두어 액자 속 사진들을 보자마자 미소가 지어졌다. 적당한 크기의 다양한 테이블이 그 집의 전체적인 분위기를 만드는 데 큰 역할을 했고, 클래식한 가구와는 결이 다른 모던한 몇 점의 그림이 집 전체에 우아함을 더했다. 침실 안 화장대 옆 작은 테이블에는 단차를 두어 향수를 두었는데, 놀랍게도 그 공간을 보자마자 외출하기 전 향수를 고르기 위해 즐겁게 고민 중인 집주인의 모습이 곧바로 떠올랐다. 무엇보다 그 집의 하이라이트는 욕실이었는데, 천장에 식물을 가득 매달아 마치 멋진 자연 안에서 샤워를 하는 기분을 연출했다.

또 다른 집은 고양이 여러 마리와 함께 사는 부부의 집이었다. 그들의 집에 들어서자마자 마주하는 유쾌한 영국식 유머가 가득한 그림은 마치 이 집에서 건네는 첫인사와 같았다. 이 집의 포인트는 단팥죽보다 약간 붉은 바닥 카펫이었다. 아무런 패턴이 없는 이 붉은 카펫 덕분에 집 전체에 온기가 돌며 포근한 분위기가 연출되었다. 다양한 화분이 놓인 거실 한쪽 구석에는 소파가 일자로 놓여 있고, 라운지체어를 거실 벽과 비스듬하게 두어 자유분방한 느낌이 들었다. 거실의 벽에는 현관에 놓인 그림과 같은 작가의 그림 두 점이 크게 걸려 있었고, 그 아래 책상 높이보다 조금 더 낮은 책장이 놓여 있었다. 책장의 선반 위에는 책 전면 표지가 잘 보이도록 몇 권의 책이 놓여 있었고, 그 아래 단에도 책 여러 권이 전면이 보이게끔 비스듬히 꽂혀 있었다. 책장의 맨 아래 단에는 책이 촘촘하게 꽂혀 있었는데, 이러한 진열 방식 덕분에 책에 대한 집주인의 태도와 책을 즐기는 방식이 눈앞에 보이는 듯 했다.

두 집의 분위기는 매우 달랐지만 특이하게도 하나의 공통점을 가지고 있었다. 그것은 바로 가구나 집의 물건을 통해 집에서의 생활이 선명하게 눈앞에 그려진다는 것이다. 자신의 일상을 관찰하고 가꾸어가는 모습은 애정을 가지고 식물을 가꾸는 모습과 비슷하다. 건축가 페터 춤토르는 "물건들은 세심한 관심과 사랑 속에 조화를 이룬다. 거기에는 끈끈한 유대관계가 있다."라고 집의 물건들과 공간과의 관계를

집의 분위기는 집과 일상생활의 관계에서 발생하는 화학반응이다.

이야기했다.

일상은 집에서부터 출발한다. 사는 게 다 똑같다는 생각에서 벗어나기 위해서는 주변 사람들의 집이나 영화, 잡지 등을 통해 좋은 공간을 관찰하고 이렇게도 생활이 가능하구나 하는 유연한 생각이 필요하다. 거실이라는 공간이 그저 편안히 TV를 보기 위해 소파가 놓인 장소라는 생각 대신 취미를 위한 공간이라고 생각하자. 그리고 평소 막연히 하고 싶다고 생각하던 그 취미 생활을 거실에서 시작해 보라. 영화 감상이 취미라면 영화를 즐길 수 있는 작은 공간을 꾸미는 것도 좋다. 커피를 좋아한다면 여러 커피 원두를 사보고, 시간과 정성을 들여 마음에 쏙 드는 커피잔을 찾아보자. 미리 많은 양의 원두를 갈아두고 마시던 사람이라면 다음에는 꼭 먹을 만큼의 원두만을 덜어 갈 수 있는 그라인더를 사는 것도 좋다. 드립커피도 시도하고, 드립을 위한 종이필터, 플라스틱 필터, 천필터 등 다양한 방식을 시도해 보고 나만의 드립 방식을 찾다 보면 어느새 집에서 자신만의 분위기가 느껴질 것이다. 커피를 만드는 공간에서 나아가 마시는 공간을 조성해 나간다면 언뜻 구체적으로 설명하긴 어렵지만 자신의 커피와 어울릴 만한 거실 테이블과 의자의 선명한 기준점이 생길 것이다.

집의 분위기는 집과 일상생활의 관계에서 발생하는 화학반응이다. 집의 분위기의 시작은 집에서 멋지게 살고 싶다는 마음이고, 마음을 조금씩 키우면 어느새 행동으로 드러나 집의 분위기는 어느 순간 멋지게 자라 있을 것이다.

디드로 효과와 프랙털 함수

한번 아이폰을 사고 나면 다른 애플 제품들도 구입하고 싶은 마음이 생기는 것은 무엇 때문일까? 이것은 단지 애플이 제품을 잘 만들어서가 아니라, 심리적인 만족감도 동시에 주기 때문이다. 집에서도 북유럽풍의 미드모던 의자를 하나 구입하면 그것과 어울리는 분위기의 조명과 화병, 포스터 등으로 집을 꾸미고 싶은 마음이 든다. 이는 단지 제품의 훌륭한 브랜딩 때문이 아니다. 이러한 현상은 18세기에도 마찬가지였다. 18세기 계몽사상을 집대성한 《백과전서》를 편집한 철학자 드니 디드로Denis Diderot는 역사, 소설, 미술 등 다방면에 뛰어난 문필가였다. 그의 에세이 《나의 오래된 가운을 버

림으로 인한 후회》는 그가 우연히 친구가 선물해 준 빨간색 가운이 자신의 책상과 어울리지 않는다고 생각해 책상을 바꾸었고, 그러자 벽에 걸린 액자가 책상과 어울리지 않아 다시 액자도 바꿨다. 이후에도 양탄자를 비롯한 집 안의 모든 집기와 내부를 빨간색으로 바꾸었고, 그 결과 디드로는 자신이 빨강의 노예가 되었다는 생각에 우울해졌다는 내용이다. 이후 미국의 인류학자 그랜트 매크라켄Grant Mccracken은 《문화와 소비》라는 저서를 통해 제품이나 물건 간의 상호 심리적, 정서적, 문화적 통일성을 추구하는 인간의 심리를 밝혀냈는데, 그는 디드로의 이름을 따서 이 심리 현상을 '디드로 효과'라 명명하였다. 디드로 효과의 마케팅 효과나 소비심리학적 관점 이전에, 도대체 사람들은 무엇 때문에 어울림을 갈구하는 것일까? 그리고 '깔 맞춤'이 패션이나 디자인의 기본이 될 때도 있지만 보기조차 민망해질 때도 있는 것은 무엇 때문일까?

어울림은 여럿이 모여 하나로 어우러지는 상태다. 이는 단지 집합의 의미를 넘어선다. 화음은 상대방의 소리를 듣는 것에서 시작해서, 기존의 파장에 자신의 소리를 더하는 것이다. 화음은 각각의 음을 섞는 것이 아니라, 서로의 음이 공명을 통해 새로운 공명을 만들고, 그 에너지가 더욱 배가되어 더 큰 파장과 에너지를 만들 때 감동으로 다가온다. 어울림은 단지 둘 이상이 하나가 되는 데에 그치는 것이 아니라, 각각의 공명으로 만들어지는 더 큰 에너지이며, 새로운 생명명 에너지다. 집에서도 어울림을 추구하는 것은 단지 색을 맞추는 방식이 아닌, 에너지의 파장을 맞추는 과정으로 이해하는 것이 더 적합하다. 집 바깥에서 마주한 불협화음으로 약해진 기운을 집에 돌아와 비슷한 기운의 파장으로 맞춤으로써 다시 북돋게 하는 방식이 어울림이다. 디자인적인 어울림은 물론, 가족 간의 어울림, 반려동물과의 어울림, 이웃 간의 어울림을 통해 더 큰 생명의 울림을 만들 수 있고 바로 이것이 생의 이유다. '왜 사는가?' 라는 난해한 질문의 답은 살아있음을 확인하는 순간순간이라고 생각한다. 마음을 나누는 것은 화음을 맞추기 위해 다른 사람의 소리를 듣는 행위와 유사하다. 다른 이의 소리를 듣기 위해서는 우선 나의 목소리를 낮춰야 한다. 그런 뒤에야 상대의 음에 나의 음을 맞출 수 있다. 이렇게 만들어진 화음의 소리는 나 혼자서 만들어내는 음보다 더 큰 전달력을 갖는다. 디드로가 기존에 가지고 있던 가운도 그와 잘 어울렸을 테다. 하지만 빨간색 가운을 선물받는 순간 그는 가운에 지배당했다고 묘사했다. 이는 집을 꾸미는 데에도 시사하는 바가 크다. 보기 좋게만 꾸며놓은 디드로의 새 가운 같은 집을 모시고 사는 것은 집에 사는 것이 아니다. 디자인이 생활과 분리되어 강박이 된다면, 인테리어는 안 하느니만 못하다. 집의 어울림은 집과 나 사이에 공명을 맞추는 방식이어야 한다.

물리적으로 통일감을 주는 것은 디자인의 기본이다. 하지만 디드로의 빨간색에 대한 집착은 디자인의 관점에서 무엇이 잘못된 것일까? 이를 설명하기 위해 통일감의 좋은 사례를 들어보자. 이탈리아 토스카나 지역 시에나는 모든 건물이 도시 주변의 흙을 재료로 한 벽돌로 지어졌다. 그 덕에 도시 전체가 붉은빛을 띤다. 하지만 시에나의 아름다움에 의문을 품는 사람은 없다. 해안선은 그저 바다와 땅이 만나는 단조로운 풍경을 만들지만, 이를 바라보고 있으면 심리적 안정감과 함께 아름다움이 느껴진다. 넓게 펼쳐진 풀밭 역시 단조롭지만 동시에 아름답다. 이 사례에서 발견할 수 있는 공통점은 모두 프랙털 함수값에 있다. 조금 뜬금없이 들릴 수도 있지만 프랙털 함수를 조금만 이해하면 통일감에 어떠한 요인이 추가되었을 때 우리가 편안함을 느끼는지 쉽게 이해할 수 있다.

프랙털 차원 공식을 처음 만든 브누아 망델브로Benoit Mandelbrot는 삐뚤빼뚤한 해안선을 측정하는 방법을 고민하다가 측정자의 길이와 해안선 측정 길이 사이의 관계를 설명하는 프랙털 차원을 고안해 냈다. 해안선이 완벽한 직선이라면 그 값은 1이고, 구불구불할수록 값이 커지는데, 우리가 아름답다고 느끼는 자연 풍경의 프랙털 차원 값은 약 1.3~1.5 사이다. 결국 사람은 자연에서 발견되는 프랙털 차원과 비슷한 범위 내에 있는, 반복되면서도 변화가 있는 이미지를 선호한다는 것이다.[13]

중세 도시도 이러한 프랙털 값과 비슷하다. 통일성을 기본으로 한 변화는 자연의 법칙 속 변화와 유사하고, 인간은 그러한 자연과 유사한 통일성을 좋아한다. 만약 주변에 자연을 마주할 수 있는 환경이 없다면 자연을 담은 사진이나 영상을 보는 것만으로도 도움이 될 수 있다.

철학자 디드로가 경험한 잘못된 집 스타일링은 누구나 범할 수 있는 오류다. 하지만 어설픈 전문가는 이를 디자인이라고 착각하기도 한다. 목재나 석재 등 자연에서 얻은 재료는 기본적으로 프랙털값을 가지고 있다. 목재와 유사한 인공 필름의 한계도 여기에서 발생한다. 집을 도장하는 경우, 동일한 색상을 사용할지라도 표면을 다르게 처리하거나 비슷한 색의 패브릭을 활용하면 질감에 의해서 생기는 빛의 변화로 인해 프랙털 값을 가지게 되어 색상의 단조로움을 벗어날 수 있다. 근원적으로 집의 스타일링은 단순히 시각적인 통일성이 아니라 집과 나의 생활 사이에 공명을 맞추어가는 과정이다. 화음이 상대방의 소리를 듣는 데서 시작하듯, 집에서 일상의 공명을 먼저 듣는 지혜가 필요하다.

비트겐슈타인의 느린 해결책

처음으로 내 방을 갖거나 나만의 공간을 마련하면 독립된 자아로 새롭게 출발할 수 있을 것 같은 희망이 생긴다. 공간을 가진다는 것은 자신의 세상을 만드는 것이다. 늦게까지 영화를 볼 수도 있고, 주말에 아무에게도 방해받지 않고 쉴 수 있다. 냉장고에 맥주를 넣어두고 내가 꿈꿨던 의자에 기대앉아 멍 때리며 시간을 보낼 수도 있다.

상상으로 집을 채웠다면 이제 실행할 차례다. 그런데 어쩐 일인지 실행이라는 무거운 짐이 온몸을 짓누르는 것 같다. 머리가 무겁다. 어떡하지? 힘든 고민이 나만의 공간을 갖는다는 처음의 감동을 상쇄하기 시작한다. 자, 즐겁게 고민해 보자! 다시 스스로에게 기운을 불어넣고 새롭게 고민을 시작한다. 고민은 어렵다. 주말 카페에서 커피 한 잔과 함께 핸드폰으로 여러 이미지를 검색해 본다. 멋진 이미지를 보니 실마리가 보이는 것 같다. 어쩌다 뽑기를 뽑은 것처럼 나에게 딱 맞는 이미지를 찾아낸다. 이거다! 꿈과 미래의 공간이 실제 공간과 맞아떨어지며 더 선명하게 보이는 듯하다. 이제 이미지와 비슷하게 꾸미기만 하면 멋진 공간이 탄생할 것이다. 유행하는 스타일의 조명도 장바구니에 넣었다. 포스터 액자가 걸린 벽 아래 조그만 라운드테이블에 앉아 음악을 들으며 맥주를 마시는 내 모습을 상상하니 히죽 웃음이 난다. 아! 행복하다. 다시 주말이 되자 곧바로 이케아로 달려간다. 살펴봤던 가구와 조명, 그릇, 카펫을 사서 집으로 돌아온다. 이사하기 전 차분하면서도 따뜻한 라이트 그레이 벽지로 도배를 마쳤다. 드디어 고생해서 만든 공간이 완성되었다. 부족한 부분도 있지만 검색했던 이미지를 잘 조합해 꾸민 내 공간이 멋지다. 인스타그램에 그동안 고생해 완성한 내 공간과 함께 찰칵!

며칠이 지나 나는 침대에서 핸드폰을 보며 누워 있다. 고심해 구매한 조명과 테이블도 어느새 일상이 되어간다. 나만의 공간이 분명 심적으로 만족감을 주지만, 조금 시간이 지나니 벽지의 색과 가구의 형태만 다를 뿐 이전과 똑같이 생활하고 있는 나를 발견한다. 생활은 다 똑같은 거구나! 하지만 정말 다 똑같을까? 집을 꾸미기 이전에 집에 대한 설렘, 계획, 궁금함의 정체는 무엇일까? 여기서 다시 영화의 한 장면처럼 장면을 되돌려 주말 카페에 앉아 집에 대한 고민을 하던 때로 돌아가 보자. 분명 집에 대한 고민을 시작한 지 얼마 되지 않았는데 서둘러 핸드폰으로 멋진 이미지를 찾고 있는 나를 발견할 수 있을 것이다. 여기서 잠깐! 고민이 어려워 핸드폰을 집어 멋진 이미지를 찾는 대신에 스스로에게 질문을 하는 장면을 상상해보자. 내가 집에서 하고 싶은 행동은 무엇일까? 그 행동은 어디에서, 또 무엇에서 시작된 것일까? 꼬리에 꼬리를 물어 질문을 해보자!

만일 내가 영화를 좋아한다면 '언제 가장 즐겁게 영화를 봤지?' 라는 질문을 던질 수 있다. 누군가와 영화를 함께 시청하고 감상에 대해 수다를 떨 때, 영화에 온전히 집중한 순간, 혹은 영화관에서 팝콘을 먹을 때, 이불 속에 누워 편안한 상태에서 볼 때, 영화관의 온기, 냄새를 느끼는 순간 등 생각의 꼬리 물기를 나의 공간에 적용하는 것이다. 나는 이러한 집 가꾸기 방식을 '궁금함의 숙성'이라 부르고 싶다.

고민을 계속하는 것은 단지 힘든 과정이 아니라, 다음 생각의 씨앗이자 가능성의 탐색이다. 해결책을 찾는 것이 아니라 '질문의 과정에서 의미를 발굴해 나가는 과정'인 것이다. 비트겐슈타인은 이를 '느린 해결책'이라고 칭했다.[14] '어떤 집이 좋을까?' 라는 질문을 숙성하자. 다양한 정보는 집을 풍족하게 만들어줄 지혜의 거름으로 삼고, 시각적인 이미지와 의미 사이에 질문의 기차를 만들어 그 사이를 채워보자. '내가 누군가'를 알아가는 과정이 인생이라면 집을 짓거나 방을 가꾸는 시간은 인생에서 가장 빛나는 순간 중 하나일 것이다. 내가 누구인지 알아가는 과정과 집을 가꾸어가는 것은 동의어다. 질문 없는 삶과 반성 없는 삶은 운동하지 않는 병든 몸과 같다. 운동과 질문은 둘 다 그 과정이 힘들지만, 그 후의 삶은 이전의 것과는 확연히 다르다.

모던한 스타일로 해주세요

집을 설계하면서 가장 많이 들었던 말이 무엇이냐 묻는다면 단연 '모던한 스타일'이다. "모던한 스타일로 해주세요."라는 말은 디자이너와 클라이언트 양쪽 모두에게 말로 표현할 수 있는 가장 보편적이고 포괄적이면서도 선명한 의미를 담은 시각적 단어인 듯하다. 하지만 설명이 부족하다는 마음이 들어 약간의 부연 설명을 더하면 다시 몇 가지 유형으로 나누어 정리할 수 있다.

첫 번째 모던의 뜻은 장식적이지 않고 거슬리는 것 없이 심플하고 단순한 분위기를 뜻한다. 심플과 모던의 상관관계를 깊게 이해하고 말하는 것은 아니지만, 시각적으로 유사한 분위기를 공유한다는 점에서 부분적으로 소통이 가능하다. 모던은 기능적이고 합리적인 것을 바탕으로 삼고 있기 때문에 특별한 개인 취향을 제외한다면 합리적인 방향성은 대부분 동의하게 된다. 합리성은 이유 없는 장식을 배제한다. 단순한 것은 명료할 수 있고 이것이 합리성으로 이어진다.

두 번째 모던한 스타일은 올드한 분위기를 지양하고 세련되고 정제된 분위기를 말한다. 하지만 너무 트렌디한 것은 가벼워 보일 수 있기에 모던은 올드함과 트렌디 사이 그 중간의 스타일이다. 모던은 과거로부터 벗어나려는 시도이지만 그렇다고 현실감 없는 공상의 미래를 실현하려는 태도 역시 아니다. 스타일은 시간이 흐르면서 관점이 변하기 때문에 시간이 지나도 무던한 집은 그 자체로 상당한 설득력을 갖는다.

세 번째 모던은 대중적이고 일반적인 이미지를 뜻한다. 모던의 가장 중요한 대상은 대중이었고, 대량생산과 기계생산 역시 대중을 위한 제조 방식이었다. 대중적인 평범함은 역설적이게도 우리에게 안정감을 준다. 디자인은 본질적으로 다른 것과 다름을 추구하는 속성을 갖고 있지만, 사실 많이 팔리는 제품이나 옷은 일반적인 스타일에 약간의 변화를 가미한 것이 대부분이다.

인테리어를 하거나 가구나 가전제품을 사는 등 디자인을 선택해야 하는 순간에 항상 마주하는 '모던한 스타일'은 사실 디자인이나 건축, 예술 분야에 국한된 것이 아니라 지구의 중력과 같이 과학은 물론 철학과 문화, 사회에도 지대한 영향을 끼쳤다. 디자인이나 건축에서는 모던의 시작을 19세기 중반이라고 이야기하지만, 사회적으로 모던을 이야기한다면 좀 더 앞선 17세기에 시작된 계몽시대를 이야기할 수 있다. 계몽사상은 신의 존재나 궁극적인 근원 등 본질을 탐구하는 형이상학보다는 상식, 경험, 과학을 중심으로 했다. 또 권위주의보다는 개인의 자유와 평등한 권리와 교육을 강조하였다. 한편 상식, 경험, 과학을 중심으로 한 계몽사상은 1543년 코페르니쿠스의 지동설을 시작으로 1687년 뉴턴의 중력과 가속도에 관한 자연철학의 수학적 원리로 이어지는 150년간의 과학혁명이 있었기 때문에 가능했다.

또 하나 중요한 근대의 지점은 16세기부터 17세기까지 이어진 종교개혁이다. 일반적으로 종교개혁을 기독교 내부의 부패개혁운동으로 알고 있지만, 사실 종교개혁은 유럽 사회 전반에 영향을 끼친 거대한 사건으로 종교개혁을 가르켜 The Reformation이라는 고유명사를 사용한다. 종교개혁은 단순한 교회의 정화 운동을 넘어서, 종교를 철학적인 탐구를 통해 연구하는 신학의 변화에 따른 결과다.

종교개혁 과정에서 개혁파 신학은 노동을 하나님이 인간에게 부여한 신성한 의무로 해석하고 노동과 상거래를 통한 이윤 추구에 정당성을 부여했다. 더 나아가 직업의 소명의식을 갖게 함으로써 새로운 상공업 종사자, 즉 부르주아 세력이 확대될 수 있는 장을 마련하였다. 이는 이후 제국주의와 산업혁명으로 이어지는 바탕이 된다.

이렇게 '모던'은 사회·종교적 배경과 함께 등장한 신흥 세력과 과학기술의 발전, 계몽주의를 바탕으로 한 사회의 변화, 사상의 전환 등의 결정체다. 하지만 역사를 살펴보면 과거의 종교, 사회, 정치, 과학의 변화는 어느 시대, 어느 지역에나 있었으며 변화는 기존 세력과 충돌을 일으킨다. 이런 의미에서 모던의 잠재된 의미는 어느 시대의 지칭이라기보다 '과거와 충돌하는 에너지'라고 할 수 있다.

현재 우리가 살고 있는 근대사회의 근간이 되는 두 가지 사건은 단연 영국의 산업혁명과 프랑스의 시민혁명이다. 1851년 영국에서 개최된 런던 만국박람회는 영국의 산업혁명으로 시작된 기계생산을 전 세계에 알릴 기회였다. 하지만 이제 막 시작한 공업제품은 오랜 세월 전승된 수공예품과 비교할 수 없을 정도로 조악했다. 영국의 사상가이자 예술운동가 존 러스킨John Ruskin과 윌리엄 모리스는 당시 대량생산된 저품질의 상품들이 생활 문화 전반에 끼치는 해악을 목격한 뒤, 수공예 부흥을 통해 다시 아름다운 삶을 영위하자는 운동을 일으켰다. 바로 이것이 19세기 중엽에 등장한 공예부흥운동이다. 이는 생활과 제품의 관계를 모색한다는 점에서 근대 디자인의 시작이라고도 할 수 있다.

프랑스 시민혁명은 절대왕정의 몰락과 입헌군주제의 전환 이후 공화제로의 변화를 이끌었고 자유와 평등이라는 민주주의의 초석을 마련했다. 근대는 과거와의 결별이고 동시에 자유와 평등을 획득해 가는 과정이다. 따라서 새로운 시대에는 새로운 아름다움이 필요했다. 과거로부터의 결별을 위해 새로운 미학이 필요했고 수많은 예술가와 건축가, 디자이너가 점·선·면·형태·재료·색채·공간·운동 등과 같은 기본적인 조형 요소를 가다듬어 산업시대에 적합한 새로운 미학을 정립했다. '모던한 스타일'은 이렇게 탄생한 것이다.

근대는 사회의 주체가 귀족에서 부르주아, 노동자와 시민으로 사회의 주체가 이동하는 과정이면서, 합리적이고 이성·과학적인 사고를 통해 축적된 철학이자 사상이다. 또한 산업혁명을 통해 도시는 산업의 거점이 되었고, 수천 년간 경험한 적 없는 인구 집중 현상으로 도시에는 다양한 문제가 발생한다. 이전의 건축이 성당이나 궁궐을 중심으로 진행되었다면 근대 건축은 도시를 중심으로 생겨난 주택난 해결, 노동자와 일반 시민이 인간다운 생활을 영위할 수 있도록 하는데 중점을 두었다. 위생적이고 햇빛이 잘 드는 밝은 집, 고밀도를 해결할 수 공동주택, 전쟁 후 부족한 주택을 신속하게 공급할 수 있는 집 등 근대 건축은 집이 중심이 되었으며, 지금 우리가 살고 있는 아파트나 타운하우스도 이러한 근대 건축의 연장선에 있다.

역사와 전통을 통해 나의 정체성을 이해할 수 있는 것과 마찬가지로 우리에게 너무나 익숙한 '모던'은 사실 지금 우리가 살고 있는 생활의 근간이기에 모던한 스타일은 외형적인 형태라기보다 우리 생활의 바탕이고, 모던을 이해한다는 것은 지금 우리 삶의 근간을 이해하는 것이다. '모던스타일'은 중세 이후 인간이 인간다움을 연구하는 과정이며, 지금 우리의 스타일이기도 하다.

집을 지을 때 고려해야 할 몇 가지 것들

멋진 스타일의 집을 가지는 걸 누구나 꿈꾼다. 여러 번 집을 지을 수 있다면 일단 한번 해볼 수도 있지만 집을 짓는 일은 일생에 한 번 있을지 모를 쉽지 않은 일이다. 집을 짓게 되면 위치, 비용, 건축가, 시공사 등 알아야 할 것이 너무나 많다. 일련의 진행 과정과 비용, 유의 사항 등 구체적인 사항들을 세심히 알려주는 유튜브 영상이나 책은 유익한 점이 많지만 때론 마음을 더욱 조급하게 만들고, 그렇게 알게 된 조그만 지식은 오히려 독이 되기도 한다. 그래서 건축가로서 집을 지을 때 고려해야 할 몇 가지 사항을 적어보았다.

좋은 집을 짓기 전 알아야 할 것

멋진 옷도 좋지만 편안하고 몸에 잘 맞는 옷이야말로 자주 손이 가고, 그런 옷이 본인의 스타일을 만든다. 집도 마찬가지다. 함께 생활하는 가족이 무엇을 좋아하고, 가족과 함께 하고 싶은 활동이 무엇이고, 따로 또 같이 지내고 싶은 순간은 언제인지, 그런 공간은 언제 필요한지 등을 함께 고민하는 것이 집짓기의 시작이 되었으면 한다. 이 과정은 자신과 가족의 생활을 돌아보고 서로 좀 더 알아갈 수 있는 뜻깊은 기회가 될 수 있다.

'집을 나갈 때 거울로 나의 모습을 확인할 수 있으면 좋겠다', '처마가 있어서 비나 햇빛을 쉽게 피할 수 있으면 좋겠다' 등과 같이 집에 대한 고민은 구체적일수록 좋다. 생활에 대한 고민 없이 전문가인 건축가가 알아서 해주겠지 하는 생각은 나중에 반드시 큰 후회를 남기니 유념하도록.

집을 짓기 전 건축가와 나누는 이야기

우선 집을 지을 주소를 통해 가장 실질적인 요소인 사용할 수 있는 땅의 면적, 층수, 주차 대수, 용도 등을 확인할 수 있다. 이러한 정보에 따라 예산의 규모도 정할 수 있는데, 입주 시기나 최대 사용할 수 있는 예산의 한계 등을 미리 정하면 설계가 산으로 가는 일을 막는 데 무척 도움이 된다.

최근에는 틀에 박힌 집의 구조에서 벗어나 내 삶의 방식에 따라 다양한 형식을 적용할 수 있다. 집에 대한 기존의 고정관념에서 벗어난 '집의 유연함'을 인지하는 것이 매우 중요하다. 기존의 형식과 새로운 변화를 적절히 섞어 설계에 적용하면 기존의 고정된 부분에서는 안정감을 느낄 수 있고, 새롭게 적용한 가변적인 부분에서는 다양성과 활력을 느낄 수 있다.

요즘은 다양한 이미지가 넘쳐나는 시대인 만큼, 자신이 바라는 설계 방향을 정확히 전달하고자 여러 이미지 사진을 가지고 설계사무실을 방문하는 경우가 있다. 한두 장의 이미지는 고객이 원하는 방향이 무엇인지 정확하고 직관적으로 파악하는 데 도움이 되지만 너무 많은 이미지를 가져오는 경우 오히려 더 큰 혼란을 야기할 수 있음을 유의하자.

초보 집주인이 놓치기 쉬운 것들

집을 지을 때 가장 먼저 고려해야 하는 것은 '구입할 땅이나 집의 위치, 크기가 생활하기에 적합한가?'이다. 이때 생활하기에 적당한 규모는 현재 내가 살고 있는 집을 기준으로 삼으면 좋다. 이를 바탕으로 현재 내 생활 패턴과 방식을 고려해 짐을 줄이고 간소한 집을 고민해 볼 수도 있고, 아이의 성장에 따라 더 큰 공간을 상상해 보는 등 더 구체적인 방향을 정할 수도 있다. 출근이나 등교, 주차는 물론 최근에는 배달 상황도 일상에서 매우 중요한 부분을 차지하기 때문에 세밀하게 따져보아야 한다.

그다음으로 고려할 것은 이웃 주택의 현황이다. 추후 집 주변이 신축을 통해 창이나 조망을 가릴 수도 있기에 현재 주변 주택의 상황이 어떠한지 미리 파악하는 것이 미래에 마주할 스트레스를 줄일 수 있다. 더불어 기존의 주택을 구매하는 경우 정화조나 전기, 누수, 수도, 건물 구조 등에 문제가 없는지도 살펴야 한다. 만약 문제가 될 만한 소지가 있다면 집주인, 혹은 기존의 건물주와 상의를 통해 해결 방식을 논의하는 것이 좋다.

마지막으로 내가 이 집에서 생활할 때 느낄 수 있는 안정감을 확인해야 한다. 어떤 사람에게는 답답한 환경이 나에게는 아늑함을 선사할 수도 있다.

'나에게 꼭 맞는 집은 하늘이 내린다'는 우스갯소리가 있다. 집이 주는 느낌과 나의 일상에 모두 적합한 집을 찾는 데는 이처럼 많은 고민과 적절한 우연이 함께 필요하다.

건축가와의 소통

집을 지을 때 가장 중요한 것은 단연 건축가와 최대한 많은 대화를 나누는 것이다. 물론 건물을 지을 때 필요한 법 지식과 단열, 방수와 같은 전문적인 부분은 설계사무소에서 알아서 처리할 테지만, 집에서 생활하는 것은 건축가가 아닌 바로 나다. 그러니 최대한 나의 라이프스타일과 내가 바라는 집의 형태를 충분히 설명하는 과정이 반드시 동반되어야 한다. 건축가와의 의견 충돌은 대부분 소통과 이해가 부족한 데서 기인한다. 좋은 건축가라면 한 채의 집을 설계하기 위해 상상 이상의 시간을 투자하기 마련이다. 그렇기에 상호 배려가 무척 중요한데, 개인적으로 배려를 기반으로 한 소통과 대화는 반드시 좋은 건물을 만든다는 믿음이 있다.

충분한 대화를 통해 마련된 내용을 실제 공간으로 옮기는 것은 어디까지나 건축가의 몫이다. 더 나은 집을 짓기 위함이라는 구실로 세세한 부분까지 관여하다 보면 오히려 좋은 집을 완성하기 힘들다. 소설가 어니스트 헤밍웨이Ernest Hemingway는 그의 작품 《노인과 바다》에서 그가 평소 잘 알고 지내던 쿠바 출신 어부 그레고리오 푸엔테스 이야기를 썼다. 소설의 이야기는 대부분 어부의 이야기지만 그렇다고 어부가 직접 소설을 작성했다면 채 몇 장을 써 내려가지 못했을 것이다. 게다가 헤밍웨이의 소설을 읽은 어부가 이 소설은 자신의 이야기이니 직접 문장을 고치겠다고 나선다는 것도 말이 되지 않는다. 자신이 살고 싶은 집에 대한 충분한 고민을 바탕으로 건축가와 깊은 대화를 나누었다면, 건축가가 전문 지식을 바탕으로 마음껏 실현해 낼 수 있도록 믿고 맡겨야 한다. 나의 집을 만드는 건축가가 그저 설계를 위한 업체 중 하나가 될지, 살기 좋은 집을 만드는 작가가 될지는 결국 내 태도의 몫이다.

chapter 2 집과 생명

05

몸과 마음과 집

행복이 가득한 집

건축은 공간을 축조하는 과정이면서 동시에 마음을 축조하는 과정이기도 하다. 집을 만드는 것은 사람이지만 만들어진 집은 다시 살고 있는 사람들에게 영향을 미친다. 집은 일상의 축조 과정으로 내가 살아가는 모습을 만들고 담는다. 수천 년 동안 문명은 수십억 년 떨어진 우주의 모습을 관찰할 만큼 발전했다. 하지만 '문명이 발달한 만큼 우리도 행복해졌는가?' 라는 질문에 누구도 선뜻 대답할 수 없다. 이 질문은 집에도 똑같이 적용된다. 근대 이후 우리의 집은 수많은 발전을 거듭해 왔다. 그런데 우리는 지금 우리가 사는 집을 통해 과거보다 더 행복해졌을까?

미국의 심리학자 마틴 셀리그먼Martin Seligman은 행복 증진을 위한 긍정심리학을 연구하였으며 행복에는 세 가지 측면이 있다고 하였다.[15] 첫 번째가 바로 '즐거움'이다. 맛있는 음식을 먹는 순간은 너무나 즐거워서 먹는 행복을 제외하고 행복에 대해 이야기하는 것은 부질없어 보이기까지 하다. 하지만 얼마 지나지 않아 우리는 또 다른 맛있는 즐거움을 찾아 헤맨다. 본능을 충족해 얻은 행복은 가장 기본적인 형태지만, 그만큼 쉽게 익숙해진다. 그 때문에 계속해서 더 큰 자극을 찾게 되는 것이다. 하지만 이러한 과정이 반복되면 더 이상 음식은 나의 행복을 위한 매개에 머물지 않고 음식 자체가 목적이 되고, 결국에는 나를 잃고 공허함만이 남는다.

사실 하나의 감정 상태인 즐거움은 그 자체로 삶의 목적이 될 수 없다. 인간은 여러 감정을 느끼며 살아갈 수밖에 없고 즐거움이 아닌 모든 감정을 부정하는 일은 삶에 부정적인 영향을 준다. 감정은 사람을 움직이는 메커니즘의 일환으로 공포는 우리를 주의 깊게 만들고, 즐거움은 어떤 행위를 반복하게 만든다.

즐거움은 자극을 통해 얻을 수 있는데, 즐거움의 적은 익숙함인 것이다. 하지만 우리의 뇌는 익숙함이라는 방식으로 뇌에 필요한 에너지를 더욱 효율적으로 사용하도록 설계되었다. 익숙하지 않은 공간에 머물다 집으로 돌아온 순간 '아!'라는 감탄과 함께 익숙함이 주는 안정감에 행복을 느낀다. 하지만 그 행복도 며칠 지나지 않아 사라지고 안락했던 집은 그냥 사는 집이 되어버린다. 집에 즐거움과 익숙함의 적절한 균형이 필요한 이유다.

익숙한 집에서 즐겁게 지내기 위해서는 집에서 하는 일상적 행위에 감각적인 즐거움이 더해져야 한다. 집은 궁극적으로 잠을 자고, 씻고, 먹고, 배설하는 몸의 생리적 현상을 해결하는 공간이다. 사실 추상적인 행복보다 생리적 만족감은 실제 행복의 가장 중요한 전제 조건이기도 하다. 그러니 우리 집의 침실과 화장실과 욕실과 식탁이 나와 가족에게 생리적인 행복을 주는지는 행복이 가득한 집을 만드는 첫 번째 조건이 된다.

마틴 셀리그먼이 말한 두 번째 행복의 조건은 '몰입'이다. 우리가 흔히 '시간 가는 줄 몰랐다'라는 표현을 사용하는 순간은 대상에 집중하며 내 존재를 잠시 잊고 있는 상태를 말한다. 하지만 처음부터 몰입하는 상태에 빠지기란 쉽지 않다. 하지만 대상을 알면 알수록 더욱 깊게 몰입할 수 있다. 영화를 볼 때도 처음에는 내용을 이해하기 위해 노력이 필요하지만 스토리와 주변 관계를 이해하고 그들의 감정에 이입한

후에는 영화에 더 쉽게 몰입할 수 있다. 몰입을 위해서는 우선 대상이나 환경에 대한 이해와 공감이 우선되어야 한다.

몰입은 중요하다고 생각하는 것을 할 때만 하는 것이 아니다. 집안일을 하거나 친구들과 놀 때도 몰입할 수 있으며 이런 일상생활의 몰입은 자주 일어나기 때문에 일상에서의 몰입은 매우 중요하다. 집안일은 어쩔 수 없이 해야 하는 일이지 몰입의 대상이 아니라고 생각할 수도 있겠다. 하지만 어느 주말 오후, 소파 밑 구석구석 먼지를 쓸고, 빨래한 옷을 개고, 이불을 말리고, 설거지를 하고, 옷장을 정리하며 내가 지금 살고 있는 모습과 함께 나를 돌아본다고 상상해 보자. 이렇게 정신없이 청소를 하다 어느새 시계를 살펴보면 반나절이 지나 있다. 이것이 몰입이다. 일이나 공부에 몰입하는 것만큼 자신의 일상에 몰입하는 것은 매우 중요하다. 몰입은 자주 할수록 정신 건강에 좋다. 일상은 반복적이기에 그만큼 더 자주, 쉽게 몰입할 수 있는 대상이 된다.

마지막 행복의 측면은 '삶의 의미'이다. 승진을 하는 것, 유명해지는 것, 가족을 위해 사는 것, 돈을 많이 버는 것 등 각자가 생각하는 의미 있는 삶의 조건은 다르다. 하지만 죽음 앞에서 다른 수많은 의미는 사라지고 결국 가족과의 시간, 소소한 즐거운 기억이 보석처럼 반짝인다. 죽으면서 통장

즐거움과 몰입, 의미 있는 삶의 기반은 집이고, 집에서 잘 살아가는 것은 그 자체가 행복으로 가는 과정이다.

의 잔고가 이뿐이라며 후회하는 사람은 없다. 일생에서 꼭 이루어야 하는 목록인 버킷리스트가 의미하는 것은 물건이 아니라 '경험'이고 미래가 아니라 '지금'이다. 집이란 이러한 반짝이는 일상의 경험과 소중함을 담는 보석함이다. 가치 있게 살았음을 알려주는 모든 것의 교집합에는 언제나 집이 있다. 결국 집이란 나의 의미와 가치를 저장하는 창고다.

지속적이고 완벽한 행복은 그 자체로 불가능하고, 행복만을 위한 일방적인 세레나데는 행복을 더욱 꽁꽁 숨겨서 찾기 어렵게 만든다. 행복은 '우연하다'는 의미의 '행幸'과 '복'을 의미하는 '복福'이 결합한 단어다. 복권에는 내가 구매했다는 것 외에 내 의지나 노력이 전혀 반영되지 않는다. 이런 불확실성이 행복이라면 행복은 너무나 수동적이다. 그래서 나는 행복을 말할 때 '행동하다'는 의미의 '행行'을 사용하고 싶다. 만약 이 글자로 행복을 표현한다면 행복은 '복을 받는 것'에서 '복을 행하는 것'이 된다.

복은 수동적으로 우연히 받는 것이 아니라 능동적으로 행동하는 것이다. 행복은 목적지가 아니라 행동하는 과정에서 발생하는 운이다. 즐거움과 몰입, 의미 있는 삶의 기반은 집이고, 집에서 잘 살아가는 것은 그 자체가 행복으로 가는 과정이며, 행복이 가득한 것이 집이다.

홈
스윗 홈

정신분석학자 카를 융은 그의 자서전 《기억 꿈 사상》에서 자신의 집을 짓는 과정을 다음과 같이 표현했다. "내게는 말과 종이가 실재하는 것으로 보이지 않았다. 나의 환상을 탄탄한 토대 위에 쌓으려면 뭔가 더 필요했다. 나는 가장 내밀한 생각과 내가 습득한 지식의 돌로 일종의 재현이 필요했다. 말하자면 나는 내 믿음을 돌로 고백해야 했다. 이것이 빌링겐에서 나를 위해 지은 집인 탑의 시작이었다." 그의 집은 어린 시절의 기억을 실제로 형상화한 것으로, 둥근 모양의 탑은 자궁과 같은 커다란 벽난로의 형태를 갖추었다. 카를 융은 자신의 삶에서 중요한 사건과 생각을 그의 집에 모두 담았다.

'하우스'를 건물로서 집, '홈'은 정서로서 집으로 나눈다면, 건축가는 하우스를 만들 수는 있어도 홈을 만드는 것은 그 집에 사는 사람이다. 미국의 대표적인 여론조사 기관인 퓨리서치 센터Pew Research Center는 2011년 조사에서 선진국 인구의 25% 정도가 현재 살고 있는 공간을 정서적인 집으로 받아들이지 않는다는 조사 결과를 발표했다. 한국에서 동일한 연구가 진행된 적은 없으나 개인적으로는 아마 한국에서의 비율이 더 높게 나타날 것이라 예상한다.

홈 스윗 홈은 그냥 홈과 다른 아련함이 있다. 분명 지금 집이 있지만 어릴 적 고향 집이나, 부모님 집은 집 이상의 집이다. 마음속에 각인된 집은 평생 내 몸과 행동에 배어 있다. 그리움의 바탕이 집이라는 생각을 해본 적이 없을 수도 있지만, 내가 가지고 있는 수많은 추억 중 선명하게 보이는 장면의 상당수 배경은 집이다. 장롱 속에 있는 나, 이유 없이 냉장고 문을 여는 나, 창밖을 멍하니 보고 있는 나, 이불 속에서 라디오를 듣는 나, 소파에서 형과 발장난을 치는 나, 생일날 친구들과 신나게 먹고 떠들던 나, 부모님과 함께 TV로 영화를 보는 나. 내가 가지고 있는 수많은 추억 속에는 언제나 집이 있다. 집을 '홈'으로 받아들이지 않으면 나의 축적은 없고, 나의 축적이 없으면 시간이 지난 후 나에게 남아 있는 것은 아무것도 없을 것이다.

자연재해로 집을 잃고 임시 거처에 머무는 상황을 상상해 보자. 옷가지 이외에 챙겨야 할 물건은 무엇일까? 가족사진이나 성경책, 묵주 등 마음을 의지할 수 있는 물건이 떠오른다. 심리적으로 밀접한 물건은 새롭게 이사한 낯선 집이나 심지어 재해를 입어 임시로 머무는 장소에서도 심리적인 닻을 내릴 수 있도록 돕는다. 어릴 적 처음으로 나만의 방이 생긴 뒤 좋아하는 배우나 가수의 포스터를 붙여두는 것 역시 그 공간을 제어하고 스스로 뿌리내리기 위한 지극히 본능적인 행위다. 나의 공간에 심리적으로 애착을 가진 물건을 두는 것은 '홈'으로 가는 첫 번째 방법이다. 공간에 대한 애착을 형성하기 위해서는 집에서 사용하는 물건과의 유대관계가 기본이 되어야 한다. 집 안의 물건은 장소의 영향을 받으며, 기억은 언제나 특정한 장소와 함께한다. 처음에는 이유 없이 사용했던 머그컵도 오랫동안 사용하다 보면 어느새 그 머그컵에 특별한 유대감을 갖게 된다. 물건을 소중하게 대하는 것은 단지 경제적인 문제가 아니라, 물건과 나와의 유대감을 통해 일상이 축적되고, 그것이 나 자신이 되기 때문이다.

오랜만에 부모님 댁을 방문해 소파에 앉았을 때, 어렸을 때와 똑같은 자세와 행동을 하는 스스로를 발견하고 깜짝 놀란 적이 있다. 그 시절의 행동을 지금의 내가 기억하고 있는 것이다. 프랑스 철학자 가스통 바슐라르Gaston Bachelard는 《공간의 시학》에서 유년기 집에 대한 경험이 어떻게 삶을 형성하는지 설명했다. "우리가 태어난 집은 우리 몸과 마음에 생활과 연관된 다양한 기능을 아로새겼다. (…) 다른 모든 집은 단지 태어난 집의 변주일 뿐이다."[16]

어떤 이는 내 소유의 집이 아닌 공간에서는 '홈'을 이룰 수 없다고 생각하기도 한다. 하지만 이 생각이야말로 전환이 필요하다. 어떤 시간도 내 인생의 시간이 아닌 순간은 없다. 집을 통한 경험과 그 기억을 축적한 경험이 없다면 후에 내 소유의 집이 생겨도 달라지는 것은 없다. 집을 가져서 행복한 것과, 집에 살아서 행복한 것은 전혀 다른 것이다. 홈 스윗 홈은 시각적으로만 아름다운 집이 아니라, 추억과 그 기억을 상기할 물건들, 그리고 이것들이 함께하는 집이다. '하우스'가 있어도 '홈'이 없다면 그것이 '홈리스'다.

얼룩은 자국이 된다.
지난 어떤 시간은

지금도 곁에 있고,
지난 어떤 시간은
곁에서 사라졌다.
사라지고, 곁에 있는
시간의 두께가 나다.
얼룩은 자국이 된다.

사주와
집

내 사주는 어떨까? 내 사주와 지금 내가 살고 있는 집과의 궁합은 좋은 걸까? 누구나 내 운명에 대한 궁금증을 갖고 있기 마련이다. 누군가는 사주를 미신이라 하고, 누군가는 통계나 해석이라 한다. 하지만 동서고금을 막론하고 시주는 호기심의 중심에 있고 내 삶이 불확실하다 느껴질 때 더욱 관심을 가지게 된다.

사주팔자로 대표되는 명리학은 음양오행陰陽五行이라는 커다란 틀을 통해 '인간의 본성'을 탐구하려는 학문이다. 한의학 역시 사람의 몸을 음양오행으로 바라본 학문이다. 동양에서는 음식이나 소리, 색, 방위, 숫자 등 모든 대상을 음양오행의 틀로 해석할 수 있다. 서양에서 자연을 관찰한 결과를 수식으로 표현한 것이 물리학이듯, 동양에서도 만물의 움직임에는 패턴이 있다고 생각했고, 이를 목木행, 화火행, 토土행, 금金행, 수水행이라 칭하며 우주 만물의 움직임을 규정했다. 오행에 쓰인 한자의 의미를 살펴보면 이 다섯 가지 요소가 원소가 아닌, 다섯 가지 행行, 즉 움직임을 뜻한다. 만물을 다섯 가지 유형의 움직임으로 구분하여 규정한 오행은 '동양의 물리학'이다. 그리고 이 각각의 오행 안에는 확장하는 '양의 에너지'와 축소하는 '음의 에너지'가 함께한다고 생각했다. 이것이 음양오행이다.

시공간이 있어야 존재가 있다. 물리학에서 시공간을 기호화한 것처럼 음양오행도 시공간을 기호화했다. 자시, 축시, 묘시, 인시 등 우리가 알고 있는 12가지 동물의 띠는 땅의 시공간을 기호화했고, 갑, 을, 병, 정, 무, 기, 경, 신, 임, 계 10개의 글자는 하늘의 시공간을 기호화했다. 태어난 년, 월, 일, 시를 각각의 기둥으로 삼아 연주, 월주, 일주, 시주라고 지칭하는데, 4개의 기둥에는 저마다 하늘의 10글자 중 한 글자와 땅의 12글자 중 한 글자가 결합해서 하나의 기둥이 된다. 4기둥에 각각 2글자씩 총 8개의 글자가 만들어지는데 이것이 사주팔자四柱八字다. 만세력은 하늘의 10개 글자인 천간天干과

땅의 12글자인 지지地支를 조합해 만든 달력으로, 천간과 지지를 조합해 총 60개를 만들어 순환하도록 했다. 환갑잔치를 하는 이유도 만세력을 기준으로 한 번의 순환을 무사히 끝냈음을 축하한다는 의미다.

운명은 운전하다, 이동하다는 뜻의 운運과 목숨, 규칙이나 명령을 뜻하는 명命이 합쳐진 단어다. 태어나는 것은 내가 정하는 것이 아니라 '정해지는 것'이기 때문에 '명'이다. 하지만 '운'은 불규칙한 움직임이다. 즉 '명'은 정해져 있지만 운명은 내가 '명'을 어떻게 운전하느냐에 따라 얼마든지 변할 수 있기 때문에, 운명은 정해진 것이 아니다.

그럼 정해지지도 않은 운명을 사주는 어떻게 예측하듯 말하는 것일까? 사주는 '명'의 기운을 해석하고 그 기운이 지금의 '운'과 어떤 관계를 맺고 있는지 형성화해서 설명한다. 이동의 기운이 강할 때 이를 어떻게 해석할지는 이야기해주는 이의 몫이다. 따라서 명리는 맞히는 것이 목적이 아니라 기운을 해석해 전달함으로써 궁금함을 이해할 수 있도록 상담과 자문에 가깝다고 보는 것이 더 적절하다. 이동의 기운이 있음을 읽고, 이를 통해 여러 가지 발생할 수 있는 방향에 대해 이야기를 나누며 추측하는 것은 가능하지만 함부로 단언해 이야기할 수 없고, 특히 이를 빌미로 선택에 압박을 가하거나 사람의 인생을 좌지우지하려 한다면 이는 죄를 저지르는 것이다.

계절, 낮과 밤, 생과 사처럼 우주 만물은 모두 탄생과 소멸의 사이클을 경험한다. 사주는 좋고 나쁨이 없다. 자신의 사주가 좋으냐 하는 질문은 '민들레와 국화 중 어느 것이 더 좋은 사주인가?' 라는 질문과 같다. 모든 생명이 소중하듯 생명이 있는 것은 사주를 갖고 있으며, 어느 생명이 더 좋은가 하는 판단은 어리석다. 사주를 보는 것은 내가 좋은 것만을 취하고 나쁜 것은 피한다는 개념이 아니라, 나를 대변하는 사주의 오행과 현재라는 시간의 오행의 관계를 통해 내가 지금 나아갈 때인지 아닌지를 오행의 프레임으로 이해하려는 것이다. 누구나 겨울을 겪는다. 미리 월동 준비를 한 이에게는 겨울이 기다림의 대상이지만, 준비가 없는 사람에게는 재앙이 될 것이다.

언제 결혼할까? 언제 승진할까? 이런 질문의 대답은 모두 '곧'이다. 기다리고 노력하면 때가 온다는 것이 명리의 진리다. 내가 생각하는 결과와 때가 다르다고 실망할 것도 없다. 삶의 의미는 그곳에 있지 않다. 명리가 알려주는 진리는 삶은 모두 변화한다는 것이다. '나는 이런 사람이다'라고 단언하는 순간 인생은 변화의 연속이라는 사실을 부정하는 독단에 빠진다. 끊임없이 변화하고 새로운 관계를 맺음으로써 나를 깨닫는 것이 인생이다. 바로 이러한 관점이 명리적 태도다.

각각의 오행은 각각 양의 에너지와 음의 에너지를 포함하고 있어 모두 합하면 열 가지다. 오행을 인간 세상에 적용한 것을 '십성'이라고 하는데, 이 중 나에게 해당하는 양과 음이 '비겁'이다. 비겁은 나 자신이면서 친구, 동료로 해석된다. 특이한 것은 경쟁자도 비겁에 해당한다는 점이다. 이것은 경쟁을 통해 내가 성장할 수 있기 때문이다. 비겁은 주관이나 자신감을 의미하기도 하는데, 이 주관이 너무 강할 때면 고집이 된다. 고집은 살면서 필요한 것이기도 하지만 과하면 오만이 되니 주의가 필요하다.

나라는 존재가 있고, 나에게서 발생하는 양과 음의 기운이 '식상'이다. 내가 하는 말이나 행동, 표현이 식상에 해당한다. 표현과 행동에는 각자의 감수성이 담겨 있다. 감수성이 예민한 사람은 표현 역시 섬세한 이유가 여기에 있다. 사주에서는 의식주를 '식상'이라고 보는데, 예부터 나로부터 발생하는 에너지를 의식주로 여겼다는 사실이 매우 놀랍다. 집은 결국 나의 표현이다. 내가 먹고 입는 것이 나를 이룬다. 사주를 통해 이러한 생각이 수천 년 동안 이어진 생활의 진리다.

사람들이 사주를 볼 때 가장 중요하게 생각하는 요소가 바로 '돈'이다. 사주에서는 돈을 '재성'이라고 보는데, 사실 재성의 근원적인 의미는 나에게서 나오는 에너지 즉, 식상의 결과다. 나에게서 나오는 에너지의 결과가 능력이나 재물이 된다는 것이다. 특이한 점은 내가 느끼는 즐거움 역시 재성에 해당한다는 것이다. 어떤 일을 할 때 '내가 이 일을 하며 즐거운가?'라는 질문이 내게 중요한 이유도 여기에 있다.

세 번째 양과 음이 갖는 에너지는 '관성'이다. 직장이나 의사, 건축가 등과 같은 사회적인 직위가 관성이다. 관성은 규칙이나 제도도 포함한다. 관성은 내가 만들 수 있는 것이 아니라 타인에 의해서 만들어진다. 내가 만든 에너지의 결과인 재성을 사회에서 평가하는 것이 관성이기 때문에 결국 재성이 관성을 만든다고 할 수 있다. 이것을 명리에서는 재생관財生官이라고 한다.

많은 이들이 사회적으로 유명해지고 높은 직위에 오르길 바란다. 하지만 명리에서 관성은 다시 나를 공격하는 기운이다. 높은 지위를 자신만을 위해 쓰던 사람들이 비참한 말로를 맞이하는 이유도 이 때문이다. 관성의 기운은 '인성'의 기운으로 향하는데 인성은 나를 돕는 기운이다. 대표적으로 어머니의 기운이 인성에 해당한다. 전통적으로 어머니가 헌신과 봉사의 아이콘인 이유다. 인성은 봉사의 기운이기 때문에 남의 이야기를 듣고 수용하고 공부하는 기운이기도 하다.

관성의 기운은 인성과 함께할 때 올바르게 작동한다. 그리고 인성이 다시 나, 즉 비겁을 긍정적으로 생각하게 한다. 태어나 자신을 표현하고, 표현을 통해 돈을 벌고, 이것이 축적되어 사회적 이름을 얻고, 사회를 돕기 위해 이 지위를 사용하는 것이 나를 완성시키는 것이다. 바로 이 단순하고 명확한 메시지가 명리학이다.

많은 풍수 인테리어 도서에서 집의 여러 요소를 복이나 건강과 연관 지어 좋고 나쁨을 고정해 말하곤 한다. 하지만 고정된 것은 풍수나 명리학적 관점에서 벗어난 것이다. 식물을 어디에 놓고, 집을 꾸밀 때 나와 관계없이 어떤 색을 사용해야 더 많은 부를 얻을 수 있다는 믿음은 모두 헛된 것이다. 집에 기운이 좋다는 것은 곧 환기가 잘되고 깨끗한 환경이라는 의미다. 내 방이 어떻게 하면 나의 생활에 도움이 될 수 있을까 고민하고 조금씩 만들어가는 것이 풍수 인테리어의 올바른 태도다.

현관에서 알 수 없는 불편을 느낀다면 드나드는 것을 나도 모르는 새 꺼릴 수 있다. 불안함의 원인이 현관이 어둡기 때문인지, 옆집에서 들리는 소음 때문인지 관찰해 보라. 그다음 좋아하는 그림을 달아 분위기를 전환하거나 이웃과 친절하게 소통해 소음 문제를 해결하는 등, 자신의 마음과 행동을 살피는 방식으로 현관이라는 공간을 기분 좋게 만들어야 한다. 나를 관찰하는 유동적인 변화의 모색이 긍정적인 명리학의 역할이다.

인생에는 결코 정답이 없다. 좋고 나쁜 사주가 없다는 이야기이도 하다. 그저 사주에 포함된 여덟 글자의 조화로움이 있을 뿐이다. 조화로움이란 어느 것이 많거나 고립되지 않고 오행으로 서로 연결되어 있다는 사실을 이해하는 것이다. 집에서 생활하는 일상은 나의 모든 것과 연결되어 있다. 나와 집이 연결되어 있음을 쓰레기를 정리하는 방식에서, 화장실을 청소하는 방식에서, 매일 쓰는 그릇에서, 매일 덮는 이불에서도 느낄 수 있다. 사주는 오행으로 나를 이해하고, 생명을 소중히 여기고, 나의 조화로움이 주변의 조화로움에 있음을 깨닫는 방식이다.

명상의 집

수도승의 구도 과정과 결과물 정도로 여겨지던 명상은 이제 앱이나 요가 수업 등을 통해 일상에서 자주 접하게 되었다. 명상은 현대인의 스트레스를 감소시키고 심리적 안정감을 취하는 데 도움을 주고, 창의력과 집중력을 높이는 데에도 탁월하다. 과거 종교적 행위나 신비한 미지의 세계처럼 여겨지던 명상은 뇌과학 분야의 눈부신 발전으로 뇌에 미치는 영향이 밝혀지면서 직접적인 실체에 단계적으로 접근하고 있다. 개인적으로도 명상과 명리에 대한 관심을 가지고 있어서 이들을 건축에 적용할 방법이 무엇일까 꾸준히 고민하고 있다.

명상 방법은 매우 간단하다. 우선 눈을 감고 몸을 편안하고 고요한 상태로 만든다. 그리고 호흡에 집중하며 내 몸 구석구석을 자각한다. 이후 떠오르는 생각들을 인정한 뒤 머릿속에 들어온 생각을 모두 흘려보내며 텅 빈 상태를 지향해 나간다. 그런데 도대체 이러한 행위가 우리에게 어떤 도움이 되는 걸까? 노벨상 후보로 거론되는 뇌 과학자 닐스 비르바우머Neils Birbaumer는 "자연은 우리의 뇌를 지칠 줄 모르고 밤낮으로 일하는 생각 펌프로서 창조했다."라고 말했다. 그러면서 그는 역설적이게도 정반대 개념인 '텅 빈 상태'에 주목했다. 그는 만약 우리 뇌의 방어체계가 끊임없이 가동되는 상태라면 이는 마치 벗어날 수 없는 비상사태 속에서 사는 것과 마찬가지라고 지적했다. 이 때문에 우리의 뇌는 텅 빈 상태를 갈망한다. 그런데 텅 빈 상태라는 것이 무엇을 말하는가? 정의하기는 어렵지만 외부 세계와 나를 구분 짓거나, 나 자신의 존재를 인식하는 감각이 둔화된 상태를 의미한다. 한 예로 피아니스트나 목수가 자신의 일에 집중한 나머지 주변의 소리를 인지하지 못하고 내가 어디에 있는지, 시간이 얼마나 흘러갔는지조차 자각하지 못하는 경우를 들 수 있을 것이다. 바로 이 순간이 '텅 빈 상태'이다. 이러한 순간을 동양에서는 예로부터 공空이라는 개념으로 설명했다. 시간과 공간은 존재의 근간이 되는데, 이러한 근간조차 인지하지 못하는

집을 명상으로 삼을 수 있는 첫걸음은 나 스스로를 자각하는 것과 동시에 우리 모두와 자연이 생명으로 연결되어 있음을 일상 속에서 자각하는 것이다.

'공'은 존재와 우주의 시작과도 연결된다.

명상은 어둡다는 의미의 한자어 명冥과 생각하다는 의미의 상想이 합쳐진 단어다. 사전에서 冥은 어둡다, 어리석다, 그윽하다, 가물가물하다, 생각에 잠기다, 밤, 저승, 하늘, 바다 등의 의미를 갖는다. 어두워서 가물가물하고 심오하고 깊은 것은 우주를 닮았다. 모든 생명의 근원인 빛은 어둠에서부터 출발한다. 즉 명冥은 어둡기에 생명의 시작점과 맞닿아 있는 단어다. 상想은 눈으로 나무를 바라보되 그것을 마음으로 헤아리는 것을 뜻한다. 그러니 명상이라 함은 '생명의 시작점을 마음으로 헤아리며 바라보는 행위'라 정의할 수 있다. '나'라는 생명의 시작과 지속은 부모, 형제, 친구, 동료뿐 아니라 이 땅의 모든 생명체, 나아가 지구와도 연결되어 있다. 앞서 언급한 닐스 비르바우머는 "인간은 자아가 지나치게 형성된 존재다. 하지만 자신의 종을 계속 유지하기 위해서는 자아라는 고치에서 빠져나와 다른 사람과 융합해야 한다."라고 말했다.[17] 건축도 마찬가지다. 건축 역시 오랜 세월을 통해 완벽해지기 위해 수정 보완을 거치면서 지나치게 형성된 존재다. 건축은 인간의 편의와 욕망에 의해 점점 더 견고해졌다. 자연으로부터 스스로를 보호하기 위한 집은 인간의 욕망이 더해져 어떤 산업보다 많은 이산화탄소를 배출하며 자연과 지구의 관계를 훼손하고, 사는 곳의 의미보다 돈이 더 중요해진 건물은 더불어 살기 위한 도시를 이기적으로 만들어 서로간의 관계를 훼손하고 있다.

명상의 건축이 가진 미니멀하고 중후한 공간감은 명상을 위해 좋은 환경이긴 하지만, 무엇보다 명상의 근본은 생명을 소중히 여기고 모두가 연결되어 있음을 자각하는 것이다. 건축가 안도 다다오는 1995년 유네스코 50주년을 맞아 유네스코 본관 뒤 정원에 명상 공간Meditation Space이라고 이름 붙인 원통형 콘크리트 건물을 설계하였다. 운이 없는 공간 안으로 들어서면 6m 높이의 원형 천장과 벽이 있고 그 사이로 들어오는 은은한 빛과 그림자가 공간을 채울 뿐 내부는 텅 비어 있다. 그대로 공간을 가로질러 나가면 돌다리가 등장하는데, 그 밑으로는 물이 흐른다. 물 아래 깔려있는 돌은 히로시마 원폭이 터졌던 곳의 돌이라고 한다. 안도의 명상 공간은 고요함 자체가 목적이 아니라, 평화와 생명의 메시지를 명상을 통해서 이야기하고 있는 것이다.

그렇다고 명상의 건축이 이런 대단함과 고결함만을 의미하는 것은 아니다. 오히려 내가 사는 공간을 깨끗하게 관리하며 꾸준히 환기하고 주변 물건을 소중히 다루는 일상에 더 가깝다. 집 안을 환기해서 숨이 쉬어지면서 바람에 나부끼는 나무가 보고 싶은 순간의 마음이 잠시나마 나를 잊게 만든다. 집을 명상으로 삼을 수 있는 첫걸음은 나 스스로를 자각하는 것과 동시에 우리 모두와 자연이 생명으로 연결되어 있음을 일상 속에서 자각하는 것이다.

일상의 리노베이션

일상의 소중함은 최근 사회 전반의 의식을 변화시키고 있다. 그리고 이러한 일상의 바탕에는 집이 있다. 일상은 오늘의 나를 인정하고 사랑하는 것이며, 오늘의 시작과 끝에는 언제나 집이 있다. 침대에서 눈을 뜬 아침의 기분이 하루를 열고, 힘든 하루를 보낸 뒤 집은 몸과 마음의 정비소가 된다. 요즘 나의 생활과 어떠한 연결점도 없는 낯선 동네에서 한 달 살기, 나흘은 도시에서 사흘은 시골에서 살기, 호텔에서 하루 묵기 등 새로운 일상을 통해 나를 찾으려는 다양한 시도들이 새롭게 떠오르고 있다. 이러한 시도의 공통점 역시 '집'이다. 이런 새로운 일상 찾기는 비일상적인 일상을 통해 나의 일상을 새롭게 확인하는 방식이다.

최근 리노베이션, 리모델링, 스타일링 등의 단어가 자주 등장한다. 모두 기존의 형태에서 변화를 주어 새로운 모습을 갖추는 방법이다. 그렇다면 각각의 단어가 의미하는 정확한 뜻은 무엇일까? 리노베이션은 '다시', '새롭게' 등의 뜻을 가진 접두사 re와 '혁신'이라는 뜻을 가진 innovation이 합쳐진 단어다. 단어의 뜻으로만 따지면 리노베이션은 결국 새롭게 혁신한다는 의미로, 기존 건물이 가지고 있는 공간을 전혀 다른 공간으로 바꾸는 경우를 말한다. 리모델링은 접두사 re와 3차원 형태를 뜻하는 modeling이 합쳐져 3차원의 형태를 바꾼다는 뜻이다. 리노베이션이 근본적인 변화를 의미한다면, 리모델링은 내외부의 재료를 바꾸어 공간을 새것으로 바꾸는 과정에 가깝다. 스타일링은 구조나 마감재는 그대로 두고 가구, 커튼, 조명, 그림, 꽃, 직물 등 소품을 이용해 공간의 분위기를 새롭게 만드는 것이다. 인허가 기간, 건물의 골조를 세우는 기간과 비용 등을 생각하면 신축보다 리노베이션이나 리모델링을 진행하는 것이 분명 장점이 있지만, 비용 면에서는 철거의 난이도, 건물의 보강 작업 등으로 오히려 비용이 더 커지는 경우도 있다. 하지만 리노베이션의 진짜 의의는 과거의 건물과 새로움이 만나 신축 건물에서는 느낄 수 없는 분위기를 만든다는 데 있다.

인류학에서 통과의례의 개념을 설명하기 위한 리미널리티liminality라는 단어는 문턱을 의미하는 라틴어 limen에서 유래했다. 최근에는 리미널리티 의미가 확장되어 중간 단계에서 발생하는 '모호성'의 의미로 정치, 사회, 문화 전반에 확대 적용되고 있다. 우리도 일상 속에서 리미널리티를 경험한다. 공장 지역이었으나 그 산업이 쇠퇴하거나, 주변의 변화로 주거지로서 수명이 다한 오래된 동네를 떠올려보자. 최근 사람들이 많이 방문하는 성수동, 망원동, 익선동, 을지로 등은 모두 기존 건물을 바탕에 두고 새로움을 더해 변화하고 있는 지역으로 리미널리티가 진행되고 있다. 이곳에 새롭게 지은 신축 건물들이 주류가 되는 순간, 리미널리티는 사라지고 마치 불어버린 라면같이 볼품없는 동네가 되어버리고 만다. 이는 오래된 장소가 가진 유연함이 새로운 건물들의 침입으로 경직되기 때문이다.

풍경을 만드는 것은 자연만이 아니라 집과 동네도 풍경이 된다. 어릴 적 살던 동네에 다시 가면 이 말을 전적으로 이해할 수 있을 것이다. 옛 건물이나 나무가 그대로 있거나, 예전에 자주 방문하던 가게가 여전히 자리하고 있는 모습은 지금과 과거가 결합해 마음을 뭉클하게 만든다. 하지만 최근에는 재개발로 인해 옛 동네가 흔적도 없이 사라지는 경우가 많아 이러한 경험 자체가 쉽지 않은 것도 사실이다. 1983년 서울역 앞에 개장해 지금까지 이어져 온 힐튼호텔은 최근 현재의 건물을 철거하고 새로운 건물을 짓기로 했다. 한국 건축의 거장 김종성 선생이 설계한 이 건물은 한국 현대 건축의 아이콘이다. 시대의 변화는 어쩔 수 없다 하더라도, 과거와 함께할 수 있는 방법이 분명 있었을 것이라는 아쉬움은 감출 수 없다. 역사는 과거를 의미하는 것이 아니다. 과거는 지금의 우리에게 끊임없이 영향을 미친다. 그렇기에 과거는 지금이고 미래다. 도시와 건물과 집은 어떤 의미에서는 그 자체로 시간의 적층이다. 서울이 가진 가장 큰 매력은 한 장소에서 여러 시간대의 적층을 볼 수 있다는 점이고, 이것은 도시의 서사를 만든다. 신도시나 신축된 대단지 아파트에서 건조함을 느끼는 것은 리미널리티가 없기 때문이다. 리노베이션은 기능적으로 용도가 다하거나 주변 환경이 변해 공간이 생명을 다했을 때, 현재의 집과 도시의 역사와 생명을 이어주는 또 다른 방식이다.

'다시 새롭게 하다'라는 말에는 힘이 있다. 옛것 위에서 다시금 시작한다는 것은 기존 것을 버리고 새것을 만드는 것보다 훨씬 더 어려운 일이다. 기존의 체계를 이해하고 앞으로 나아가는 방식은 인생을 살아가는 방법과 유사하다. 자주 일어날 것 같지 않은 새로운 것을 맞이하는 순간을 찾아보면 실상은 매일이다. 태양은 매일 뜬다. 하지만 일상에서 새로운 다른 일상을 마음먹는 순간 바라본 태양은 다시 새롭다. 철학자 니체는 아무도 알아주지 않는 하찮은 산속 바위를 보며 우리 인생과의 유사성을 깨닫고 영원회귀 사상을 이야기했다. 아무도 알아주지 않고 매일이 똑같은 삶은 고난 그 자체다. 하지만 니체는 누군가 대신 구원해 줄 수 없는 것이 인생임에도 삶을 사랑하라고 이야기했다. 이러한 일상을 자각하고 사랑하는 힘이 우리 인간이 가질 수 있는 가장 위대한 힘이며, 이것이 자기를 극복하는 자아, 즉 위버멘쉬 Übermensch라고 말했다. 결국 니체의 초인은 슈퍼맨을 뜻하는 것이 아니라 일상을 사랑하고 매일을 다시 새롭게 하려는 사람이다.[18] 집은 나와 가족의 일상회귀 장소다. 그렇다면 어떻게 집의 일상을 다시 새롭게 리노베이션할 수 있을까? 위버멘쉬가 초인이 아니듯, 일상의 리노베이션은 내 생활과 내 집의 관계를 관찰하고, 그동안 미루어두었던 것을 과감히 실행하는 것이다. 마음가짐에 따라 생활이 달라지듯, '공간가짐'에 따라 생활이 달라진다.

홈라이프,
홈트레이닝

도저히 운동을 하지 않고서는 버틸 수 없는 상태가 되어서야, 말 그대로 살기 위해 운동을 시작해 4년간 꾸준히 퍼스널 트레이닝과 러닝을 했다. 운동을 시작한 초창기, 코치님이 허벅지 안쪽을 가리키며 근육을 움직여 보라고 지시한 적이 있다. 코치님의 지시에 따라 안간힘을 써봤지만 도저히 움직일 수 없었다. 분명히 내 몸의 일부인데 어떻게 해야 그곳에 힘이 들어가는지 전혀 알지 못했다. 내 몸인데 내가 움직이지 못하는 것을 내 몸이라 할 수 있을까? 그 충격이 지난 4년간 운동을 꾸준히 지속하게 만든 원동력이 되었다. 그 후 운동을 하면서 몸을 알아가는 것이 나의 전부를 알아가는 것이라는 확신을 얻었다. 그러면서 운동을 하며 알게 된 유용한 지식들을 나에게 적용하고, 더 나아가 집에 적용할 때 동일한 결과를 얻을 수 있다는 놀라운 발견을 하게 되었다. 건강한 나와 집을 위해 적용할 수 있을 몇 가지 키워드를 소개한다.

몸의 항상성과 생활의 항상성

우리 몸은 조금 살이 쪄도 다시 원래 몸무게로 돌아오고, 조금 살이 빠져도 다시 원래대로 회복하려는 경향이 있다. 우리의 생활도 마찬가지다. 변화를 꿈꾸며 무언가를 결심한 뒤에는 정말 내 생활도 바뀐 것 같다. 하지만 며칠 후면 언제 그랬냐는 듯 원래 생활로 돌아온다. 무엇이든 마음을 먹은 뒤 시간이 조금 지나면 그 마음이 무색해지고 마는 것이다.

나는 4년 동안 4kg 정도 체중이 줄었다. 누군가에게는 대단하지 않은 숫자일 수 있다. 하지만 이 몸무게가 나의 일상이 되었다. 꾸준히 하다 보면 어느 순간 목표로 했던 것이 일상이 된다. 일상의 힘은 꾸준함이다.

근육을 키우려면 하체부터, 생활을 키우려면 청소부터

운동을 하며 깨달은 것이 하나 있는데 하체가 안정되지 않으면 어떤 운동을 해도 자세가 안정적이지 않고 결국 부상으로 이어지게 된다는 것이다. 내 발이 지면을 어떻게 누르고 있는지 인지하는 순간, 내가 서 있는 것이 지면을 누르는 힘을 바탕으로 가능하다는 극히 당연한 사실을 새삼 깨닫는다. 집에서는 청소가 그러하다. 청소가 되어 있지 않은 공간에서는 어떤 좋은 생활도 이어갈 수 없다. 말끔히 청소를 끝낸 공간에서 크게 숨을 내뱉는 순간 '내가 편히 숨 쉴 수 있는 곳은 바로 여기 집이구나'라는 지극히 당연한 사실을 알게 된다. 집이 달라지면 사람이 달라진다. 나를 바꾸고 싶다면 자기계발서를 읽는 것보다 먼저 집을 환기하고 청소하고 빨래하는 것을 추천한다. 나의 자존감을 회복하기 위해서는 나의 상태를 파악하는 것이 우선인데, 청소야말로 나의 현황을 파악하기에 안성맞춤이다. 내가 요즘 무엇을 먹는지, 잠을 제대로 자는지, 어떤 옷을 입고 또 그 옷을 어떻게 벗어두었는지 등 나도 모르는 나의 모습을 집을 통해 알 수 있다. 우리가 불안하다고 느끼는 심리 상태도 마음 때문이 아니라 심장의 불규칙적인 운동이나 긴장한 근육 등을 뇌가 인지하고 난 뒤에 심리적 반응이 일어나는 것이다. 마음을 움직이는 것은 몸이다.

몸과 마음의 상관관계

근육은 나이가 들어서도 키울 수 있는 유일한 신체 부위다. 우리 몸의 모든 장기는 민무늬근으로 이루어졌다. 하지만 유일하게 일반 근육과 같은 가로무늬근으로 이루어진 장기가 심장이다. 그러니 심장은 나이가 들어서도 달리기 등의 운동을 통해 더 튼튼하게 만들 수 있다. 심장을 뜻하는 영단어는 heart다. 그런데 heart라는 단어에는 신체 부위는 물론이고 심리적 마음의 의미도 담겨 있다. 나이가 들어서도 연습을 통해 심장은 물론, 마음도 더 튼튼해질 수 있다. 운동을 통해 근육을 기르자. 튼튼한 몸과 튼튼한 마음의 상관관계는 심장이다.

두 마리 토끼

살을 빼려면 근육이나 수분은 유지하고 지방을 연소해야 한다. 이를 위해서는 고단백 저칼로리 식단을 유지하고 뛰면서 말을 할 수 있을 정도의 강도로 조깅을 하는 것이 좋다. 반대로 근육을 키워 멋진 몸을 만들기 위해서는 무거운 중량을 들어 근육에 상처를 준 다음, 충분한 영양과 휴식으로 회복하는 과정이 필요하다. 이처럼 살을 빼는 것과 근육을 키우는 방법은 서로 상충하는 부분이 있기 때문에 운동을 시작하는 단계가 아니라면 이 둘을 한꺼번에 이루기가 상당히 어렵다. 우리는 살면서 수많은 일을 마주한다. 어떤 일은 순간의 집중력을 요하고, 또 어떤 일은 꾸준한 성실함이 필요다. 이처럼 상반된 둘을 동시에 해나가기 어려운 것은 어쩌면 우리 몸으로부터 기인한 것이 아닐까? 멋진 몸을 만드는 것은 그저 운동을 반복한다고 해서 이룰 수 없다. 선명한 방향성과 계획이 필요하다. 집도 마찬가지다. 어떤 집에서 지내고 싶은지 선명한 방향성이 필요하다. 쿨하면서도 화려한 집과 같은 막연한 생각은 이 맛도 저 맛도 아닌 집이 된다. 두 마리 토끼 잡기라는 속담이 괜히 있는 게 아니라는 생각이 든다.

앞과 뒤

몸의 전면과 후면이 고르게 발달해야 우리 몸은 바로 설 수 있다. 몸 앞쪽의 가슴이나 앞 허벅지는 훈련할수록 눈으로 쉽게 근육의 성장을 확인할 수 있다. 하지만 이때 등이나 뒤쪽 허벅지를 함께 운동하지 않으면 우리 몸은 점점 앞으로 치우친다. 게다가 몸의 앞쪽에 비해 뒤쪽 근육은 현재 내가 어떤 상태인지 파악하기도 힘들고 그만큼 훈련하기도 힘들기 때문에 자연히 몸의 앞쪽 운동에만 집중하게 되는 것이다. 그러나 이런 패턴을 반복하다 보면 결국에는 운동을 열심히 했음에도 구부정한 자세가 되고 만다.

그렇다면 집의 앞과 뒤에 해당하는 것은 무엇일까? 각자의 정의가 있겠지만 집이건 몸이건 앞뒤 모두 잘 살피고 균형을 잡아야 바르고 건강할 수 있다.

몸으로 익히기

운동을 하며 발견한 나의 고질병은 스쿼트와 런지를 할 때마다 무릎이 안쪽으로 쏠리는 것이다. 이런 현상은 허벅지 안쪽 근육이 약하기 때문이라고 설명 들었다. 하지만 처음에는 잘 납득하지 못했다. 그러나 운동을 지속하며 무릎을 바깥쪽으로 향하게 한다는 것이 지면을 제대로 밀어내는 올바른 방법이라는 사실을 깨달았다. 이렇듯 어떤 말이든 나의 몸이 직접 느낄 때 의심할 여지 없이 명확하게 그 뜻을 깨닫게 된다.

나의 인생에서 약한 허벅지 근육에 해당되는 곳은 어디일까? 내가 가지고 있는 콤플렉스일 수도 있고 타인을 있는 그대로 바라보지 못하는 선입견일 수도 있다. 머리로 인식하는 것보다 몸으로 익히는 것이 늘 더 어렵다. 하지만 바로 이것이 진정으로 아는 상태다. 집을 제대로 아는 것도 직접 가구의 배치를 옮겨보고 청소와 요리도 하면서 오랜 시간 몸으로 익혀야 한다.

기본과 수련

자세는 운동의 처음이자 마지막이다. 그만큼 운동을 할 때 자세가 바르지 않으면 어떠한 동작도 제대로 해낼 수 없다. 준비 자세에서 내 발이 지면을 제대로 누르고 있는지, 발의 방향은 올바른지, 무릎과 고관절이 바르게 움직이고 있는지, 척추는 직선으로 정렬되어 있는지, 시선의 방향이 목과 척추에 무리를 주지 않는지, 배에 적당한 압력을 채워 넣었는지, 손이 기구를 제대로 쥐고 있는지 등 한 동작을 하며 동시에 여러 사항을 모두 체크해야 한다. 당연히 상당히 많이 연습해야 몸에 자연스레 익힐 수 있고, 이를 위해서는 꾸준한 수련이 필요하다.

바른 자세가 운동의 모든 것이듯, 건강한 집을 위해서도 기본이 중요하다. 환기가 잘되는지, 빨래가 잘 마르기 위한 햇빛이 잘 들어오는 구조인지, 내가 찾을 물건이 수납장에 잘 정리되어 있는지, 잠을 잘 만큼 충분히 어두운지, 냉장고에 오래된 식품이 남아 있지 않은지 등. 이 모든 것이 잘 정비된 집은 흔치 않다. 두루 살피며 꾸준히 돌봐야 한다. 집에서 잘 살기 위해서도 '수련'이 필요하다.

기구와 몸

운동을 할 때 바벨이나 바를 드는 이유는 기구의 무게를 더해 운동 부하를 높이기 위해서다. 하지만 맨몸으로 스쿼트를 하든 운동 기구를 들고 스쿼트를 하든 내가 취해야 하는 동작이 바뀌지는 않는다. 기본자세는 동일하다. 기구와 신체가 한 몸처럼 움직일 때 운동은 더욱 효과적이다. 바로 그때 나는 한 단계 더 발전할 수 있다.

집도 내 몸의 도구다. 집이 나의 연장이 되는 순간, 생활은 더욱 윤택해지고 스스로를 발전시킬 수 있다.

코어

우리 몸의 코어를 통해 팔다리를 정교하게 조정할 수 있다. 우리가 어떤 행동을 하기 위해 움직이는 것은 손발이지만, 이 손발을 움직이는 바탕에는 코어가 있는 것이다. 나를 펼치는 행위는 그 방향성이 외부에 있지만 나의 중심이 약한 상태에서는 이 또한 오래 지속할 수 없다. 이는 생활에서도 마찬가지다. 내 생활 속 코어는 어디에 있을까?

사람의 마음이라는 것은 언제나 변화한다. 기분에 따라, 상황에 따라, 관계에 따라 변화하는 것을 막을 수 없다. 그렇기에 생활 속에서 나를 지키는 코어는 내 몸과 내 집이 되어야 한다. 내 몸과 내 집을 알아가는 것이 자기 성찰이라면 자기 성찰이 없는 일상은 운동하지 않는 병든 몸과 같다. 운동과 자기 성찰은 무척 힘들지만 그만큼 건강한 생활을 만든다.

06

집의 의미

집의
이름

집에 이름이 있나요? 이 질문에 당황할 수도 있고 '당연히 있죠!' 라며 '래미안'이나 '푸르지오' 같은 아파트 브랜드 이름을 말할 수도 있다. 하지만 브랜드 이름이 아니라 자신의 '집 이름'을 물은 것이다. 예전에는 관공서 건물뿐 아니라 사람이 사는 집에도 독락당, 양진당 같은 저마다의 이름이 붙었다. 평범한 집에도 철수네, 영희네 등 아이의 이름을 집의 이름으로 사용했다. 아이들은 부담스러웠을지도 모르지만, 아이야말로 그 집을 대표하는 아이콘이었던 셈이다. 1980년대까지만 해도 문패는 집을 확인하는 매우 중요한 수단이자 집의 상징이었다. 손바닥만 한 크기의 나무에 한자나 한글로 이름을 새긴 뒤 옻칠까지 하며 정성스레 문패를 만들곤 했다. 박정희 대통령 때부터 시작한 〈주택 100만 호 건설 사업〉은 현재까지도 정치권에서 자주 등장하는 대규모 주택공급정책이다. 다세대, 신도시 아파트, 도시형 생활주택, 재개발 아파트 등 다양한 주택공급 정책과 사회문화의 변화와 함께 집의 이름은 인식하지 못하는 사이 어느 순간 자취를 감추게 되었다. 하지만 이것은 집에만 해당되는 얘기가 아니다. 사람 사이에도 이름을 부르는 일이 줄어들고 있다. 박 대리님, 김 과장님, 이사장님, 식당 이모님 등 이름을 대체한 직함과 미묘한 호칭들이 사용된다. 사람들은 은퇴한 후 사회적 지위를 내려놓고 난 뒤에야 어느새 자신의 이름이 사라졌다는 사실을 깨닫는다.

《논어》에서 제자 자로가 "스승님께서 정치를 하신다면 가장 먼저 무엇부터 하시겠습니까?"라고 질문하자 공자는 "이름을 바로잡겠다."라고 대답했다. 이는 임금, 신하, 아버지, 아들 등 사회적 역할의 이름에 부합하도록 행하면 나라가 바로 선다는 의미다. 그런데 여기에는 더 깊은 의미가 있다. 공자는 처음 이름 짓기가 바르지 않으면 말이 도리에 맞지 않고, 말이 도리에 맞지 않으면 일이 이루어지지 않는다고 했다. 또한 도리가 적용되지 않는 사회는 배려나 즐거움이 있을 수 없고, 이는 사회적 제도를 어긋나게 만들어 삶의 올바른 기준이 사라진다고 했다. 바른 이름, 즉 정명正名은 언어와 사물의 관계성을 의미하는 것으로, 이름이 바르지 않으면 사물의 참된 합을 이룰 수 없고 사회와 제도의 성공도 이룰 수 없다고 본 것이다. 다들 알고 있다고 생각하는 명실상부名實相符는 이름과 실제가 상호 부합하는 이상적 행위를 의미한다.

조선시대 한양으로 수도를 정할 때 태조가 가장 먼저 한 일은 1394년을 시작으로 1년간 경복궁을 짓고, 왕의 조상을 모시는 종묘와 하늘에 제사를 지내는 사직을 지은 것이다. 이후 1396년 1월에는 도성축조도감이라는 관청을 신설해 청와대 뒷산인 백악산, 대학로에 있는 낙산, 지금의 남산인 목멱산, 인왕산을 연결하는 약 19㎞에 이르는 도성을 약 11만 명을 동원해 49일 만에 쌓고 사대문과 사소문을 만들었다. 사대문은 통행을 위한 기능적 목적도 있으나 그보다 훨씬 중요한 의미를 갖는다. 궁궐은 세상의 중심을 상징하고, 동서남북은 조선의 영토 전체를 상징한다. 사대문의 이름을 짓는 것은 나라를 통치하는 이념을 세우는 일과 같아서, 남대문인 숭례문崇禮門에는 예禮, 동대문인 흥인지문興仁之門에는 인仁, 서대문인 돈의문敦義門에는 의義, 북문인 숙정문肅靖門에는 지智를 담았다. 마지막으로 종로 가운데 보신각普信閣을 세워 유교와 마지막 덕목인 신信을 상징으로 삼았다. 사대문은 기본적으로 출입을 위한 기능을 하지만, 가장 중요한 것은 현판의 배경으로서 기능한다는 점이다. 태조는 사대문과 보신각을 통해 동서남북과 중앙을 다섯 가지 인간의 도리인 인, 의, 예, 지, 신을 문의 이름으로 삼고 그것을 통해 백성들이 통치의 이념을 일상에서 보고 느끼도록 했다. 사대문은 출입의 기능은 물론, 지금으로 보면 간판을 위해 존재하는 건물인 셈이다.

공자가 이름과 실제를 동일시해서 윤리와 도덕성을 세우려고 했다면, 노자는 이름과 실제의 관계를 다르게 바라보았다. 노자의 《도덕경》 1장에서 도가도비상도道可道非常道 명가명비상명名可名非常名이라고 말했는데, 이것은 도는 언어로 담을 수 없고, 이름도 언어 자체로는 사물의 모든 것을 담을 수 없다는 의미다. 철학자 비트겐슈타인은 언어 없이 생각할 수 없고, 생각 없이 사고할 수 없다고 말하며 언어 자체가 생각이기 때문에 말할 수 없는 것은 침묵해야 한다고 했다. 하지만 비트겐슈타인은 무어라 말할 수 없는 침묵에 더 깊은 존경을 표했다. 비트겐슈타인의 생각에 따르면 시나 노래, 도는 해석하고 분석해야 할 것이 아니라 음미하고 침묵해야 하는 대상이다.

하지만 노자는 침묵해야 할 대상인 도에 다가갈 방법을 좀 더 친절하게 제시했다. 세상의 시작은 이름 없는 '무명'이지만 인간의 생각 자체는 언어로 이루어지기 때문에 이름이 있게 되고, 이것이 만물의 사고의 근원이라고 하면서 '무無'에서 도의 오묘함을 관조하고, '유有'에서 도의 단서를 살펴야 한다고 《도덕경》 1장을 마무리하고 있다. 노자에게 언어와 이름은 나의 실체를 전부 지시할 순 없지만 나를 살필 수 있게 하는 도구인 것이다. 언어로 정의할 수 없는 도를 언어의 도움으로 다가가되, 이름이나 관념의 굴레에서 벗어나 생명으로 살아갈 수 있는 삶을 지향하는 것이 노자의 이름과 실체의 관계다.

경복궁을 지나 평창동으로 가는 터널 이름은 자하문 터널이다. 자하문紫霞門은 한양도성 사소문 중 북서쪽에 위치한 창의문彰義門의 또 다른 이름이다. '자하'는 자주빛 노을이라는 뜻으로, 부처님의 몸에서 발산되는 상서로운 자금색 광채를 말한다. 눈을 감고 자주빛 노을을 지나는 광경을 상상해 보자. 마치 부처님의 기운과 같이 성스러운 분위기에 흠뻑 빠질 수 있을 것이다. 만약 우리가 문을 지날 때마다 이런 마음을 가진다면 이런 장소는 시가 된다. 다리나 문, 집의 이름은 실제를 넘어서 새로운 시적 풍경을 만든다. 이런 낭만이 세상의 아름다움을 만든다. 유교적 이름은 사회의 윤리와 도덕을 통해 삶의 기준을 만들지만, 도가적 이름은 이름을 벗어나 자연과 생명 그 자체의 시작점이 된다.

이름은 '이르다'에서 나온 말로 '어디에 다다름'을 의미한다. 즉, 나의 이름은 이름의 뜻과 의미를 향해 다다르는 것이다. 이름을 뜻하는 한자 名은 어두운 저 어디에서 부르는 소리라는 뜻이다. '어둠'은 생명의 근원이기에, 결국 이름은 생명의 근원에서부터 나를 부르는 소리다. 현재도 아파트나 단독주택을 제외한 모든 상가, 빌딩, 근린생활시설은 건물명을 신청할 수 있고 현관이나 벽면에 이름을 새긴다. 건물의 이름은 우체국 집배원만을 위한 것이 아니라, 그곳에 거주하는 사람들이 향하고 싶은 마음이며 아름다운 이상향이라면 어떨까? 이름을 짓는 것은 세상에 사물을 존재하게 하는 첫걸음이다. 사물은 이름을 통해 존재하고, 존재를 통해 관계하고 사고할 수 있다. 집에 이름이 없다면 그 집은 존재할 수 없다. 예명이나 부캐는 기존의 자신을 잠시 벗어나 또 다른 캐릭터로 행동할 수 있게끔 도와준다. 이름이 붙은 집은 단순히 거주라는 기능을 위한 존재가 아니라 나와 함께 생각하고, 또 다른 나를 담는 부캐가 된다.

오래된 멋

집, 땅, 옷, 차. 이 모든 단어에 '새'라는 관형사를 붙이면 마음이 몽글몽글해지는 마법이 일어난다. 새 집, 새 옷, 새 차 등. '새것'이라는 의미가 더해지면 모든 것은 봄과 같이 변한다. 심지어 늘 오는 봄도 새봄은 다르게 느껴진다. 새것은 실체가 없던 것을 실제로 보고 만지고 느낄 수 있는 순간이기에 함께 교감할 수 있다.

하지만 삶이 늘 새로울 순 없다. 그렇기에 오늘 하루도 새롭기를 다짐한다. 중국 은나라를 세운 성탕에게 신하 이윤은 "사람이 매일 새롭고자 한다면 책을 보는 것이 길입니다. 매일 책을 보고 매일 사유하고 매일 현자와 의논한다면 저 태양처럼 새롭고 또 날마다 새로울 것입니다."라고 충언했다. 왕은 그의 말을 잊지 않기 위해 구리 대야에 "진심으로 하루가 새롭고, 하루하루가 새롭고, 또 새로워라(구일신 일일신 우일신)"라고 새 하루를 사는 방법을 새겼다.

태양은 오늘도 어김없이 새롭게 떠오르지만 사실 태양은 새것이 아니라 늘 같은 태양이다. 매일은 새날이기도 하지만 늘 같은 하루이고, 매일 입는 흰옷도 어느새 누가 봐도 흰옷이 아닌 시간이 온다. 그렇다고 해서 새롭게 마주한 아침이 새로운 날이 아닌 것은 아니다. 나는 이러한 존재를 '나이 든 새것'이라 칭하고 싶다. 나이 든 새것이란 우리에게 어떤 의미일까? 아카데미 여우조연상을 받은 윤여정 배우는 방송에서 "60세가 되어도 인생은 몰라요. 나도 처음 살아보는 거니까. 나도 67살은 처음이야. 내가 알았으면 이렇게 안 하지. (…) 그래서 아쉬울 수밖에 없고 아플 수밖에 없고 계획을 할 수가 없어. 그냥 사는 거야. 그나마 하는 거는 하나씩 내려놓는 것. (…) 나이 들면서 붙잡지 않는 것. (…) 하나씩 내려놓고 포기할 줄 알아야 해. 난 웃고 살기로 했어. 인생 한번 살아볼 만해. 진짜 재미있어."라고 말했다. 내일은 누구나 처음이다. 기존의 내가 새로움을 받아들이기에는 어떻게 만들어온 나인

데 이것을 버릴 수 있을까 하고 생각할 수 있다. 하지만 버릴 수 있어야 새로움이 있다. 그러기에 희망의 반대말로 사용되었던 '포기'는 오히려 새것을 맞이하는 정신이다. 채우고 비우는 사이가 오늘이며 나이 든 새것이고, 오늘을 사는 것이 새것으로 사는 방법이다.

그럼 생명이든 물건이든 집이든 새것이 아닌 오래된 그 자체에는 어떤 마음이 있는 것일까? 오래된 물건, 오래된 사람, 오래된 집에는 정情이 생긴다. 정은 작은 것, 약한 것에 피어나는 마음이다. 정 때문에 같이 산다는 것은 멋지고 훌륭해서 사는 것이 아니라, 부족한 것도 함께 품어 살아가는 애잔한 마음이며 서로에게 내 마음과 내 것을 내어주는 마음이다. 정은 어머니의 마음으로 시간이 필요하다. 기쁨만이 있어서는 정이 될 수 없다. 물건이나 집, 가족에게 생기는 정은 새것과 바꿀 수 없는 소중한 보물이 된다. 위대함은 우리가 주목하지 않고 지나치는 작은 것에서 피어난다. 새것은 바꿀 수 없는 오래되고 소중한 것을 알기에는 시간이 너무 짧다.

어느 날 길을 걷다 깨끗한 옷차림에 반듯한 걸음걸이의 한 노인에게 절로 눈길을 빼앗긴 적이 있다. 멋쟁이 젊은이가 주는 멋짐과는 결이 달랐다. 그 노인의 모습은 마음을 뜨겁게 만들었다. 동시에 '저 노인을 멋지게 만드는 것이 무엇일까?'라는 의문이 일었고, 그 질문은 며칠간 머리를 떠나지 않았다. 며칠 뒤 유튜브를 보다 미사 도중 꼬마 아이가 제단에 올라 걸어 다니다 교황과 눈이 마주치자 서로 웃음을 나누는 장면을 보고 왈칵 눈물을 쏟았다. 그리고 그 순간 노인을 보고 가슴이 뜨거워졌던 이유를 깨달았다. 바티칸에서 교황이 진행하는 미사는 누구나 그 엄숙함을 예상할 수 있다. 그토록 엄숙한 공간에 어린아이의 순수함이 등장하면 상반된 에너지의 충돌에 사람들은 마음을 졸인다. 하지만 교황과 어린아이가 나눈 웃음은 그 상반되었던 기운을 합해 더욱 큰 마음을 만들었다. 노인은 늙었다. 마치 한겨울의 어둠과 같다. 하지만 정갈하게 차려입고 반듯하게 걷는 그의 모습은 추운 겨울 어둠 속 촛불과 같다. 늙은 몸이지만 그가 가진 반듯한 생의 에너지는 젊은 그 누구보다도 더 선명한 생명의 불꽃을 보여준 것이다.

일본을 여행하며 오래된 노포의 정갈함에 부러움을 느낀 적이 있다. 이 정갈함은 낡은 것이 아니라 마치 과거로 시간 여행을 떠나 과거의 순간에 머무는 것 같은 기분이 들었다. 늙었지만 지금을 사는 것은 이런 것이 아닐까. 물론 일본

오래된 곳일수록 쓸고 닦는 일이 중요하다. 오래된 곳의 멋은 정갈함이 바탕이 된다.

에서는 몇 대씩 가업을 이어가는 것은 계급과 분수에 맞게, 서로 피해를 주지 않고 조화롭게 사는 것을 강요하는 문화와 연관이 깊기 때문에, 우리나라와 단순히 비교하기는 적절하지 않다. 모든 물건은 새것에서 낡은 것이 된다. 낡은 것과 빈티지의 차이는 그 물건을 사용하는 마음가짐과 애정의 차이다. 오래됨 역시 일정 시간을 넘기면 새로운 가치를 가질 수 있음을 명심해야 한다. 생명이 있는 것은 모두 늙고 죽는다. 하지만 죽는 그날까지도 인생에서는 처음 맞이하는 날이다. 살아 있는 순간까지 생명으로서 살아가는 아름다움은 어쩌면 갓 태어난 새 생명보다 환하게 빛날 수 있다. 오래된 멋은 여기에 있다. 그래서 오래된 곳일수록 쓸고 닦는 일이 중요하다. 오래된 곳의 멋은 정갈함이 바탕이 된다. 집도 그럴 것이다. 예뻐 보이는 것이 아름다운 것 같았지만, 시간이 지나서야 시간을 같이 보낸 것이 아름다운 것임을 알게 된다.

최소한의 집

가족에 대한 다양한 개념이 생겨나고 1인 세대가 확대되면서 공유주택, 협소 주택과 같은 작고 효율적인 주택에 대한 사회적 관심이 커지고 있다. 유럽에서는 타이니하우스Tiny House나 캐빈하우스Cabin House가 하나의 장르로 자리 잡았다. '돈만 있다면 큰 집에 살고 싶은 게 당연하지 않아? 어쩔 수 없이 작은 집에 사는 거겠지.'라고 반문하는 이들도 있을 테다. 최소한의 것만 있는 작은 집은 정말 경제 상황에 쫓긴 어쩔 수 없는 선택일까?

최소한의 집의 원형을 살펴보면 오두막이나 동굴일 테

지만 그건 너무 먼 이야기인 듯하다. 최소한의 집을 이야기할 때 흔히 인용되는 건물 중 하나는 1800년대 중반 미국의 사상가이자 문학가인 헨리 데이비드 소로Henry David Thoreau의 오두막이다.

소로의 책 《월든》의 배경인 매사추세츠주 월든 호숫가 옆 오두막은 대략 가로 3m, 세로 4.6m의 작은 집이다. 현관을 열면 왼쪽에 침대가 있고 침대 옆 벽에는 옷 한 벌과 모자를 걸 수 있는 고리가 있다. 현관 오른쪽으로 작은 창이 하나 있는데, 그 창 아래 소로가 집필할 때 썼던 조그만 책상과 의자가 놓여 있다. 현관 맞은편에는 벽난로와 의자 하나가 있을 뿐이다. 이 오두막은 정말로 작은 공간이기에 자신의 내면과 마주한 채 지낼 수 있는 공간이다. 이토록 소박한 그의 생활이 투영된 사상은 오늘날에도 많은 사람에게 삶의 영감을 준다.

근대에 지어진 건축물 중 유일하게 세계문화유산에 등재된 건물을 설계한 건축가 르 코르뷔지에는 1965년 8월 프랑스 남부에 위치한 자신의 별장 근처에서 해수욕을 하다 심장마비로 사망했다. 그가 설계한 자신의 별장은 크고 멋진 건축물이 아니라, 놀랍게도 가로 4.40m, 세로 3.6m의 남루하고 작은 통나무집이다.

그는 가구를 활용해 현관과 별장 내부 공간을 분리하였

고, 현관 맞은편 벽은 직접 그린 벽화로 장식하였다. 현관에 들어서면 왼쪽 벽은 사이드 테이블을 중심으로 양쪽에 침대가 있고, 맞은편 벽에는 지중해를 조망할 수 있는 작은 창이 있다. 그리고 그 창 아래 서로 마주 보고 이야기 나눌 수 있는 작은 테이블이 있다. 비록 작은 통나무집이지만 이 집에는 그가 주창한 가장 중요한 이론인 '모듈'이 적용되었다. 르 코르뷔지에가 말한 모듈러Le Modulor는 다양한 신체 치수를 공간의 기준으로 적용했다. 그의 모듈러 이론은 몸과 공간 비례의 관계를 근대적으로 재해석한 것으로, 손을 들었을 때 천장 높이는 226cm, 창 상단은 신장과 동일한 183cm, 창 하단은 86cm, 의자는 43cm, 책상은 70cm 등 명확한 기준을 모든 공간에 적용한 것이다. 이후 모듈러 이론은 그의 건축 대부분에 적용되어, 세계 도처에 뛰어난 건물들을 설계했지만, 역설적으로 그 자신은 이 작은 통나무집을 휴식처로 선택한 것이다.

한국의 대표적인 최소한의 집으로는 퇴계 이황이 지은 도산서당을 추천하고 싶다. 도산서당은 퇴계 이황이 을사사화에 연루되어 낙향한 뒤 1557년에 건립을 시작해 1561년에 완공한 공간이다. 도산서당의 특징은 장수藏修와 유식遊息이다. '장수'는 마음을 집중하여 공부에 힘쓰는 것이고 '유식'은 마음 편히 휴식을 취하는 것을 의미한다. 이황은 좀 더 넓은 공간을 만들 수 있었음에도 소박하고 절제된 세 칸 집에서 후학을 가르쳤다. 더불어 자연과 함께하려는 생활의 균형감을 도산서당이라는 작은 집에서 실천하였다.

또 다른 한국의 최소한의 집은 추사가 그린 〈세한도〉 속 집이다. 이 집은 그림 속에 존재하지만 동아시아에서 갖고 있는 집에 대한 이상향을 가장 잘 묘사한 걸작이라 할 수 있다. 중국의 시인 도연명陶淵明은 중국 동진 후기에서 남조 송대 초기까지 살았던 시인으로, 은자로서 자연을 대하는 몸과 마음의 태도를 적은 대표적인 시인이다. 그의 대표작인 시 《귀거래사》는 그가 41세 때 관직을 그만두고 고향으로 돌아가며 작성한 시로, 시의 구절 "무릎 하나 겨우 들일 작은 집이지만이 얼마나 편안한가(심용슬지이안審容膝之易安)"는 동양회화의 주요 소재가 되어 이후 자연 속 소박한 집을 그린 많은 작품이 탄생한 계기가 되었다. 이처럼 추사가 그린 〈세한도〉는 동양에서 자주 볼 수 있는 주제다. 그런데 대부분의 그림이 가까운 근경에서 먼 원경의 자연 풍경을 주제로 하고 그림 속 집은 작게 표현한 데 반해, 추사는 소나무 두 그루를 전면에 그리고, 그 뒤에 기하학적인 원과 삼각형, 사각형을 사용해 집

추사에게 최소한의 집은 자신의 삶의 의지와 태도를 담은 공간인 것이다.

을 표현했다. 그리고 집의 왼쪽에 측백나무 두 그루를 더해 〈세한도〉를 완성했다. 추운 겨울이 되어서야 소나무와 측백나무의 변치 않는 푸름을 알게 된다는 것을 표현한 이 그림은 전형적인 안빈낙도를 넘어 개인의 감정과 의지가 담겨 있다. 추사에게 최소한의 집은 자신의 삶의 의지와 태도를 담은 공간인 것이다.

작은 집에 대한 관심이 효율과 비용에만 집중되어서는 작은 집은 단지 불편하지만 어쩔 수 없는 집이 된다. 지구 환경 위기로 인류의 지속가능성이 불투명해지고 있다. 우리 일상에서 전기와 수도와 같은 에너지가 당연한 것으로 여겨진 것은 불과 한 세기가 되지 않았다. 앞으로 에너지를 사용하는 모든 것은 지속가능성이라는 바탕 위에서 시작될 것이고 이는 집도 마찬가지다. 작은 집이라는 개념은 상대적이지만 에너지의 소비가 작은 집이 어떤 의미에서는 작은 집의 가장 중요한 개념이 될 것이다. 두 번째 작은 집은 나 스스로 집을 고치거나 작은 텃밭을 일구는 등 자급자족이 가능한 집일 것이다. 인건비의 상승과 인력의 부족으로 집을 관리하는 건 큰 부담이 되고 있다. 결국 관리가 쉬워 스스로 할 수 있는 정도의 집이 두 번째 작은 집의 의미가 될 것이다. 세 번째로는,

지금까지 부지에 최대한 크게 집을 짓는 것이 가장 경제적이라 여겼던 것과 달리 앞으로는 집을 조금 작게 짓더라도 적절한 외부 공간을 갖는 것이 더 경제적이라 생각할 것이다. 집의 외부 공간은 취미, 캠핑과 같은 다양한 야외 활동을 할 수 있기 때문에 도심의 외부 공간은 더 큰 가치를 가지게 되는 것이다. 마지막으로 자연을 훼손하지 않으면서 자연 안으로 들어갈 수도 있는 방식으로, 자연을 크게 느낄 수 있는 집이 네 번째 작은 집의 개념이 될 수 있다. 이처럼 작은 집은 크기가 작은 집이 아니라 에너지 소비가 작은 집, 자급자족을 할 수 있고 외부 공간이 있는 작은 집, 자연과 가까이 할 수 있는 작은 집 등으로 의미가 확장될 필요가 있다.

건축가로 일을 시작할 무렵 법정스님과 집에 대해 사적으로 이야기를 나눌 기회가 있었다. 스님이 불임암에 거주할 당시, 주변에 아직 피지 않은 꽃봉오리가 땅에 떨어져 있는 것을 발견하고, 거주하는 작은 암자에 가져왔다고 했다. 가져온 꽃봉오리는 시들 때까지 며칠을 피고 지는 모습을 반복하며 작은 암자를 향기로 가득 채웠다고 했다. 그리고 나에게 만약 100평 공간에 그 꽃봉오리를 두었다면 어찌 되었을까 물어보셨다. 커다란 공간에서는 작은 꽃봉오리가 향을 가득 채우기는커녕, 존재 자체가 잊힌 채 시들었을지도 모른다. 공간의 크기는 상대적이다. 따라서 어떤 것을 가치로 삼느냐에 따라 작은 집은 자연과 함께하는 거대한 집이 될 수도 있고, 단순히 작고 불편한 공간일 수도 있다. 오래전 일이지만 공간의 비어 있음과 무언가를 채우는 것의 의미와 작은 것이기에 온전히 가득 찰 수 있음은 지금도 건축을 하면서 마음속 깊이 남아 나의 건축의 기준점이 되고 있다.

* 이 글은 《맨 노블레스》 2020년 03/04월 호에 〈최소한의 집〉으로 소개된 글을 바탕으로 합니다.

배려의 건축과 디자인

배려는 나의 존재를 드러내지 않고 상대방에게 도움을 주는 행위다. 개인적으로 배려는 동서고금을 막론하고 멋의 근본이며, 진정으로 아름다운 사회란 서로 배려할 수 있는 사회라 생각한다. 그렇다면 일상의 아름다움도 시각적인 것에 머물지 않고, 서로 배려하는 태도에서 시작할 수는 없을까?

수년 전 건축과 디자인 분야에서 조그만 이슈가 있었다. 하나는 건축가의 건축가로 불리는 스위스 건축가 페터 춤토르가 대전시립미술관에서 강의를 한 것이고, 다른 하나는 남산에 있는 복합문화공간 피크닉에서 영국 디자이너 재스퍼 모리슨Jasper Morrison의 전시가 진행된 것이다. 페터 춤토르는 건물에 담긴 소리나 온도, 주변의 장소 등에 관심을 가지며 재료가 지닌 본질적 속성과 장소와의 관계 속에서 공간에 근원적인 분위기를 만드는 건축가다. 재스퍼 모리슨은 평범한 일상의 사물을 새롭게 지각하는 방법으로 평범함의 본질을 추구하는 디자이너다. 그릇, 가방, 볼펜, 의자 등은 모두 생활의 도구다. 이런 도구들이 사람들의 생활을 배려한다는 것은 어떤 의미일까? 재스퍼 모리슨은 평범한 것들이 디자인된 대다수의 것보다 훨씬 낫다는 사실을 깨닫고 슈퍼 노멀Super Normal을 생각하게 되었다.

슈퍼 노멀은 평범함 속에서 숨겨진 감동을 찾는 디자인 태도이자 방법론이다. 그는 파리의 한 고물상에서 뭉뚝한 앤티크 와인 잔을 발견하고 몇 년간 사용하면서 그 잔이 지극히 소박함에도 불구하고 식탁에 근사한 분위기를 자아내는 것을 발견하고, 무언가 곁에 두고 싶으면서 주변의 분위기를 망치지 않고 자기의 본분을 다하는 종류의 물건을 찾거나 만드는 것에 집중한다. 이런 태도는 과거의 장인들이 일상적으로 사용하는 의자나 그릇 등을 만들 때 남들과 다른 것이 아니라 오래도록 잘 쓰일 수 있는 것에 집중하는 태도와 유사하다. 2006년 일본과 영국에서 슈퍼 노멀 전시를 함께했던 후카사와 나오토深澤直人는 '무인양품'이라는 브랜드를 성공시

킨 디자이너로, 그는 사람들이 지시나 표시 없이도 자연스럽게 행동할 수 있도록 배려하는 행동 디자인을 중요한 디자인 언어로 사용하고 있다. 애플의 아이폰도 매뉴얼 없이 직관적으로 쉽게 제품을 사용할 수 있도록 하는 배려를 디자인 철학으로 삼고 있다. 많은 사람이 이야기하는 제품의 심플함은 직관을 효과적으로 돕는 방법일 뿐이다.

오래전 논산에 있는 윤증고택을 답사한 적이 있다. 안채에서 사당을 건너가기 위해 사이에 있는 마당을 지날 때 처마 아래 마당이 빗물에 움푹 파이는 것을 방지하기 위해 콩보다 작은 자갈을 흩뿌리고 나머지 부분에는 흙을 깔아둔 것이 눈에 들어왔다. 건축가이기에 처마 아래 자갈을 일정한 폭으로 깔아 멋있게 선을 만들면 어땠을까 생각한 순간, 이것을 수백 년간 매일 청소하는 사람과 사당에 인사하러 가는 사람에게는 참으로 성가신 일이겠다는 생각이 들었다. 그러면서 작은 돌을 흩뿌려 시각적으로 방해를 주지 않으면서도 마당이 파이지 않는 기능을 다하는 것에 감탄했다. 이러한 것을 '배려의 디자인'이라 말하고 싶다.

춤토르와 모리슨 사이에는 공통점이 있다. 일상적인 평범함을 아름답게 만들려고 노력하면서 동시에 집이나 물건의 본질에 다가가려고 노력했다는 점이다. 또 주변 환경과 사람들에게 도드라지지 않으면서도 배려하는 태도로 존재하려 한다. 좋은 일상이란 무엇일까? 여러 생각이 떠오르지만 오래된 친구 같은 것이 아닐까 한다. 일상이 쌓이면서 추억이 쌓이고 아끼고 싶은 마음도 드는 것이 좋은 일상인 것 같다. 물건이든 집이든 사람이든 첫눈에 들어오는 것도 중요하지만 그 진가는 오래도록 사용하면서 알게 된다. 묵묵히 자기 역할을 하고 우리가 알아챌 준비가 되기 전까지는 칭찬을 바라지 않는 태도, 이것이 배려의 디자인이 아닐까? 빠르게 변화하고 남보다 특별하지 않으면 안 될 것 같은 요즘 시대에 '배려라는 형식'의 건축과 디자인은 아름다운 미래 사회를 위한 진정한 디자인이라는 생각이 든다. 요즘 아파트에서 주차 문제나 경비원 폭행과 같은 사회문제가 뉴스에 자주 등장한다. 작가이자 정치이론가 한나 아렌트Hannah Arendt는 타인의 고통을 헤아릴 줄 모르는 생각의 무능이 말하기의 무능과 행동의 무능을 낳고, 평범한 악은 타인을 생각하지 않는 태도에서 온다고 말했다. 배려는 디자인뿐만 아니라 평범한 악을 치료하는 현대사회의 상비약이다.

* 이 글은 《맨 노블레스》 2019년 05/06월 호에 〈배려의 건축, 배려의 디자인〉으로 소개된 글을 바탕으로 합니다.

부모님의 집

40년 동안 거주해 온 부모님의 집이 재개발로 조만간 사라질 수 있다는 연락을 받았다. 어릴 적 자라오며 쌓아온 추억이 가득한 집이고, 아직도 내 방에 들어설 때마다 시간이 멈춘 듯한 공간이기에 복잡한 감정이 휘몰아쳤다.

연로한 부모님께서는 재개발이 끝난 뒤 본인들이 아파트에 들어갈 수 있을지 모르겠다며 자식으로서 눈물 나는 말씀을 하신다. 어머니는 지금의 집 옥상에서 직접 가꾸는 텃밭과 길게 널어놓은 빨랫줄의 장점을 이야기하신다. 여름철 마당 평상의 시원함, 부엌 뒤에 있는 큰 팬트리 공간에 대한 이야기가 줄줄이 이어진다. 아파트로 이사 간 친구분께서 너무 작은 하수구 탓에 물이 시원하게 내려가지 않아 고생이라는 이야기도 전한다. 본인이 예민한 편인데 요즘 아파트는 층간소음이 심각한 문제라며 걱정을 하시기도 한다. 관리나 이동이 편리한 새로 지을 아파트보다 현재 살고 있는 주택을 더 원하는 눈치다. 순간 어머니를 위해 미리 집을 설계하고 집에 맞는 장소를 찾아다녔다는 르 코르뷔지에의 이야기가 떠올랐고, 그의 효심이 지극하다는 어이없는 생각이 들었다. 그리고 부모님께 여쭤보았다. "어머니, 아버지. 땅을 사서 집을 지으면 어떨까요?" 참고로 나는 건축가다.

갑자기 부모님 집을 설계한다고 생각하니 어떤 의뢰가 들어와도 자신이 있을 것 같았던 마음은 사라지고 생각의 종점에 다다른 기분이 들었다. 땅과 주변 조건, 집에 거주할 사람을 이해하고 그에 맞게 설계를 하면 된다는 건축에 대한 생각의 근간이 순간 흔들렸고 코너에 몰린 것 같은 기분의 원인을 따져보아야겠다는 생각이 들었다.

수도나 보일러가 혹시나 얼어서 터지면 그 수고를 어떡할까? 사시는 데 불편함을 아들이 지은 집이라 말도 못 하실까? 생의 마지막 집이라는 중압감과 무릎이 안 좋으신 어머니가 이동하시는 데 불편하진 않으실까? 소박한 것을 좋아

하시는 아버지의 성향상 남루하지 않고 격이 있으면서도 간결한 집은 어떤 집일까? 추운 겨울에도 난방을 잘 하지 않는 성향, 물건을 잘 버리지 못하는 습관, 흔적이 고스란히 묻은 물건들과 새집과의 관계, 나이 때문에 같이 주무시는 게 불편하셔서 따로 주무시지만 서로의 자는 모습을 확인하고 싶어하는 마음, 넉넉히 음식을 장만하는 어머니의 성향을 고려한 팬트리 공간과 주방, 냉장고의 적절한 상관관계, 몇 초간 쏟아지는 생각들은 그동안 설계했던 집들과 오버랩되면서 다시금 건축의 기본에 대해 생각하게 되었다. 위대해 보이는 근대 건축도 근본적으로는 거창한 시대정신을 담은 추상적인 공간이 아니라 시민들을 위한 위생적이고 안전하면서 쾌적한 공간에 대한 실질적인 고민과 다르지 않다. 북쪽 창과 벽 사이의 단열은 어떡해야 할지, 김장을 할 때 큰 대야에 담긴 물이 잘 빠져나갈 수 있는지, 큰비가 와도 지붕에 물이 고이지 않고 마당에 배수는 잘되는지, 겨울철 따뜻한 볕이 깊게 들어오고 여름에는 차양으로 그늘을 만들 수 있는지, 집의 형태는 사라지고 오롯이 부모님의 생활의 실체만 다가왔다.

집을 지을 때 시작하는 마음은 이런 것이었지! 늘 멋진 집을 지어야 한다는 강박에 진실의 간격이 벌어진 것이 부모님 집을 짓겠다고 생각한 순간 일어난 불안함의 원인이었다. 마음으로 지은 집은 단지 기능적으로 충족한 집이 아니다. 집에는 배려가 있고 디자인에는 이야기가 담긴다.

07

집의 역할

일하는 집

집에서 거주한다는 것은 어떤 의미일까? 거주는 '살다'라는 의미의 두 한자어 거居와 주住가 결합된 단어다. 두 한자 모두 산다는 의미지만 단어의 속뜻은 조금씩 다르다. 거居는 집 안 의자에 앉아 있는 모습을 표현한 단어이고, 주住는 촛불 가까이에 있는 사람의 모습을 표현한 단어다. 두 의미를 조합하면 '집 안에서 촛불을 켜고 앉아 있는 모습'인 셈이다. 어두운 밤, 촛불은 집을 밝혀 아늑하고 편안하게 만든다. 의자에 앉아 있노라면 하루 종일 지친 몸이 위로받는 기분이다. 이것이 집에서 '거주한다'는 단어의 의미다.

그렇다면 가옥家屋은 어떤 의미일까? 가家는 집에 가축이 있는 모습을 표현한 단어인데, 과거 가축은 가장 중요한 자산으로 사람들과 함께 집에 거주했다. 옥屋은 하늘에서 날아온 화살이 집 안으로 날아와 땅에 박힌 모습으로, 이때 화살은 하늘의 기운을 땅에 전달하는 매개물이다. 따라서 옥이라는 글자는 조상이나 신을 집에 모시는 행위를 상징적으로 묘사한 것이다. 결국 '가옥'의 의미는 가장 현실적인 경제적 가치와 가장 추상적인 영혼을 모시는 그릇이라 할 수 있다.

그러면 현재 우리의 집은 어떤 의미를 가질까? 집은 어느 동네, 어느 아파트에 사는지가 타인에게 나를 간접적으로 보여주는 지표가 되고, 자산의 대부분을 차지하기 때문에 많은 사람이 인생 대부분의 시간을 집을 마련하는 데 사용한다. 1인 가족이나 반려동물을 포함한 다양한 의미의 가족과 함께할 내 집이 있다는 안도감은 그 어떤 것도 대신할 수 없을 것이다. 특히 사적인 공간이 부족하고 다양한 스트레스가 만연한 현대사회에서 사적 공간과 휴식이 집의 가장 중요한 역할이 되면서 집에서 일을 하거나, 손님을 초대하는 일은 점점 더 줄어들고 있다. 그런데 팬데믹으로 인해 요즘 우리의 생활은 많은 것이 변화하고 있고 이러한 변화는 동시에 집의 변화를 가져오고 있다. 재택근무나 자가격리가 일상이 되었고, 밖에서 이루어지던 쇼핑이나 모임도 집 안에서 해결해야 했다. 택배나 배달음식이 폭발적으로 늘어났고 자연스레 현관의 보안 기능이 강화되었다. 배달음식을 받는 동안 집안 모습을 노출하지 않기 위해 중문을 설치하거나 택배보관함을 따로 설치하는 등 집의 모습에도 다양한 변화가 생겼다. 이처럼 집의 역할이 다양하게 변화하면서 출퇴근의 압박에서 벗어나거나 타인과의 관계에서 오는 피로가 줄어드는 등 긍정적인 변화도 생겼지만 사생활을 지키는 데 어려움을 겪거나 오히려 집 안에서 휴식을 취하기 어려운 경우도 발생했으며, 집에 머무는 시간이 폭발적으로 증가함에 따라 가족 간의 불협화음이 늘어나기도 했다. 우리는 깨닫고 있지 못하지만 나의 습관, 가족 간의 관계, 식사의 방식 등 집에서의 생활 방식은 고스란히 집의 형식을 만든다. 집을 꾸미는 것이 너무 시각적인 것에 치중해서는 안 되는 이유가 여기에 있다. 자신의 생활을 살피고, 집에서 가족의 관계를 만들어가는 행위가 형식이 되고, 그 형식이 꾸며질 때 비로소 집은 생명력을 얻고 '꾸미는 것'에서 '가꾸는 것'이 된다. 그럼 집은 어떻게 가꾸는 것일까?

정약용은 1762년(영조 38년)에 태어난 실학자로 국가 경영을 위해 과거제도, 토지제도, 세금제도 개혁을 논의한 《경세유표》, 백성을 다스리는 목민관의 윤리의식과 사람됨, 실무 등을 정리한 《목민심서》, 판결과 형법 등에 대해 다룬 《흠흠신서》 등을 펴낸 당대 동아시아 최고의 인문학자 중 한 명이다. 그는 유교를 권위주의와 금욕주의로 잘못 해석한 데에 당시의 수많은 사회 문제가 기인한다고 생각하였다. 대신 공자가 말한 '얻고자 노력은 하되 탐하지 말 것(욕이불탐欲而不貪)'과 '이익을 보면 그것이 정당한 것인지 우선 생각할 것(견리사의見利思義)'을 바탕으로 정의와 이익을 실현하는 것이 올바른 유교라고 생각하였으며, 이러한 사상을 실학과 접목하였다. 더불어 《논어》에서는 "공자는 가르치는 데 차별이 없다(유교무류有教無類)"라고 공자의 교육사상을 밝혔다. 다산은 이 영향으로 "하늘이 사람을 내릴 때는 귀천을 두지 않았고, 가르침이 있으며 모두가 같다."라고 썼다. 이런 사상은 천주교를 접하면서 더욱 강화되었는데 이것이 그가 정조가 죽은 후 강진으로 18년간 유배를 가게 된 직간접적인 원인이 되었다.

'다산초당'은 정약용이 유배 생활 18년 중 후기 10년 동안 머문 곳이다. 정규영이 쓴 정약용의 연대기 《사암선생연보》에서 그는 다산초당의 모습을 이렇게 묘사한다. "다산은 직접 제자들과 함께 집을 짓기 위한 축대를 쌓고, 연못을 파고, 꽃나무를 심고, 물을 끌어와 폭포를 만들고, 동쪽과 서쪽에 두 암자를 짓고, 서적 1000여 권을 쌓아놓고, 글을 지으며 스스로 즐기어 석벽에 '정석丁石' 두 자를 새겼다." 초당은 초가지붕의 아주 작은 공간이었지만 차를 즐길 수 있는 다실이자, 손님들을 맞이하는 사랑방이며, 제자들을 가르치는 서당이면서, 직접 조성한 조경을 즐길 수 있는 휴식 공간이었다. '서암'은 제자들이 기거하며 공부하고 글 쓰는 것을 도왔던 암자이며 '동암'은 다산의 안채로 일상생활을 하고 500여 권의 책을 썼던 암자다. 그렇다고 다산이 집 안에 머물며 책만 쓰고 제자들을 가르친 것은 아니다. 직접 연못에 연꽃과 붕어를 키우고, 연못 아래에는 미나리를 재배하고, 미나리 밭 아래에는 채소밭을 일구고 주변에 차밭을 만들어 직접 농사를 지었다. 참고로 역사적으로 정원은 원래 식량 재배를 위한 원포園圃에서 시작됐다. 정약용에게 다산초당은 유배 기간 격리의 공간이 아니라 사회개혁을 위한 실천의 장소이고, 18제자를 가르친 서당이며, 사상을 집대성하는 책을 쓰기 위한 집무실이었다. 또한 정약용은 초당 주변 담에 스치는 복숭아나무, 창문 발에 부딪히는 버드나무, 봄 꿩 우는 소리, 가랑비 내릴 때 물고기에게 주는 먹이, 아름다운 바위에 얽힌 단풍나무, 연못에 비친 국화꽃, 언덕 위 대나무의 푸르름, 골짜

정약용은 다산초당을 지어 가꾸었지만 다시 다산초당은 정약용을 가득 채워주었다.

기 소나무의 물결을 '다산팔경'으로 삼고 이러한 조촐한 풍경을 시로 남기기도 했다. 정약용은 다산초당을 지어 가꾸었지만 다시 다산초당은 정약용을 가득 채워주웠다.

집은 사람을 닮고 사람은 집을 닮는다. 이런 마음이 집을 집답게 만든다. 집은 내면의 중심인 동시에 외면의 출발점이다. 아침 창을 통해 방 안으로 들어오는 따뜻한 햇살, 옆방에서 들려오는 고양이 소리, 식탁 위 전기 포트에서 내뿜는 수증기 등 일상적인 것을 아름답게 여길 때 우리는 집으로부터 진정한 안식을 얻는다. 집은 세상과 나를 분리하는 곳이 아니라 나라는 존재를 확인하고, 나와 가족을 잇고, 주변 동네와 자연을 잇는 그릇과 같은 곳이다.

* 이 글은 《어반라이크》 2020년 12월 호에 〈다산 정약용의 일하는 집〉으로 소개된 글을 바탕으로 합니다.

기억의 집

지금은 끊임없는 과거이며 지속적인 미래다. 지금 지어지는 집은 과거라는 바통을 이어받아 최소 수십 년 이상 지속하며 미래를 위한 건축이 된다. 그럼 지금 지어지는 집은 어떻게 내일의 집이 될 수 있을까?

어릴 때 살던 동네가 재개발되어 내가 살던 집과 주변 거리가 완전히 사라지고, 아파트 단지가 들어선 것을 보면서 과거 나의 존재가 사라진 것 같은 큰 충격을 받았다는 이야기를 나눈 적이 있다. 살던 동네가 흔적도 없이 사라진다면 어떤 기분일까? 어릴 적 전학을 가거나 낯선 동네로 이사 간 경험을 떠올려보자. 정들었던 집과 동네 분식집, 매일 만나던 친구를 떠나 생경한 공간에 있다 보면 세상에 홀로 남겨진 것 같은 외로운 마음이 든다. 이를 극복하고 다시 일상적으로 생활하기 위해서는 과거의 기억과 유사하게 연결된 경험이 필요하다. 인간은 기억과 관계를 통해서만 존재할 수 있다. 불안한 존재이지만 좋은 관계와 기억은 나라는 존재를 굳건하게 만든다. 앞으로 다가올 일 역시 이러한 굳건한 바탕 위에 존재해야만 온전히 나아갈 수 있다.

도시와 건축, 기억이라는 주제로 유명한 건축가 알도 로시Aldo Rossi는 이탈리아 밀라노 태생의 건축가로 1990년에 프리츠커상을 받았다. 그는 시간이 흐름에 따라 도시가 변화하고 남아 있는 것들, 그리고 도시에 대한 사람들의 집단기억 등을 주제로 다양한 작품을 남겼다. 그중 베니스의 테아트로 델 몬도Teatro Del Mondo는 베니스라면 떠오르는 기억을 바탕으로 한 고딕 양식의 외관을 띤 극장으로, 베니스와 어울리게 배 위에 지어졌다. 놀라운 사실은 그해 베니스 비엔날레가 끝날 때 그 극장은 예인선과 함께 사라졌다는 것이다. 배 위에 있는 건축물이기 때문에 어느 곳으로도 갈 수 있는 데다, 극장이 다른 장소로 이동해서 전시된다면 그것은 베니스의 기억이 되지 않는다는 이유 때문이었다. 스스로 해체된 극장은 사라졌지만 역설적으로 그 극장은 베니스의 기억으로 그곳에 영원히 남게 되었다.

2019년 프랑스의 노트르담 대성당이 큰 화재를 입었다. 이 일은 전 세계적으로 엄청난 이슈가 되었는데, 이후 소식을 접한 전 세계 사람들이 저마다 소셜네트워크를 통해 그곳에서의 추억을 포스팅했다. 짧은 시간 안에 성당 재건을 위해 엄청난 액수가 모였다는 사실도 놀라웠지만 국제건축설계공모전을 열어 새로운 미래의 첨탑을 만든다는 것에 더욱 크게 놀랐다. 하지만 몇 년간 전문가들의 설전과 여론을 수렴해서 불타기 전의 형태로 복원하는 것으로 최종 결정되었다. 전통은 과거를 바탕으로 현재와 미래를 이어가는 것이며 현재와 괴리한 전통은 생명력을 이어갈 수 없다. 건축은 변하거나 사라질 수 있어도 장소의 존재와 기억은 전통이 되어 미래를 향해 나아간다.

도시는 축적된 삶과 기억의 총체다. 집은 개인의 소유이기도 하지만 동시에 도시를 구성하는 요소다. 즉 집이란 개인적 결과물인 동시에 사회적 결과물이며, 개인과 사회를 연결하는 매개체다. 건축은 사회의 다양한 요구와 방향을 담는다. 이기적인 결과만이 가득 담긴 집은 이기적인 사회를 만들고 그 반대도 똑같이 적용된다. 이런 사회에서 개인은 더욱 고립되고 대화와 관계는 축소된다. 그 결과 생활은 있을지언정 멋없고 메마른 도시 속에서 살아가게 된다. 미래 집의 바탕은 지금에 있다. 인공지능이 새로운 삶의 방식을 이끌어낼지도 모른다. 하지만 그 모든 변화는 사람의 마음을 달래고, 이곳저곳이 연결되고 기억되는 건축의 바탕 위에 이루어져야 한다. 역설적으로 과거의 기억이 남아 있지 않은 도시와 건축에는 미래도 없다. 고독하고 불안한 사회에서 '우리'라고 말하고 싶은 마음은 기억을 저장하고 마음을 나눌 수 있는 새로운 가족 관계와 마을을 만들 것이다. '하나'는 '우리'이고 '우리'는 '하나'이다.

* 이 글은 《맨 노블레스》 2019년 07/08월 호에 〈기억하는 건축, 내일의 건축을 위한 역설적 가치〉로 소개된 글을 바탕으로 합니다.

자급자족의 집

‘기상 관측 이래 최초’라는 표현이 더 이상 놀랍지 않으니, 500년 만의 가뭄, 1000년 만의 홍수 등 지구가 인간에게 전하는 메시지는 더욱더 강력해졌다. 세기말 지구 온도가 1.5도 상승하고 이로 인한 환경 위기가 인류 생존을 위협할 것이라던 예측은 어느새 50년이나 앞당겨져 2050년 이내에 그러한 상황이 도래할 것이라고 한다. 이제 지구의 기온이 1.5도 상승하는 것은 피할 수 없는 사실이며 세기말이 되어서는 4.4~5.7도 상승할 것이라는 예측도 등장했다. 기후변화에 대한 글로벌 협의체인 IPCC는 2021년 6차 보고서에서 앞으로 6~7년이 인류가 지구에서 생존할 수 있는지 여부를 가르는 마지막 기로가 될 것이라고 발표하였다. 지구 재앙의 데드라인이 정말 4~5년밖에 남지 않았다. 하지만 편리에 익숙해진 우리는 약간의 불편에도 아우성을 친다. 정치세력과 자본세력은 위기라고 말하면서도 어느 것이 자신들에게 더 유리한지 셈에만 집중하고 있다. 1980년대 경제 세계화가 시작된 뒤 50여 년이 지난 지금, 세계 모든 에너지와 자원, 제조, 유통은 모두 하나로 연결되어, 우리와 직접적인 관계가 없을 것이라 생각한 지구 반대편의 전쟁은 나비효과를 일으켜 한국뿐만 아니라 전 세계 인플레이션을 일으켜 사람들을 불안과 고통에 시달리게 하고 있으며 이런 문제는 사회적 약자에게 더욱 가혹하게 다가간다. 산업의 발달 덕분에 누구나 당연하게 향유해 온 문명이 어느새 당연한 것이 아니게 되어버린 것이다. 극단적인 기후 변화는 곡물이나 가축의 생산량을 극도로 축소시켰다. 그 때문에 현재 전 세계에서는 식량안보가 가장 중요한 이슈가 되었다. 유한한 지구를 과도하게 낭비하고 경쟁적으로 생산한 결과는 지금 우리 모두에게 그대로 돌아오고 있다.

수천 년간 자연과의 관계 속에서 지어졌던 건축은 산업혁명 이후 자연과의 관계에서 벗어나 홀로서기를 시도했고 근대 건축은 기술과 근대 미학을 최우선의 가치로 삼아 전통과 자연, 기존의 생활을 그다지 존중하지 않고 홀로서기에 어느 정도 성공한 것처럼 보였다. 이제 우리는 화성이나 달에서 살아갈 수 있을 정도의 기술까지 확보했다. 하지만 이 기술은 수십억 명의 지구인 모두에게 해당하는 것이 아니며, 아직은 화성이나 달에 가기보다 지구에 집중할 필요가 있다. 기술과 과학의 발전은 지구를 위해서도 긍정적이지만 결과적으로 약 250년간의 산업혁명의 역사는 인간을 위해 지구 생명체와 지구를 죽이는 비극적인 역사가 되었다. 앞으로 모든 산업과 기술은 지구의 지속가능성에 초점을 맞추어야 하고 우리의 일상도 지속가능성으로 관점으로 바뀌어야 한다. 집은 일상의 출발점이기 때문에 이러한 변화에 적응하기 위한 건축 역시 집에서부터 출발해야 한다. 이것은 근대 건축이 이룬 모든 사람을 위한 건축이라는 이상의 연장선이자 동시에 근대 건축의 잘못된 지점에 대한 반성이기도 하다. 기후위기 시대의 집은 날씨로부터 몸을 지키기 위한 대피소나 피난처를 의미하는 '셸터'로서의 중요도가 더욱 커질 것이다. 여기서 앞으로의 셸터는 단순한 과거로의 회기가 아니라 지속가능성의 적정 기술이 적용되고 지금의 생활을 반성하고 지속가능한 일상을 담는 미래의 셸터가 되어야 한다.

건축가 나카무라 요시후미中村好文는 1990년에 진행한 〈LAST DECADE〉 전시에서 오두막을 선보이며 이렇게 말했다. “저는 이 오두막을 전기선이나 전화선, 수도관, 가스관 등 편리한 ‘문명의 생명줄’로 연결하지 않을 계획입니다. 20세기를 마감하는 10년은 빗물이나 바람, 태양과 같은 자연의 은총과 정면으로 마주하는 소박하면서도 풍요로운 집에서 보내고 싶습니다.” 그는 불편함이야말로 생활의 지혜를 일깨우는 원동력이라고 믿었으며, 이후 2005년 전기, 수도, 에너지를 자급자족하는 14평짜리 본인의 세컨하우스를 실제로 지었다. 그는 이 오두막을 ‘일꾼의 오두막’이라고 정의했다. 일꾼의 오두막은 전선이나 상하수도관이 외부로부터 연결되어 있지 않다. 대신 오두막 옆 목재를 활용해 발전탑을 세우고 빗물을 담는 수조와 태양광 패널, 풍차를 이용해 필요한 물과 전기를 생산했다. 생활에 필요한 수도는 빗물을 집수해 활용하고 전등과 환기 장치에 필요한 전력을 치밀하게 계산해 하루 7시간 정도 사용할 수 있는 전력을 생산할 수 있는 기술 장치를 마련했다. 그는 집의 가치란 집의 면적이 아닌 편하게 쉴 수 있는 공간의 수라고 말했다. 큰 식탁에 함께 앉아 식사나 담소를 나누는 공간, 구석진 곳에 위치한 아늑한 침대, 어깨 폭만큼 작은 창 아래 책을 읽을 수 있는 선반, 장작으로 불을 지펴 데운 욕조 등 그가 만든 14평의 작은 오두막은 집안일이 주는 행복함으로 차곡차곡 채워져 있다.[19]

언젠가부터 캠핑에 대한 사람들의 관심이 폭발적으로 증가했다. 캠핑에 대한 로망은 자연을 가까이하고 싶은 인간의 내재된 본능이다. 지금 살고 있는 도시의 집은 자연과 철저하게 분리되어 있기 때문에 역설적으로 주말이 되면 엄청나게 막히는 고속도로를 감내하면서까지 자연에서의 삶의 본능을 기억하고자 캠핑을 떠나는 것이다. 최근 '로컬'이 주목받는 이유도 자연과 멀어진 도시가 가장 큰 원인이기에, 앞으로는 자연과 적절히 관계를 맺는 자급자족의 집이 두각을 나타낼 것이다. 자급자족의 집은 미래 생존을 위한 집이기도 하지만 자연의 은총을 정면으로 마주하는 소박하고 풍요로운 집이기도 하다. 많아서 충분한 것이 아니라 자족하기 때문에 충분한 삶의 태도는 기후위기 시대 집의 덕목이다.

유연한
집

참 힘든 시대에 살고 있다. 세상의 변화 속도를 보고 있자면 영화에서나 나올 법한 달리는 기차에 올라타는 듯한 기분이 든다. 집만큼은 변하지 말았으면 했지만 어느새 집도 변하고 있다. '아냐! 난 바뀌지 않을 것이고 집도 마찬가지야!'라고 결심할 수도 있다. 하지만 어느새 우리는 재택근무를 일상으로 받아들이며 외식도 자주 한다. 집은 사무실이 되고 주방은 제 기능을 잃어간다. 세탁 배달 서비스가 너무 편리한 나머지 세탁기를 치워버리고 그 자리에 수납장을 넣을 고민을 한다. 다양한 플랫폼은 '일상의 외주화'를 가속화하고 집을 변화시키고 있다. 거실에 위치한 TV가 절대 바뀔 수 없는 규칙이라 여겨지는 때가 있었다. 하지만 스마트폰이나 노트북으로 개인 공간에서 콘텐츠를 보는 것이 가능해졌다. 어느 순간 TV 앞에는 부모님만 덩그러니 앉아 있다. 팬데믹, 100세 시대, 가족이라는 개념의 변화, 출생률의 하락 등 너무 거대한 이슈가 동시다발적으로 튀어나와 나의 의지와는 상관없이 집을 변화시키고 있다. 이 변화의 순간을 정확히 눈에 담고 싶지만, 우리가 알고 있는 익숙한 집의 모습은 역사상 가장 빠른 속도로 변화하고 있다.

사실 세상의 변화가 아니어도 개개인의 집은 끊임없이 변화한다. 사람이 태어나고 자란 뒤 나이가 들어 결국에는 죽듯이, 집 역시 동일한 주기를 반복한다. 부부가 살던 집에 아이가 태어나면 집 전체가 아이를 중심으로 변화한다. 그 아이가 자라서 분가를 하면 집은 또 다른 새로움을 맞이한다. 요즘은 집의 의미를 자산적 가치나 보호를 위한 기능적 도구로 여기기 때문에 가족과 나의 역사를 함께하는 집의 서사를 느끼지 못하는 것에 아쉬움이 크다. 대부분의 사람은 병원에서 아이를 낳고, 결혼식장에서 결혼을 하고, 병원에서 장례를 치른다. 하지만 불과 수십 년 전만 하더라도 출생과 관혼상제가 모두 일어나는 공간은 바로 집이었다. 내가 태어나고 결혼하고 죽는 장소가 집이라는 생각만으로도 집은 더욱 특별해진다. 관혼상제가 집과 분리되면서 나와 집 사이에 일어나던 마법은 조금씩 희미해졌다. 관혼상제는 단순히 그 집안만의 행사가 아니라 마을 전체의 행사였지만 이제는 그런 모습을 더 이상 찾을 수 없다. 함께 기뻐하고 슬퍼할 이웃이 있는 집과, 누군가 세상을 떠나도 전혀 소식을 알 수 없는 지금의 집은 참으로 메말라 생기 없어 보인다.

최근 일어나고 있는 집의 변화 중 이전에는 없었던 유형이 하나 있는데, 바로 공유주거다. 집에 혼자 살든, 여럿이 모여 살든 간에 생활에는 많은 모든 것이 필요하다. 공유주거는 '따로 때론 같이'를 표방하는, 효율과 약간의 소심한 이웃 간의 커뮤니케이션 실험이다. 여기서 '소심한'이란 수식어는 자발적으로 일어나는 커뮤니케이션이 아닌 마치 소개팅과 같은 인위적인 모임에 대한 개인적인 안타까움의 표현이다. 사실 공유주거는 사업 모델로서는 새로운 개념이지만 우리가 현재 거주하고 있는 아파트, 빌라, 다세대주택 등 모든 장소에 존재한다. 집 베란다에서 삼겹살을 구웠는데 그 연기가 윗집으로 올라가 시비가 있었다는 인터넷상의 글이 크게 이슈가 된 적이 있다. '내 집에서 고기도 구워 먹지 못하는 것이 말이 되느냐?' 라는 의견과 '주변에 피해를 주는 것이니 당연히 매너 없는 행동'이라는 의견이 서로 팽팽하게 대립했다. 과연 공유의 생활 범위는 어디까지일까? 완벽한 타인과 한 방에서 잠을 잘 수 있을까? 아마 대부분은 절대 불가능한 일이라고 대답할 것이다. 하지만 기숙사를 생각해 보라. 기숙사에서는 너무나 당연하게 침실 공유를 받아들인다. 내가 굽는 고기 냄새는 황홀하지만 남이 굽는 고기 냄새는 매우 거슬린다. 침대를 공유하거나 냄새를 공유할 수 있는 것은 '우리'라는 개념의 전제가 필요하다. '우리'라는 공동체의 바탕이 없다면 공유 공간뿐만 아니라 개인의 공간인 집 역시 아무것도 할 수 없는 감옥으로 변할 수 있다. 나중에 이웃집에서 발생할 소음에 항의하기 위해서 음악을 들을 때 이어폰을 사용하고, 친구를 집에 초대하는 것은 상상조차 할 수 없는 일이 된다. 이는 결국 나를 가두는 감옥이다. 반드시 지켜야 할 규칙을 최소화하고, 살면서 발생하는 다양한 문제를 해결하기 위해 입주민들이 지속적으로 만나 자체적으로 수정하고 보완해 나간다면? 간단한 집수리를 함께 한다면? 아마 부정적인 대답이 먼저 튀어나올 수 있다. 그 이유는 공유의 첫 번째 미덕인 주인의식과 함께하는 마음이 없기 때문이다. 규칙만이 모든 문제의 유일한 해결 방식으로 존재하는 세상은 함께 사는 세상이 아니다.

집이 스튜디오가 되거나 일터가 되는 경우가 흔해진 것과 마찬가지로 최근 회사는 오히려 집을 닮아가고 있다. 페이스북이나 구글과 같은 세계적인 기업들은 회사 내 공용공간에서 휴식과 커뮤니케이션이 더 잘 이루어지길 바랐고, 이를 위한 방법으로 집을 선택했다. 집의 편안한 분위기는 마음을 열게 만든다. 실제로 협업의 기회가 없는 낯선 부서가 서로 쉽게 만날 수 있도록 공용공간을 거실처럼 꾸며놓으면 기업의 효율이 크게 오르는 것은 증명된 사실이다. 독서 모임이나 스터디 모임도 회의실보다는 집의 거실과 같은 분위기에서 진행할 때 능률이 올라가고, 비일상적인 파티의 경우도 최근에는 하우스파티와 같은 스타일이 확대되고 있다. 이제 집은 과거의 경계를 벗어나 더 다양한 장소에서 새로운 역할을 하고 있다.

집은 둘도 없는 친구다. 내게 엉뚱한 취미가 생겨도 집은 그대로 받아들인다. 갑자기 반려동물이라는 새로운 식구가 생겨도, 덩치가 큰 화분을 들여도 집은 내가 좋아하는 것을 그대로 받아들이고 심지어 함께여서 행복한 분위기를 만든다. 집의 일부를 취미로 채우는 것은 집과 더욱 긴밀해지는 방법이다. 집은 유연하기에 나의 모든 것을 받아줄 준비가 되어 있다. 앞으로 미래의 집에 가장 중요한 요소는 유연함이 될 것이다. 집의 유연함뿐만 아니라 집에서 사는 우리도 공간을 유연하게 사용할 수 있는 감각을 길러야 한다. 공간 사용의 유연성은 우리 삶의 질을 크게 좌우할 것이다. 집이 변하고 있다.

미래의 집,
하우스비전

미래는 알 수 없지만 어떤 사람은 다른 이들보다 더 선명하게 미래를 보는 듯하다. 미래를 예측하는 사람을 일컬어 우리는 점술가라 하지 않고 전문가라고 칭한다. 경영전문가, 건축가, 산악인 등 한 분야에서 오랜 경험을 가진 사람들은 앞으로 일어날 변화를 남들보다 빠르고 선명하게 볼 수 있으며, 이러한 선명함이 미래의 변화에 대한 확신을 가지게 만든다. 보이지 않는 미래를 선명하게 시각화해서 보여주는 것을 '비전'이라고 하며, 다가올 미래를 실물로 선명하게 보여주는 전시회나 엑스포를 통해 일반인도 그 미래를 선명하게 보고 공유할 수 있다.

근대 건축에서 가장 중요하게 손꼽히는 주택전시회 중 하나는 1927년 슈투트가르트 바이센호프에서 개최된 주택단지 전시회다. 이 전시회에서 건축가 미스 반 데어 로에를 중심으로 바우하우스 교장인 발터 그로피우스Walter Gropius, 베를린 필하모니를 설계한 한스 샤로운Hans Scharoun 등 당대 유명 건축가 17명이 3000여 평 부지에 33개의 단독주택과 공동주택을 선보였다. 전시회의 이름은 너무나 단순한 〈거주〉였다. 전시를 주도한 미스 반 데어 로에는 "우리가 설계한 것은 집이 아니라 새로운 시대의 새로운 삶이다."라고 말했다. 이 전시를 통해 세계의 건축가들과 일반인들은 새로운 시대의 집과 그것이 모인 풍경을 두 눈으로 선명하게 보았다. 실제로 이 전시는 현대 공동주택의 대표 사례가 되었다.

1957년 베를린에서 개최된 국제건축전시회 IBA 57 또한 역사적으로 중요한 주택 전시회 중 하나다. 포르투갈의 알바로 시자 비에이라Álvaso Siza Vieira, 브라질의 오스카르 니에메예르Oscar Niemeyer 등 세계의 유명 건축가들이 대거 참여한 이 전시의 주제는〈내일의 도시〉다. 제2차 세계대전 이후 유럽에서는 전후 복구를 위한 건물이 대거 지어졌다. 이 전시는 생활수준에 대한 대중의 높아진 관심과 더불어 시민의 삶을 반영한 도시의 미래상이 어떻게 건축을 통해 구현될 것인가를 보여주고자 했다. 베를린 국제건축전시회는 도시 전역을 관통하는 조경을 중심으로 일과 주거, 휴식의 관계를 연구하였다. 또 공동체로 살아가는 동시에 개인의 삶도 가능한 적정 규모의 도시 공간, 차와 보행로의 분리 등 현재의 주거와 도시 계획의 밑바탕을 제공하였다.

일본 무인양품의 아트디렉터이자 커뮤니케이션 디자이너인 하라 켄야가 2013년 도쿄에서 시작한 하우스비전House Vision은 다양한 산업 분야의 기업과 건축가가 만나 집을 매개로 가까운 미래의 주택과 생활 모습을 보여주는 전시다. 자동차는 이동성이라는 관점에서, 에너지 기업은 친환경 에너지라는 관점에서 미래를 이야기하지만, 하라 켄야는 집이야말로 테크놀로지, 의료, 물류, 커뮤니티 등을 포함한 모든 산업의 교차점이라 생각했다. 사실 집이 모든 산업의 교차점이라는 생각은 1919년 설립된 바우하우스에서 시작된 것이다. 1918년 제1차 세계대전에서 패전한 이후 어마어마한 부채를 떠안은 독일은 그다음 해 근대 디자인과 산업을 결합해서 국가 재건을 이루기 위해 바우하우스를 설립하였다. 바우하우스는 건축이 근대적 사상과 생활을 담는 총체라고 생각했다. 그리고 가구, 조명, 커튼, 벽지 등 생활 제품과 산업이 건축과 융합·연동되기를 바랐다. 당시 일본은 서구 근대 사회를 적극적으로 수용하며 근대 국가라는 위상을 얻을 수 있는 방법을 적극적으로 모색하고 있었다. 제1차 세계대전 이후 독일, 이탈리아, 일본은 정치적으로 삼국동맹을 맺었고, 일본은 독일의 근대적 사회문화체계를 적극 수용하였다. 자연스레 독일 바우하우스의 디자인 철학은 일본의 교육에 지대한 영향을 끼쳤으며 다마미술대학교, 쓰쿠바대학교는 바우하우스의 디자인 교육을 그대로 이어받았다. 일본이 제2차 세계대전에서 패배한 후 국가 재건과 올림픽과 같은 국가적 행사의 구심점으로 건축을 활용한 것 역시 바우하우스를 모델로 한 것이다. 일반적으로 도로나 항만, 댐 등 사회간접자본과 관련된 토목산업을 국가 부흥을 위해 사용하는 것과 달리 공동주택과 랜드마크 등의 건축을 국가 부흥 수단으로 사용하는 것은 국가의 문화와 자긍심을 높일 수 있어 심리적 부흥에도 도움이 되고 가구, 그릇, 의류뿐만 아니라 보일러, 수도, 위생기기, 주방 등 수많은 분야의 산업도 함께 성장할 수 있다는 장점이 있다. 물론 이처럼 건축을 활용한 국가개발 방식은 기본적인 생활 문화가 뒷받침되어야 한다. 또 이 방식은 자본이 회전하는 시간이 더디다는 단점도 있다.

하지만 더 깊은 사회 분야 곳곳에 양분을 나눌 수 있는 장점도 있다.

하우스비전은 2013년과 2016년 도쿄에서, 2018년 베이징에서, 2022년 한국에서 열렸다. 하라 켄야는 하우스비전을 아시아의 다양한 지역에서 개최하는 이유에 대해 집이란 비록 공업제품일지라도 각국의 상황과 문화, 자연, 산업 환경에 따라 달라지며, 이는 집이란 마치 다른 지역에서 자라난 나무나 열매와 같기 때문이라고 말했다. 또 근대 서구 건축문화가 세계 문화에 도움이 되었다면, 미래에는 자연과 함께하려는 아시아의 건축문화가 세계에 도움이 되리라 기대했다.

2013년 도쿄에서 열린 첫 번째 하우스비전의 주제는〈새로운 상식으로 집을 짓다〉였다. 1981년 지진에 대비한 건축물 구조가 법으로 제정되면서 법이 강화되어 비용이 많이 드는 신축보다는 기존 건물을 매입해 자신의 생활에 맞게 개조하는 리노베이션이 활발해졌고 1인 세대 증가는 이를 가속화했다. 첫 번째 하우스비전에서 선보인 건물은 텐트와 같은 구조에 7명의 건축가가 가변성 있는 내부를 채우는 방식으로 만들어졌다. 이는 당시 일본의 거주 상황을 반영한 것이다. 그중 자동차 기업 혼다와 건축가 후지모토 소스케藤本

壯介가 제안한 집은 전기차가 집 안으로 들어와 다양한 전기 제품에 전기를 제공하고 냉난방 에너지를 공급하는 방식으로, 전기자동차가 집의 일부로 포함되었다. 전기자동차는 배기가스가 발생하지 않고 소음이 없기 때문에 집 내부까지 진입이 가능하다. 최근 전기자동차 공급이 급속도로 늘어나는 추세이긴 하지만 아직 내연기관 자동차와 기능에서 큰 차이가 없다. 하지만 앞으로 전기차와 집의 관계는 더욱 가까워져 주거에 아주 중요한 일부분을 차지하게 될 것이다.

2016년 두 번째 하우스비전도 도쿄에서 개최되었다. 두 번째 주제는 〈분합과 결합〉이었다. 더 이상 분리될 수 없는 1인 세대 증가와 SNS와 같은 새로운 커뮤니케이션 방식이 성장함에 따라 다양한 종류의 커뮤니티나 가족을 만들 것이라는 예상과 함께, 이러한 새로운 흐름이 집에 어떤 기능을 할 것인지를 모색하고자 했다. 두 번째 하우스비전에서는 개인을 뜻하는 Individual에 함께라는 의미의 접두사 co를 더해 함께하는 개인이라는 뜻의 Codividual이라는 신조어를 제시했는데, 이는 혈연이나 헌법상 가족이 아닌 다양한 형태의 동거인이 함께 사는 집을 예견한 것이다. 1인 세대는 혼자가 아닌 새로운 가족이나 커뮤니티의 시작이다. 다이토 건설과 건축가 후지모토 소스케가 만든 임대주택타워는 개인의 공간을 가능한 한 작게 만드는 대신 부엌과 목욕탕, 라이브러리, 아틀리에와 같은 공공 공간을 최대한 크게 만들어 개인 간의 새로운 네트워크 공간을 제안한 것이다.

2018년 중국 베이징에서 진행된 제3회 하우스비전의 주제는 〈신중력New Gravity〉이었다. 중국에서는 E-커머스와 하이테크가 엄청난 속도로 발전하고 있지만, 직장 때문에 지방에서 올라온 수많은 젊은이들이 여전히 무척 열악한 주거 환경에서 지내고 있다. 하우스비전에서는 이러한 '진보의 모순과 현실'을 '신중력'이라고 생각했다. 중국의 화르가구와 건축가 아오야마 슈헤이青山周平가 제안한 '가구의 집'은 방보다 작은 크기의 가구를 놓고 이곳에서 잠을 자는 등 개인적인 공간으로 활용하고, 가구 바깥에는 책장이나 테이블을 놓아 공적으로 사용하도록 했다. 이 가구들에는 바퀴가 달려 이동이 편리하기 때문에 다양한 방식으로 공간을 재배치할 수 있다. 이러한 공간이 모인 빌딩이 있다면 이는 초소형 원룸의 또 다른 대안이 될 수 있다. 이러한 형태의 공간이 베이징이라는 토양에서 발생한 커뮤니티 주택이라는 점은 무척 흥미롭다.

2022년 5월 한국 충북 진천에서 네 번째 하우스비전이 스마트팜smart farm 기업 만나CEA의 후원으로 〈농農〉을 주제로 한 달 동안 진행되었다. 하라 켄야는 "농이라는 콘셉트를

하우스비전은 다양한 산업 분야의 기업과 건축가가 만나 집을 매개로 가가운 미래의 주택과 생활 모습을 보여주는 전시다.

미래에 어떻게 발전시킬지 그 방향에 따라 인간의 미래 역시 달라질 수 있다. 그만큼 매우 중요하고 전 세계가 주목하고 있는 테크놀로지 영역이 농이다."라고 말했다. 하라 켄야는 일본 사회의 가장 큰 문제점으로 심각한 노령화를 꼽았고, 한국의 문제로는 서울 집중화 현상을 심도 있게 지적했다. 서울 집중화가 지역 불균형, 수도권 집값 상승, 인구 집중, 농촌

소멸, 저출산 등 한국이 가지고 있는 사회 문제 대부분의 출발점이다. 농촌에 새로운 커뮤니티나 삶의 방식을 어떻게 만들 수 있을까에 대한 고민은 주택 공급을 통해 주거 문제를 해결하려는 정책과는 다른 접근 방식이지만, 주거 문제와 한국의 서울 집중에 대한 중요한 실마리가 될 수 있다. 이번 하우스비전에 참여한 건축가와 디자이너는 총 9명으로 집뿐만 아니라 식재료 소비와 물류, 농촌의 모빌리티mobility(이동성)를 통한 지역 네트워크 구축 등 다양한 분야에서 로컬의 거주와 '농'이라는 주제를 해석했다. 하우스비전은 실제 대량생산되는 것도 아니고 근사한 현대건축 또한 아니다. 하라 켄야는 '문제'는 달리 생각하면 '가능성' 그 자체가 된다고 말한다. 문제에서 출발해서 가능성으로 이어지는 집이 '하우스비전'이다. 하우스비전은 새로운 주거 방식과 테크놀로지와 전통을 융합시켜 지금까지 없었던 생활 문화를 보여주며 앞으로의 시대에 기여할 수 있는 가치를 지향하고 있다. 하라 켄야는 코리아 하우스비전 이후 소감에서 한국과 일본 모두 도시로의 인구 집중이 큰 문제로 대두되고 있는 중에 농업이 새로운 산업으로 변화하고 있다는 것, 도시 외의 지역과 자연이 앞으로의 미래에 아주 큰 잠재성을 가지고 있는 것을 이번 전시회를 통해 다시 한번 확인할 수 있었다고 밝혔다.

2022 하우스비전 코리아,
재배의 집

2022년 충북 진천에서 열린 코리아 하우스비전은 개인적으로 큰 의미가 있다. 당시 스마트 팜 기업 만나CEA의 사옥과 온실, 양어장을 설계하고 있었는데, 그와는 별개로 동시에 서울디자인재단의 후원으로 하우스비전 연구회 일원으로 여러 건축가와 디자이너와 함께 하우스비전 연구를 하고 있었다. 전시를 위한 스폰서 기업을 찾기 어려워 중단의 위기에서 우여곡절 끝에 만나CEA의 후원으로 코리아 하우스비전을 개최하게 되어 전체 공간의 기획과 전시를 함께할 수 있게 된 것이다.

내가 하우스비전에서 발표한 집의 이름은 '재배의 집'이다. 약 1만 년 전 지구 기온이 상승하고 돌을 갈거나 떼어내 도구를 만들기 시작하면서 인류가 수렵과 채집에서 벗어나 농사를 시작한 신석기 시대를 농업 혁명의 시대라고도 한다. 농업은 인간을 한곳에 정착하게 했으며, 정착은 촌락을 구성하면서 인류 문명의 뿌리가 되었다. 이후 잉여생산을 통해 권력과 교류가 생겨났고, 기원전 4000년 전 인류 문명의 꽃이라는 도시가 만들어진다. 도시가 인류 문명의 꽃이라면 농촌은 인류 문명의 뿌리이고 이것은 하나의 식물과 같다. 〈재배의 집〉은 도시와 농촌의 문제를 각각 해결하려는 태도에서 벗어나 하나의 생명 순환의 관점에서 바라보고자 했다. 2020년 농림축산식품부의 통계에 따르면 귀농을 하는 가장 큰 이유로 도시에서 벗어나 자연 가까이에서 살고 싶다는 것이 뽑혔다고 한다. 도시의 높은 밀도와 외부 공간의 부족은 많은 사람에게 답답한 도시에서 벗어나 자연을 가까이하고 싶다는 로망을 싹트우게 했다. 반대로 농촌에 사는 사람은 문화와 교류의 부족으로 도시에 대한 로망을 갖는다. 도시는 자연에 대한 로망이 있고 농촌은 도시에 대한 로망이 있다면, 도시 문제나 농촌 문제를 각각 바라보는 것이 아니라 도시와 농촌의 로망을 순환의 관점에서 바라보면 어떨까 하는 것이 이번 하우스비전의 핵심이었다.

재배나 경작을 의미하는 cultivation은 culti와 vation이 결합된 단어로, 문화를 의미하는 culture와 어원이 같다. 〈재배의 집〉은 '온실에서 문화를 재배해자'는 타이틀 아래 문화적으로 척박한 농촌의 로망을 실현하면서 도시에서 방문한 사람에게도 농촌의 로망을 실현한다는 생각이 담겨 있다. 로망은 인류 문명을 발전시킨 발전소와 같다. 로컬에 문화를 심는 일은 척박한 땅에 농사를 짓는 것만큼이나 힘든 일이지만 농사는 사실 인류 문화의 근본이었다. 협동과 커뮤니케이션, 교육의 시작도 농사를 통해 발전했고 노동요, 휴식, 현대에 사용되는 수많은 도구도 농사와 연관되어 있다. 인공지능과 빅데이터로 대변되는 4차 산업과, 이를 기반으로 인간과 기술의 융합을 꿈꾸는 5차 산업에 이어, 도시와 농촌·농업의 변화인 6차 산업은 인간의 삶을 급격하게 전환시킬 것이다.

2020년 제92회 아카데미 국제영화제에서 4관왕에 오른 봉준호 감독은 한 인터뷰에서 미국 영화산업의 꽃인 오스카를 '로컬'이라고 표현해 화제가 되었다. 이는 수직적 위계를 가진 기존 사회나 산업에 대한 봉준호 감독의 비판적 시각은 물론, 사고의 시대적 전환이 이루어지고 있음을 단적으로 보여주었다. 도시만이 중심이며 농촌은 로컬로 바라보던 과거의 사고에서 벗어나 다중심적 관점에서 새롭게 바라본다면 도시와 농촌 간의 관계를 새롭게 조망할 수 있다. 실제로 최근에는 산업의 변화와 기후 위기 등의 문제로 탈중심·다중심의 관점이 가속화되는 추세다.

〈재배의 집〉은 식물이 함께 있는 '유연함'이 핵심이다. 처마 밑처럼 비와 햇볕을 피할 수 있는 내부 성격을 가진 외부공간이 있다면 집에서 할 수 있는 행동은 더욱 다양해진다. 취미 활동을 할 수도 있고 집 안에 머물면서도 야외에 있는 듯한 기분에 답답함을 줄일 수 있다. 〈재배의 집〉을 간단히 정의하면 내부와 외부가 유연하게 연결된 공간에 식물과 문화가 함께 자라는 집이다. 자연을 가까이할 때 나타나는 긍정적인 심리효과에 대해서는 많은 연구들이 있다. 텍사스 A&M대학교 로저 울리히Roger Ulrich 교수는 그의 연구에서 풀과 나무를 볼 수 있는 병실에 머문 환자가 그렇지 않은 환자보다 더 건강한 심장 활동, 더 평온한 뇌 활동, 더 빠른 회복 속도를 보였으며 통증 치료는 더 줄었음을 밝혔다. 또한 심리학자 스티븐과 레이철 캐플런 부부Stephen & Rachel Kaplan는 도시보다 자연을 볼 때 시선을 고정하는 시간이 짧아지고 눈동자가 더 빠르게 움직인다고 밝혔다. 자연에 매료

되는 시간 동안에는 애써 주의를 집중할 필요도 없이 명상과 비슷한 효과를 누릴 수 있는데 바로 이것이 '주의회복이론'이다.

자연은 도시의 범죄율을 낮추고 거주 적합성과 행복지수를 높이는 데에도 매우 중요한 요소다. 도시나 집에서 발생하는 자연의 결핍을 실내 디자인으로 다시 채우려는 '플랜테리어'는 본능적인 행동이다. 식물에 맞게 집을 지을 수 있는 경우는 식물원 말고는 없다. 그러니 집에 식물을 기르기 위해서는 우선 식물을 아는 것부터 시작해야 한다. 햇볕이 잘 드는 곳에서 잘 자라는 식물이 있고, 반대로 햇볕이 적어야 잘 자라는 식물이 있다. 습도도 마찬가지다. 그다음 중요한 요소는 환기다. 환기를 하지 않는 공간에서는 식물 주변의 이산화탄소 농도가 떨어져 광합성이 잘 이루어지지 않는다. 게다가 환기는 사람에게도 매우 중요하다. 눈이 건조하거나 숨이 답답한 경우 청소나 환기가 제대로 이루어지지 않은 때가 태반이다. 식물은 하나만 키우기보다 여러 개를 함께 키울 때 더 잘 자란다. 물론 집의 크기를 고려하지 않고 무분별하게 들이는 것은 문제다. 특히 겨울철 월동 준비나 식물이 성장한 뒤의 크기 등을 고려해야 한다. 식물을 잠시 외부에 놓을 수 있는 실외 공간이 있는지, 겨울에도 잘 자라기에 적합한지 등 집의 상태를 고려해 식물을 들여야 한다. 이것이 반려식물에 대한 태도다.

이전 하우스비전에서 소개된 건물들은 모두 임시로 지어진 건물이었다. 하지만 2022년 한국에서 개최된 하우스비전은 전시회가 끝나도 지속적으로 사용할 수 있는 실제 거주 공간이다. 전시회장에 전시하는 건물과 함께 하우스비전 코리아를 지원한 기업 만나CEA 사옥과 스마트팜이 함께 위치해 있다. 평균 연령 30대 초반의 직원 50여 명이 만나CEA에서 일하고 있는데, 이들은 사업을 진행하며 느끼는 가장 큰 어려움으로 문화와 교류의 부재를 꼽았다. 이들의 회사는 농촌에 위치한 탓에 장기간 근무할 직원을 영입하는 데 큰 어려움을 겪고 있었다. 이를 해결하기 위해서는 농촌 기업의 지속가능성을 이루어내야 하는데 나는 그 해답이 문화에 있다고 생각했다.

〈재배의 집〉은 일하는 사람과 외부에서 이곳을 방문한 이들이 함께하며 다양한 문화를 채워나갈 수 있는 공간으로 구성하였다. 우선 의자 높이에 맞춘 커다란 데크가 조경 사이사이에 넓게 펼쳐져 있다. 이는 시골의 평상을 모티브로 한 것으로, 시골 평상은 마을의 쉼터이자 커뮤니티의 중심 공간

〈재배의 집〉을 간단히 정의하면 내부와 외부가 유연하게 연결된 공간에 식물과 문화가 함께 자라는 집이다.

인 데서 착안하였다. 이 데크에 앉아 있으면 눈높이에 맞추어 높고 낮은 구릉을 마주할 수 있다. 그곳에는 이끼가 낀 바위를 두고 고사리를 심었다. 또 이 데크들을 〈재배의 집〉 안쪽 공간까지 진입하도록 설계했는데, 이는 사람들이 의외로 공간의 구석을 사적인 커뮤니케이션 장소로 선호한다는 점을 고려한 것이다. 또한 설계 당시 진천군을 조사하면서, 예식장이 부족해서 예약이 무척 어렵다는 사실을 알게 되었다. 하여 데크의 중앙에는 무대를 만들어 작은 결혼식이나 공연이 가능하도록 했다. 이 외에도 식물로 둘러싸인 가로세로 5m 남짓한 공간을 네 곳 정도 마련해 전시나 회의, 책을 볼 수 있는 공간으로 꾸몄다.

사람들의 일상과 자연, 문화가 함께하는 〈재배의 집〉은 도시와 농촌의 로망이 모두 실현될 수 있는 집합소다. 문화를 심는 일은 식물을 재배하는 것처럼 시간과 정성이 반드시 필요하다. 그렇기에 전시가 모두 끝난 지금이야말로 〈재배의 집〉이 진정으로 시작되었다 할 수 있다. 식물이 자라는 것처럼 〈재배의 집〉이 성장해 도시와 농촌의 로망으로 자라나길 기대한다.

08

아름다움과 생명과 집

조경의 마음

적은 비용으로 생기 있는 집을 만드는 가장 좋은 방법은 바로 화분을 들이는 것이다. 식물은 건조하고 딱딱한 집의 분위기를 마법처럼 부드럽게 바꾼다. 창가에 놓인 화분은 새로운 집의 풍경을 만들고, 화분으로 생긴 빛과 그림자는 집에 또 다른 멋을 선사한다. 식물을 키우는 데 환기가 필수이기에 때때로 잊어버리기 쉬운 환기도 챙길 수 있다. 화분 하나가 집에 미치는 영향은 실로 놀랍다. 그렇다면 우리가 식물과 가까이하고 싶은 마음은 어디에서부터 비롯된 것일까?

우리가 흔히 말하는 조경은 경景을 조성하는 일이다. 그렇지만 '경'이 뜻하는 바가 무엇이냐는 질문에는 언뜻 떠오르는 것이 없다. 한자어 '경'의 뜻을 사전에서 찾아보면 '빛나다'는 의미와 함께 '그림자'가 함께 있다. 단어는 으레 식별을 위해 이름이 붙기 마련인데 상반되는 빛과 그림자라는 의미를 함께 쓰는 것이다. 단어의 개념으로는 이해하기 힘들지 몰라도, 세상 모든 사물이 빛과 그림자가 함께 있을 때 식별이 가능하다는 점에서 '경'은 자연의 빛과 그림자에 반응하는 사물을 의미한다. 하지만 '모든 사물이 경인가?' 라면 그렇지 않다. 사전에서 경은 '일련의 아취를 가진 형식'이라 정의한다. 아취는 맑고 바른 취지나 방향을 의미하니, 맑고 바른 방향을 가진 사물이 곧 경이라고 할 수 있다. 여기서 경의 의미를 조금 더 깊이 파악하자면, 경이란 '묘할 묘妙'와 '참 진眞'을 품어야 한다고 했다. 우리는 좋은 자연이나 예술품, 디자인을 보면 빛이나 형태에서 묘한 심미적 감정이 일어나고 기교나 형상을 넘어서 생명력을 느끼기도 한다. 묘妙는 이와 같이 형상에서 느껴지는 묘한 심미적 감성을 의미한다. 차를 마실 때 우리가 다완을 보는 이유는 다완은 변하지 않지만 다완을 대하는 나의 기분이 달라지는 것을 통해 세상의 이치를 간접적으로 깨달을 수 있기 때문이다. 이와 같은 사물과 나 사이의 관계가 '묘'이다. 또한 진眞은 사물의 형태 안에 담겨 있는 내면의 참모습, 즉 생명을 의미한다. 위에서 이야기한 의미를 모두 종합했을 때 '경'이란 묘한 심미적 감성을 불러일으키면서 맑고 바른 뜻을 품은 생명이다. 경치를 뜻하는 영단어 Landscape의 근원적 의미가 땅의 형상이라면, '경치'가 좋다는 말에는 묘한 심미적 감정과 생명력을 품은 형상, 즉 경景에 이르러서 좋다는 뜻이 담겨 있는 것이다.

어느 한여름 낮, 뙤약볕과 소나기가 수차례 반복되는 요상한 날, 남쪽 강진에서 출발해 해남, 영암, 나주를 거쳐 담양을 여행한 적이 있다. 담양에는 많은 조선시대 정원이 지금까지 생명을 담아 빛나고 있으며, 영산강의 발원지가 있고, 광주의 무등산 지세가 이어지는 아름다운 땅이자, 역설적이게도 조선시대 유배의 장소다. 담양이라는 이름은 연못 담潭과 볕 양陽으로 이루어졌는데, 이름 그대로 한여름 초록으로 우거진 나무 그림자와 햇살을 담은 연못으로 기억되는 도시다. 내가 담양에서 처음 방문한 곳은 명옥헌이었다. '평범한 시골 동네 길 끝에 무슨 정원이 있다는 거지?' 라고 생각하던 찰나, 얼핏 봐도 둘레가 100m 이상 되어 보이는 커다란 연못이 나타났다. 연못 주변에는 크고 아름다운 배롱나무가 즐비하게 늘어져 있어 마치 꿈속에서나 볼 법한 풍경을 이루었다.

'떠나간 벗을 그리워하다'는 꽃말을 가진 배롱나무는 7월부터 9월까지 100여 일 꽃을 피운다. 배롱나무가 드리운 연못을 지나면 감춰져 있던 부드러운 경사면에 소나무 군락과 함께 명옥헌이 모습을 드러낸다. 이러한 형태의 정자를 별서別墅라고 하는데, 지금의 별장과 용도는 비슷하지만 그 정서는 매우 다르다.

'별서'에 쓰인 별別은 다르다는 의미로 별세계와 같이 독특하고 일반적이지 않은 것을 뜻하고, 서墅는 말 그대로 농막이나 원두막 같은 조촐하고 보잘것없는 건물을 뜻한다. 과수원의 원두막은 과수원의 풍경이나 기능을 방해하지 않는다. 최소한의 기능과 구조로 만들어진 원두막에 앉으면 과수원의 풍경과 내가 하나 되고 동시에 별세계에 있는 듯한 기분에 잠시나마 고된 현실을 잊는다. 별서는 건물의 존재가 드러나지 않고 자연과 함께하기 위해 조용히 스며드는 건축이다. 그렇다면 왜 별서를 짓는 것일까? 그저 자연 속에서 산이나 바다를 즐기는 것으로는 부족한 걸까? 조경은 자연 그 자체가 아니라 '인간과 자연이 관계 맺는 행위'다. 험한 지형에 설치된 정자는 벽이 없이 지붕과 기둥으로만 만든 최소한의 구조를 가진 건축물이다. 험한 산 위의 정자는 바다의 등대와 같은 역할을 하고 정자에 앉아 쉬며 바라본 풍경은 내부와 외

별서는 건물의 존재가 드러나지 않고 자연과 함께하기 위해 조용히 스며드는 건축이다.

부 사이의 전이감을 증폭시켜 자연과 인간을 연결한다.

담양에는 조선시대 가사문학의 선구자인 면앙 송순의 면앙정을 비롯한 많은 별서가 있다. 담양은 시詩로 이루어진 도시라 해도 과언이 아닐 정도로 담양을 배경으로 한 작품이 매우 많다. 담양의 풍경에서 시가 탄생하고, 그 시가 다시 풍경이 되는 환경은 상상만으로도 아름답다. 그곳에서의 생활은 문학과 철학, 조경과 건축이 함께 관계한다. 이는 마치 지구적 위기로서 자연과 인간의 새로운 관계 설정이 시급한 현대사회를 위한 지침서같이 느껴지기도 한다.

조경은 그저 존재하는 자연이 아니라, 자연과 나의 정신 사이의 관계 맺기다. 향이나 바람, 주변 환경에 대한 세심한 관계 맺기 없이 그저 시각적인 아름다움을 위해 꾸며진 조경은 오래지 않아 생명을 다한다. 그리고 생명이 다한 조경은 건물의 생명마저 다해 보이게 만든다. 집 안의 화분을 정성껏 돌보는 생명마음에서 시와 노래는 마음으로부터 흘러나온다. 하늘도, 바람도, 소리도, 집도 '경'의 일부이며, 이 경을 만드는 행위가 조경이다. 집에 바람을 들이는 것도, 햇빛을 들이는 것도 조경이다. 집을 생명으로 대하는 태도가 조경이고 조경의 마음은 내 주변의 생명을 맑고 바르게 돕는 마음이다. 자연은 풍경을 만들고, 풍경은 시를 만들고, 시는 노래를 만들고, 노래는 춤을 만들고, 춤은 숨을 만들고, 숨은 다시 자연을 만든다.

아름다움에 기준이 있을까?

건축가는 저마다 디자인하는 방식이 모두 다르다. 나의 경우 집을 설계할 때 스스로 질문을 던지고 그 답을 찾아가는 방식으로 건축을 한다. 이때 늘 나에게 묻는 세 가지 질문이 있는데 그중 하나가 바로 '아름다움'이다. 아름다움에는 기준이 있을까? 나에게 아름다운 것이 상대방과 사회에서도 아름답게 받아들여질 수 있을까? 아름다움의 감동은 얼마나 지속될 것인가? 후각이나 미각에서 아름다움은 무엇일까? 감각적 아름다움을 넘어선 아름다움은 어떤 것일까? 이러한 질문이 머리를 어지럽힐 때마다 나는 모든 생각의 부유물을 가라앉히고 누구나 인정하는 아름다운 순간을 떠올린다. 광활한 대자연의 거대함, 인간의 한계를 넘어선 예술 작품은 경외감과 함께 아름다움을 선사한다. 자식에 대한 어머니의 사랑, 자신의 생명을 내어주는 희생정신 등 숭고한 아름다움은 가슴을 저리게 한다. 자연과 윤리, 태도, 진리 등은 인간의 부족함을 일깨우고 지속 가능한 관계를 만들어낸다. 아름다움은 이 모든 것을 담으려는 노력이자 표현의 형태가 아닐까? 하지만 더 객관적인 아름다움의 기준은 없는 것일까?

많은 사람이 공감하는 아름다움에는 일정한 규칙이 존재할 것이라 믿은 고대 그리스 철학자들은 우주나 자연, 사물, 인간 모두에게 적용할 수 있는 절대 법칙을 탐구했다. 그들은 미가 가지는 속성 중 다음 세 가지를 중요하게 여겼는데 그중 첫 번째가 바로 하르모니아Harmonia다. 하르모니아는 군신인 아레스와 사랑의 여신 아프로디테의 자녀로, 힘과 사랑의 조화를 상징한다. 하르모니아는 테비아를 건설한 카드모스와 결혼하는데 이는 신과 인간의 조화로 의미를 확장할 수 있다. 두 번째 미의 속성은 절대적 대칭 질서인 심메트리아Symmetria다. 심메트리아는 원을 포함한 대칭으로, 축을 기준으로 양쪽 절반이 형식적으로 정확하게 일치하는 상태다. 자연의 모든 생명은 대칭 구조를 가지고 있기에 완벽한 대칭을 이루는 것이 절대적 아름다움이라고 생각한 것이다.

고대 그리스 철학자들이 생각한 세 번째 미의 속성은 에우리드미아Eurhythmia다. 상호 보완적인 관계를 포함한 감각적인 질서라 할 수 있는데, 에우리드미아는 미술이나 음악에서 감각적이고 상대적인 아름다운 비례를 찾는 것으로 이해할 수 있다.

고대 그리스의 철학자들은 아름다움 외에도 만물의 근원이 무엇인지 파악하는 데 열중하였다. 이 중 고대 수학자 피타고라스Pythagoras는 수Number를 통해 만물을 설명할 수 있다고 믿었다. 그는 소리에도 수학적 질서가 있다는 믿음으로 소리의 원리를 찾았는데, 그것이 '피타고라스 음계'이며 이는 지금의 12음계의 바탕이 된다. 그는 보이지 않는 소리에도 구조적으로 조화와 비례가 있기에 아름다울 수 있고, 이것이 미의 진리라고 생각하였다.

어떤 이는 앞서 말한 아름다움을 구성하는 세 가지 요소가 단순히 조화, 대칭, 균형이라 여길 수도 있다. 하지만 우주의 모든 생명과 사물에 내재된 원리라는 관점에서 바라보면 이 세 가지 요소는 다르게 다가온다.

이탈리아 르네상스 거장 레오나르도 다빈치Leonardo da Vinci의 그림 중 원과 사각형 안에 팔과 다리를 벌린 사람을 그린 인체도는 매우 유명하다. 이 인체도 속 인물의 이름은 비트루비우스Vitruvius인데, 그는 1세기 로마 건축가로 건축, 도시, 토목, 재료, 기계 등 방대한 산업과 건축 전반에 관한 《건축십서》를 쓴 인물이기도 하다. 고대 그리스와 로마에 대한 관심이 급증하던 르네상스 시대, 이 책은 다시금 엄청난 관심을 얻는다. 《건축십서》의 내용 중에는 인체도가 포함되어 있었고, 다빈치 역시 이 책을 읽고 비트루비우스맨을 그리고 연구했다. 다빈치의 인체도에는 인체가 기하학과 비례, 대칭, 균형의 산물이라는 인식이 드러난다. 또 최초의 철학자 프로타고라스Protagoras 역시 인간을 만물의 척도라고 말하며 신과 가장 닮은 인간이야말로 만물의 기준이 될 수 있다고 주장했다. 고대 그리스의 인체 조각이 몸을 모두 드러내는 이유도 인간이 가장 아름답다는 사고가 바탕에 있기 때문이다. 성당이나 시청 등 도시의 주요 건축물들은 기단, 기둥, 기둥과 보를 받치는 주두 사이의 비례, 건물의 입면과 평면까지 모두 신체 비례를 기준으로 만들어졌고 이런 전통은 고대 그리스에서 20세기 근대 건축까지 동일하게 적용되었다. 절대적인 미의 기준인 대칭과 비례에 따른 균형과 조화는 유럽 건축이 갖는 아름다움의 핵심이다. 그리고 이러한 영향력은 현대 건축에까지 적용되고 있다. 하지만 이와 같은 수학적 비율의 기하학적 원칙이 아름다움이라고 정의하는 태도 역시 아름다움에 대한 다양한 정의 중 하나일 뿐임을 명심해야 한다.

근원적으로 우주의 질서를 아름다움의 기준으로 삼는 것은 동서양은 물론이고, 아랍 문화권에서도 동일하게 적용된다. 불교에서는 분별심이 없는 상태일 때가 가장 아름답다고 여긴다. 아름답거나 추하다는 판단은 분별하려는 마음에서 나오고, 이 분별은 선입견이나 사심에서 비롯되기 때문에 참된 세상의 아름다움에 접근할 수 없다는 것이다. 이러한 분별없는 마음을 불교에서는 '무심'이라고 표현한다. 그렇다면 아무런 판단도 하지 않는 무심한 상태에서 어떻게 아름다움을 찾을 수 있을까? 무심은 무관심이나 생각을 하지 않는 상태를 말하는 것이 아니다. 오히려 아름다움의 본질에 다가가기 위해 자신이 알고 있다는 믿음을 다시 한번 되돌아보는 것이다. 또 아름답거나 아름답지 않다는 이분법적 사고에서는 진정한 아름다움을 알 수 없다는 것이다. 세상 만물의 어려움이나 궁핍함을 외면하는 권력은 아름다움의 본질 밖에 있다. 우주적 조화로움의 관점으로 인간의 사고가 확대된다면 지구 생명에까지 아름다움과 연민이 확대될 수 있다는 믿음, 바로 그것이 불교에서 말하는 아름다움이다. 그렇다면 물건을 만들거나 집을 지을 때 무심의 태도는 어떤 것일까? 의자를 만드는 사람이든 페인트칠을 하는 사람이든 매일매일 그 일을 하다 보면 그 과정에서 느끼는 미적 감성이 자기도 모르는 새에 조금씩 생겨난다. 매일 하는 일이지만 어느새 몰입하게 되고 그것을 머리가 아닌 몸이 알게 된다.

도교에서는 형태가 자연의 순리를 따르며, 자연의 순리를 따른 사물의 미적 특성은 미추로 구분할 수 없다고 했다. 동양화 중 〈괴석도〉는 돌을 그린 그림이다. 괴석은 형태가 기괴하여 아름답거나 추한 것을 구분하기 모호하다. 과거 동아시아에서는 괴석을 관상용으로 정원에 두고 바라보았다. 괴석은 주로 바닷가나 바다 깊은 곳에 있는 것을 육지로 가져온 것으로 오랜 세월 바닷물의 흐름에 의해 생긴 구멍이 여기저기 파여 예측할 수 없는 모양을 만들어낸 상태다. 돌은 물과 정반대로 단단하지만 오랜 세월 동안 물의 흐름을 온몸에 새긴 괴석은 변화하지 않지만 바라보는 사람은 괴석을 만든 물의 흐름을 상상하면서 무한한 변화를 느끼게 된다. 괴석을 통해 자연은 끊임없이 변화한다는 것을 자각하고, 물과 돌, 비워진 것과 채워진 것, 허와 실 사이의 관계를 통해 우주의 질서를 은유적으로 이해할 수 있는 상태가 도교의 아름다움이다. 여기에 더불어 도교에서는 그릇이란 비어 있을 때 쓸모가 있고, 집 역시 비어 있는 상태일 때 사용 가능하다는 '무용한 것이 유용하다'는 유무의 관계성은 도교에서 가지고 있는 독특한 미적 태도다. 없음을 통해 아름답다는 사고는 무를 통해 유를 생각하게 되고, 만드는 것과 사용하는 것 사이의 관계, 시간 속에 사물이 존재하는 방식, 주변을 살피는 태도 등 다양한 미적 태도를 야기한다.

플라톤은 미란 이데아Idea라는 진리의 세계를 모방한 가짜이며 욕망을 담고 있어 인간을 타락시킬 수 있기 때문에 아름다움을 경계했다. 그렇다면 우리는 왜 아름다워지려고 노력하는 것일까? 도대체 아름다움이란 무엇일까? 플라톤이 생각한 대로 아름다움이 인간의 욕망만을 채우기 위해 존재한다면 미는 결코 우리의 삶을 온전히 채우지 못할 것이다.

아름다움은 나와 다른 생명과 의식 사이에서 발생하는 역동적 사건이다. 이러한 관점에 따르면 아름다움이 없는 인간의 삶이란 생명이 없는 무채색에 가깝다. 소설가 무라카미 하루키는 "주변을 주의 깊게 둘러보라. 세계는 따분하고 시시한 듯 보이면서도 실로 수많은 매력적이고 수수께끼 같은 원석으로 가득하다"라고 미와 일상의 관계를 말했다. 우리는 퇴근길 힘들고 지칠 때 우연히 거리에 핀 벚꽃을 보며, 한

강의 반짝이는 햇살을 보며, 마음에 들어오는 노래 가사를 느끼며, 주말 오후 해 지는 모습을 보며 매 순간 삶의 위안을 얻는다. 우리에게 아름다움이 없다면 삶의 위안이나 의미 역시 없다는 생각이 든다.

* 이 글은 《GQ》 2023년 05월 호에 〈메리 크리스마스, 미스터 사카모토. 아름다움은 무엇인가?〉로 소개된 글을 바탕으로 합니다.

전해지는 미의식

한국의 미美를 떠올리면 대표적으로 언급되는 것이 고려청자와 조선백자다. 그런데 고려청자나 백자가 우리의 생활과 어떤 관계가 있을까 생각해 보면 언뜻 떠오르는 것이 없다. 오랜 세월 축적된 사물이나 양식, 태도, 사상 등이 현재 생활에도 영향을 끼치는 것이 전통이라면 고려청자나 백자는 그 자체의 미감을 즐기는 일부 마니아와 장인에 의해 보전되는 전통일 수는 있으나 아쉽게도 현재 우리가 일상생활 속에서 느낄 수 있는, 한국을 대표하는 보편적인 전통이라고 할 수는 없다. 이해나 공감 없이 우리 것은 소중한 것이고 좋은 것이니 청자나 백자 그릇을 많이 쓰게 한다고 해서 일상생활이 아름다워지는 것 또한 아니다.

일본을 대표하는 미를 떠올려보면 고려다완이 있다. 고려다완은 일본에서는 국보문화재다. 특이한 점은 고려다완이 일본 국보문화재이지만 우리나라에서 만들어서 건너가거나 일본으로 간 도공에 의해 만들어졌다는 것이다. 일본에서는 4~6세기 부여와 백제의 귀족들이 일본으로 건너가 이들 상당수가 귀족이 되었다. 특히 불교가 전파되면서 우리 문화에 대한 관심이 높아졌고 당시 최고의 하이테크 제품인 도자기도 그중 하나였다. 고려다완은 16세기 말 임진왜란을 일으킨 도요토미 히데요시豊臣秀吉의 다도 선생인 센노 리큐千利休가 화려한 차 문화의 대안으로 소박한 와비사비わびさび라는 차 문화를 정립하면서 고려다완은 대표적인 차 문화의 상징물로 자리 잡았다. 일본의 국가대표 같은 고려다완은 일반인들은 잘 모를 수도 있겠지만 놀랍게도 일본의 근대 디자인은 물론이고 한국에서도 잘 알려진 무인양품이라는 브랜드에까지도 그 태도가 이어져 있다.

센노 리큐는 참선의 수행을 통해 얻는 깨달음을 궁극적인 목표로 삼은 선불교의 스님이었다. 그는 꽃 한 송이가 꽂힌 꽃병, 작은 족자, 다다미 두 장이 깔린 아주 작은 다실에서 고려다완을 활용해 차회를 열었다. 그는 이렇게 극도로 절제된 소박한 공간에서 차를 마시는 행위를 참된 선을 수행하기 위한 방식으로 활용한 것이다. 깨달음이란 모든 집착에서 벗어남을 의미하며 깨달음을 이루어야 한다는 것조차 집착이다. 이런 모순을 해결하기 위해 일상의 모든 행위를 집착에서 벗어나기 위한 수단으로 활용하는 것이 바로 수행이다. 초기에는 수행이 스님들의 일이었지만 시간이 지남에 따라 보편화되었고 사무라이도 차를 마시는 행위를 통해 정신을 가다듬었다. 이후 이러한 수행의 개념이 점차 대중에게까지 확대되면서 식사를 하는 행위, 옷을 입는 방식 등 거의 모든 일상생활에 선사상이 스며들게 되었다. 일반 대중도 이런 일상이 아름답다고 생각하기 시작한 것이다.

근대 일본의 불교학자인 스즈키 다이세쓰鈴木大拙는 동양의 불교 문화를 서양에 전파한 인물로, 인도의 달마가 중국에 선불교를 전파했다면 그는 에리히 프롬Erich Fromm, 카를 융, 올더스 헉슬리Aldous Leonard Huxley 등 서양의 많은 철학자, 심리학자, 종교학자에게 영향을 주었다. 일본의 근대 산업화인 메이지 유신 때 불교는 오랜 세월이 지나면서 미신적으로 타락하여 불교개혁이 필요한 시점이었다. 그는 동경제국대학에서 공부하면서 일본 근대 불교개혁의 선구자였던

코센스님과 그의 후계자 소엔스님에게 선을 배워 다이세쓰라는 법명을 받았다. 그는 1909년부터 동경제국대학 강사를 했는데, 이때 만난 제자가 조선의 문화유산을 사랑한 미학자 야냐기 무네요시柳宗悅다. 야나기 무네요시는 선불교적 아름다움을 추구하여 미와 추의 분별이 없는 무심의 마음으로 만들어져 소란하지 않고 고요히 스스로 존재하는 사물에 진정한 미가 있다고 생각하였다. 귀족을 위한 화려한 물건에는 이런 고요함이나 적적함이 없기 때문에 그는 조선의 목가구나 백자 등을 최고의 미로 삼았다. 고려다완도 그가 생각하는 미와 일치한다. 그는 영국에서 일어난 공예운동을 보면서 일본의 근대 공예운동으로 민예라는 사상을 정립하였고 이것은 일본 근대 디자인 철학의 바탕이 되었다.

놀랍게도 야나기 무네요시의 아들인 야나기 소리柳宗理는 일본의 전통과 현대산업을 접목한 일본 근대 디자인의 가장 중요한 인물 중 하나다. 그는 《민예》라는 잡지를 만들어 전통과 공예, 근대 디자인의 연결을 시도하기도 하고 의자, 테이블, 유리잔, 숟가락, 포크, 주전자 등 일상용품을 비롯하여 자동차와 건축까지 다양한 영역의 활동을 통해 일본 근대 디자인의 근간을 이루었다. 그는 진정한 아름다움은 만들어지는 것이 아니라 타고나는 것이라고 했다. 만일 망치나 톱을 디자인한다고 하면 그것은 꾸밈에서 나오는 것이 아니라 그것의 쓰임으로부터 나온다. 즉 심플함은 기능적인 아름다움에서 나오고 이것을 가능하게 하는 것은 재료의 섬세함, 전해져 내려오는 형태나 사용 방식, 드러나지 않고 헌신하는 외양을 통해서다. 그는 20세기 후반 아버지의 민예운동을 일본의 일상생활에 뿌리내렸다. 이후 무인양품에서 선풍기와 같이 돌아가는 시디플레이어를 만든 나오토 후카사와深澤直人나 요시오카 도쿠진吉岡徳仁 같은 현대 디자이너에게도 그는 큰 영향을 주었다. 나오토는 물건과 사람 사이에 맺는 관계의 아름다움은 극도의 없음을 통해 선명하게 드러나는 선불교의 미의식을 바탕으로 하고 있다. 일본의 대표적인 미의 상징인 고려다완은 찻잔으로 이어진 것이 아니라 미의식으로 전해져서 현대 생활용품과 자동차, 건축뿐만 아니라 국제행사, 출판 등에서 일본 전체의 아름다움을 구현하는 데 구심점 역할을 하고 있다.

우리나라의 찻사발이 일본 미의식의 바탕이 되었다는 사실은 우리에게도 시사하는 바가 크다. 사물은 어떠한 것도 그 자체가 철학이나 태도를 이야기하지 않는다. 일본의 차 문화에서 유래한 와비사비라는 단어 안에는 초라함이나 낙망

사물은 어떠한 것도 그 자체가 철학이나 태도를 이야기하지 않는다.

함, 심심함, 우둔함의 뜻을 가진 한자어가 포함된다. 와비借는 사물이나 공간의 분위기를 이야기하고 고요하고 쓸쓸하다는 의미의 사비寂는 시간적 사건을 의미한다. 한국에서 와비는 한자로 차借인데 우리는 이 한자를 소박함과 유유자적의 의미로 사용하지만 일본에서는 '의도적인 초라함'으로 사용한다. 사비 또한 한국에서는 고요함을 의미하지만 일본에서는 팽팽한 가운데가 움직이지 않는 강한 고요함, 즉 정적靜

寂의 의미가 강하다. 같은 다완을 대하는 한국과 일본의 태도를 비교해 보면 오래된 멋을 대하는 방식이 다름을 알 수 있고, 태도의 차이를 통해 일본과는 다른 다완의 미의식을 찾을 수 있을 것이다.

그것에 담긴 철학과 태도는 또 다른 하나의 창조물이다. 문화는 전파되고 그곳에서 또 다른 방식으로 생명을 꽃피운다. 고려다완의 시작이 우리였음은 분명하지만 이로 인해 우월한 태도를 보이는 일부 몰지각한 태도는 달려져야 한다. 우리 문화만이 최고라는 배타적인 태도는 문화적 꼰대를 만들고 우리가 가장 잘났다고 자랑하는 꼴사나운 모습으로 나타난다. 문화는 기본적으로 서로 교류하고 이를 통해 각 나라에 저마다의 모습으로 뿌리내리면 그곳의 문화로 자리 잡는다. 이러한 문화 교류를 통해 우리는 서로를 이해할 수 있고, 이는 인류의 평화와 화합의 바탕이 된다. 바로 이것이 문화의 힘이다.

청자와 백자가 과거에 속한 문화가 아니라 현재까지도 생명력을 유지하려면 재현이나 보전에 국한된 태도로는 불가능하다. 눈에 보이는 '미'가 아니라 우리의 '미의식'을 이루는 바탕이 되어야 한다. 이를 통해 여러 분야의 사람들이 다양한 방식으로 이를 재현할 때 청자와 백자의 미의식은 그릇과 수저, 가구, 조명, 집과 옷, 음식과 생활 등 우리의 일상을 이루는 아름다움으로 뿌리내릴 수 있을 것이다.

숨집, 바람집

잠시 요가를 배울 때 알게 된 것 중 하나는 우리의 몸이 신을 모시는 신전이고 신과 몸이 만나는 방법은 호흡을 통해서라는 사실이다. 호흡하는 매 순간은 신과 함께하는 순간이며, 호흡이 멈추면 생명이 끝나고 신도 함께 떠난다.

모든 생명은 숨을 쉰다. 하루에 인간이 마시는 공기가 약 11,000ℓ라고 하는데, 이는 1.8ℓ짜리 생수를 약 6000개 쌓아 놓은 양이다. 식물도 혼자 클 때보다 군집으로 자랄 때 호흡과 수분을 나눔으로써 생존에 더 유리하다. 식물은 햇빛과 이산화탄소, 물로 광합성을 이루고 이를 통해 당과 녹말을 만들어 산소를 배출하기 때문에 환기가 되지 않는 환경에서는 이산화탄소가 부족해져 광합성을 제대로 할 수 없다. 또 공기가 정체되어 곰팡이균이 서식하기 쉬운 환경으로 바뀌기도 한다. 결국 모든 생명은 상생을 위한 상호 호흡을 하는 것이다.

사주에서는 사주를 하나의 생명으로 보고 차갑고 따뜻하고 건조하고 습한 정도, 즉 '한난조습'의 조화로움을 기준으로 삼고 살핀다. 인류 최초의 문명도 물이 풍부하고 동시에 건조해 전염병이 쉽게 퍼질 수 없는 곳을 중심으로 발생하였다. 사람도 집도 숨을 쉬어야 살 수 있다. 집의 호흡은 피부 호흡 방식과 가깝다. 벽 사이 공극이 안과 밖의 습도와 온도를 조절하는 방식은 흙집, 벽돌집, 나무집 등 전통적인 건축에서는 당연한 것이었다. 하지만 외부 환경으로부터 몸을 보호한다는 집 고유의 기능이 강화되고 기술이 발전함에 따라 에어컨과 같은 기계 장치로 내부의 온습도를 조절하게 되었고, 점차 우리의 내부와 외부는 철저하게 구분되기 시작하였다.

위대한 근대 건축은 인간에게 효율과 위생을 가져다주었다. 하지만 자연과 함께 생존하는 방식으로 삼기에는 철학과 태도가 너무나 부족하다. 2022년 여름, 영국의 여름 기온이 40도를 웃돌았다. 이러한 기상 이변은 미국, 호주, 인도, 중국 등 전 세계에서 펼쳐지고 있으며 태평양 섬 국가들은 해수면 상승으로 국가의 존립을 위협받고 있다. 2023년 기준, 지구의 평균 기온은 1.2도 상승했고 5년 안에 1.5도 이상 상승할 확률이 60%가 넘는다고 한다. 1.5도는 기상이변의 임계점에 해당하는 온도로 이에 달하면 더 이상 지구를 되돌릴 수 없는 상황에 이른다는 것을 의미한다.

그리스에서는 이러한 지구온난화 문제의 답을 그들의 전통 건축에서 찾았다. 통풍이 잘되는 환경, 빛을 반사하는 흰색 외벽, 넝쿨 식물로 만든 그늘 등 평범해 보이기만 한 방식들은 우리 인간이 수천 년 지구와 함께 공존할 수 있었던 방법이다. 팔만대장경이 보관되어 있는 해인사 장경각은 빛이 건물로 직접 들어오는 구조다. 빛은 실내 온도를 올리는 동시에 건물 뒤쪽에 숨은 그늘을 만들어 온도를 내린다. 이렇게 만들어진 내부와 외부의 온도 차는 건물 내외부에 대류를 일으켜 공기의 순환을 일으킨다. 이 단순한 방식이 800년간 목판을 건강하게 보존한 것이다. 그렇다면 지금, 박물관 수장고에서 800년간 훼손 없이 목재문화재를 보존할 수 있는 방법은 무엇인가? 이 질문에 긍정적으로 확답할 수 있는 이는 없을 것이다. 21세기에 제안하는 해결책은 무언가 대단해야 할 것 같지만 자연과 함께하겠다는 태도 없이는 어떠한 첨단 기술도 또 다른 지구적 문제에 직면할 것이다.

일본 건축가 쿠마 켄고隈研吾는 건축이 대지와 신체를 이어주기 때문에 신발과 같다고 생각했다. 그는 일본이나 아프리카에서는 토방이나 제단 등을 살펴보면 흙을 신성하게 여기는 것을 알 수 있지만, 유럽에서는 흙을 부정한 것으로 생각해 신전을 흙으로부터 분리하고 광장에 메마른 돌을 깔았고, 이러한 대지로부터의 분리가 다다른 종착역이 모더니즘 건축의 필로티라고 말했다.[20] 건축을 뜻하는 영단어 아키텍처Architecture에서 archi의 어원은 근원적인, 훌륭한, 주된, 제일의, 거대한 등의 의미를 갖는다. tecture는 기술이라는 의미와 관련 있다. 두 의미를 결합하면 최고의 기술, 근원적 기술, 거대한 기술이라는 뜻이 된다. 로마의 판테온, 그리스의 아테네 신전의 축조를 이해하고 보면 '최고의 기술'이라는 단어의 의미가 쉽게 이해된다. 이 건물들은 당시 최고의 예술과 공예의 집적이며, 동시에 최고의 기술과 자본의 집적이다.

그렇다면 현대에서의 아키텍처란 무엇일까? 지금의 아키텍처는 A.I. 기술이나 우주 항공 기술이 아닐까. 물론 여전히 대단한 건축 기술을 선보이는 건물도 많다. 하지만 과거와 비교했을 때 상당히 보편화되었다. 현재 한국에는 100만 명 이상의 인구가 거주하는 도시가 11개이며, 중국에는 1000만 명 이상의 인구를 수용하는 도시가 7개나 있다. 지구에 사는 거의 모든 인류가 날마다 도시와 건축을 경험한다. 지구에 사는 수많은 생명 중 호모사피엔스는 위대한 문명과 도시를 만들었고 위대한 건축을 만들었다. 과거의 건축이 신화를 만들고 문명의 수레바퀴 역할을 했다면, 이제는 건축이 통제할 수 없을 만큼 빠르게 전진하는 '문명의 제동장치' 같은 역할을 할 수 있는지 고민할 때가 왔다.

생명철학을 바탕으로 한 건축이 필요하다. 하지만 생명철학은 결코 새로운 것이 아니다. 이미 자연과 함께 하려는 수많은 사상이 존재한다. 생명철학은 형이상학적인 방식이 아니라 오히려 실직적인 실천과 반성에 있다. 집을 짓거나 고치면서 처음 하는 고민의 문장이 '어떻게 집이 숨을 쉬게 만들지?'라면 어떨까? 벽이 숨을 쉬고 집 전체가 환기를 중심으로 계획된 숨집, 아침부터 밤까지 태양을 고려한 별 집, 바람으로 건물의 냉난방을 고려한 바람 집 등에서는 자연이 느껴진다. 너무나도 당연한 이런 생각이 불행히도 현재는 당연한 것이 아니다. 생명건축은 생명이라는 것을 전제로 주변 장소의 목소리를 듣는 건축이다. 태양이 어디서 어떻게 뜨는지,

가장 멀리 보이는 것은 무엇인지, 옆집의 창은 어디에 있는지, 바람의 방향은 어떤지, 벽의 재료는 습도를 조절하는지 빛이 집 안 깊숙이 들어올 수 있는 창의 적절한 높이는 어디일지 등등 이런 생각으로 만들어진 집은 외부와 단절되지 않는다. 집에 조경을 한다고 생명건축이 되는 것은 아니다. 집을 짓고 싶다면 빛과 바람에게 먼저 물어보자. 주변 환경을 곰곰이 생각하고 나무를 심자. 인간이 살 수 있는 지구가 얼마 남지 않았다.

어머니의
밭

개인적으로 'orto madre'라는 인스타그램 계정을 참 좋아한다. 개인적으로 만나 뵌 적은 없지만 계정에 피드를 올릴 때마다 일상과 함께하는 밭과 정원, 직접 만든 음식에 매번 감탄하게 된다. 처음에는 그 아름다움에 감탄하지만 그다음에는 정원과 단단하게 관계 맺은 일상에 감동한다. 'orto madre'를 역사적으로나 개인적으로 어떤 의미로 사용하시는지 내용은 알 수 없지만 어렴풋이 단어의 뜻이라도 알고 싶어 사전을 찾아보았다. '어머니의 밭'. 이 단어는 나의 가슴을 크게 울렸다.

일반적으로 밭은 농작물 자체가 중심이지만 어머니의

밭은 내 식구가 먹을 농작물이란 의미에서 '식구'로 그 중심이 이동한다. 어머니가 생각하는 가족의 범주는 생각보다 넓다. 생명의 숨길이 필요한 아이에게 젖을 내어주는 마음이 어머니의 마음이다. 밭에서 농작물이 자라나면 어머니는 가족 외 주변 이웃과 함께 나누고, 약간은 얄밉지만 왠지 측은한 이웃에게도 손길을 내어준다. 어머니의 마음속에 들어온 모두는 어머니 마음의 품에 안긴다. 'orto'는 이탈리어로 밭을 뜻하지만 동시에 일출의 의미도 갖는다. 동쪽 해가 뜨는 땅은 내세와 미래의 서방정토와는 다르다. 동쪽 땅은 생명이 시작되는 실제의 땅이다.

어머니는 글이기보다 말이다. 어머니의 말은 다시 말로 전해지는데 입말은 계절과 함께하고 그 땅과 함께한다. 글로 된 레시피에는 없는 어머니의 레시피는 영원한 그리움이다. 우리가 쓰는 언어를 모국어라 하고, 영어에서는 mother tongue라고 하는 데에는 심오함이 담겨 있다. 4세까지 배우는 것이 전체 인생의 배움에 80%를 차지한다. 어머니의 젖은 아이에게는 생명줄이며 어머니의 호흡과 말소리를 듣고 아이는 자란다. 아이는 글을 배우면서 세상을 배우고 어느새 어머니의 말은 매일 들을 필요가 없어 보이는 잔소리가 된다. 아이가 어머니의 말을 듣기를 멈추면 어머니는 다시 침묵의

기도로 아이를 보살핀다. 침묵은 생명의 거름이 된다. 존재하지 않는 듯하지만 어느 순간 내 마음이 고요히 멈출 때 어머니의 침묵과 기도가 늘 곁에 있었음을 깨닫는다. 인류의 스승인 예수도, 부처도, 공자도, 소크라테스도 제자에게 글이 아닌 말로 전했다. 말에는 살아 있는 생명의 에너지가 있다. 글은 말에서 나오고 말은 침묵에서 나오고 침묵에서 진리가 자란다.

집은 가꾸는 사람이 주인이 된다. 가꾸는 마음에는 희생이 따른다. 희생으로 다른 생명을 보듬고, 보듬은 생명은 다시 모여 하나의 큰 생명이 된다. 집의 주인은 늘 어머니다. 집 속에 생활을 녹이고 자신의 삶을 녹여 가족을 키우고 밭을 키우고 주변 이웃을 키운다. 우주는 무無에서 출발했다. 가벼운 것은 하늘이 되고 무거운 것은 땅이 되었다. 그 사이에 사람이 있다. 땅은 동서고금을 막론하고 언제나 어머니였다. 하늘은 기운을 주고 땅은 생명을 키운다. 그래서 어머니의 밭은 자라나는 모든 생명의 근원이 된다.

어머니는 우리 마음의 서식처다. 서식은 깃들 서棲와 쉴 식息으로 이루어진 단어다. 요즘 봄기운이 깃든다는 의미가 무엇을 말하는지는 쉽게 파악할 수 있지만 그래서 '깃들다'

는 것이 정확히 어떤 의미인지 물으면 쉽게 답하기 어렵다. 사전에서 깃들다는 '아늑하게 서려드는 행위'를 뜻한다. 그럼 '서린다'는 어떤 뜻일까? 사전에서는 '서린다'를 '어떤 기운이 어리어 나타나는 모습'이라고 정의한다. 기운을 느끼는 것은 일반인이 할 수 없는 신비로운 행위라는 생각과 함께 땅의 기운과 하늘의 기운이라 함은 쉽게 믿을 수 없는 주술과 같은 존재라는 생각이 든다. 하지만 밤 동안 차가워진 땅의 기운과 아침 햇살의 따뜻한 기운이 만나 눈에 보이는 실체가 탄생하니, 그것이 바로 이슬이다. 보이지 않는 기운이 만나 뚜렷한 실체를 만드는 순간은 경이롭다. 서로 다른 두 기운이 어리어 물이 되고 바람이 되고, 이것이 산과 바다를 만들고, 생명을 만든다. '깃드는 장소'는 '기운이 모여 여린 생명이 탄생하는 곳'이다.

우리의 마음속에도 깃드는 순간이 있다. 눈에 보이지 않는 생각이 만나 머리에서 선명한 실체로 떠오르는 순간, 그것이 다시 마음속에 자리 잡아 간직될 때 우리는 어떤 것에 깃든다. 생명이 깃드는 장소인 '서식처'를 잘 되새겨 보면 몇 가지 공통점을 찾을 수 있다. 우선 고요하다. 고요함은 여린 기운이 서리는 바탕이 된다. 소리는 두 사물의 충돌에너지로 인해 발생하기에 기운만이 존재하는 고요한 상태를 방해한다. 두 번째는 적절한 빛이다. 기운이 물질로 변하는 순간에는 빛 에너지가 반드시 필요하다. 마지막으로 적절한 습도다. 고요함과 빛과 습도를 저장하는 곳이 땅이다. 생명이 깃드는 땅은 어머니를 닮았다. 집은 그저 건물이 아니라, 땅에서 자라난 생명이고 어머니의 돌봄을 먹고 자란 생명이다. 밭도 집도 가족도 돌봄 아래서 자란다.

통섭과
생명사랑 디자인

논픽션 부분 퓰리처상을 2회나 수상한 생물학자 에드워드 윌슨Edward Wilson 교수는 생물학과 동물의 사회현상과의 관계를 연구하는 '사회생물학'이라는 분야를 만들었다. 우리가 알고 있는 학문 간의 연계를 도모하는 통섭의 출발점이 바로 이 사회생물학이다. 윌슨 교수는 개미나 영장류 인간과 같은 사회성 생물은 모두 수백만 년 동안 유전자와 자연환경 사이 상호작용의 산물이라고 보았다. 한 예로 전 세계 다양한 지역에 사는 사람들을 대상으로 자연환경 선호도를 조사한 연구에서 지역과 상관없이 모든 사람이 아프리카 동부 사바나와 유사한 환경을 좋아하는 경향이 있음이 밝혀졌다.[21] 그렇다면 사바나의 풍경을 좋아하는 인류의 경향은 어디에서부터 시작된 것일까? 사바나 환경을 선호하는 성향은 인류 생존에 유리한 환경과 그 환경을 몸에 새긴 우리의 유전자 간의 상호작용이 지금까지 이어지고 있는 것이라 할 수 있다.

윌슨 교수는 저서 《바이오필리아》에서 인간이 가지고 있는 본능 중 생명 또는 생명과 유사한 과정에 가치를 두는 타고난 성향이 '생명bio + 사랑philia'이라고 정의했다. 생명에 끌리는 것은 우리 몸에 새겨진 인간의 유전적 본능이며, 자연 속에서 편안함을 느끼는 이유 역시 생명사랑의 본능에서 비롯된다는 것이다. 모든 생명은 서로 연결되며, 이 연결이 끊어짐으로써 발생할 파장을 예측할 수는 없다. 지구상에서 벌이 사라졌을 때 막대한 경제적 손해가 발생하고, 또 이것이 인간의 삶에 얼마나 큰 영향을 끼치는지에 대한 연구는 너무나 편협한 인간 중심 사고다. 지리산 구상나무 한 그루와 관련한 생명 종은 최소 1000여 종이다. 그리고 1000여 종의 생명이 각자 자연환경에 미치는 영향과 이로 인해 지구가 받는 영향을 일일이 계산하는 것은 불가능하다. 그런데 인간이 지구 환경에 살아남기 위해 수백만 년 동안 유전적으로 진화하며 지켜온 생명사랑이라는 본능은 산업혁명 이후 약 250년이라는 너무나 짧은 시간 동안 훼손되고 부정당해 왔다. 그 결과 우리 세대가 살아 있는 동안 인류 종말이라는 감히 상상할 수조차 없는 거대한 재앙이 우리 눈앞에 성큼 다가왔다.

윌슨 교수는 지구를, 미래를, 생명을 지키기 위해 우리 안에 자리 잡고 있는 생명사랑 본능인 '바이오필리아'를 일깨우자고 강조한다. 그는 "모든 생물이 생존을 위해 내딛는 가장 중요한 첫발은 살 곳을 정하는 것이다. 적절한 장소를 찾는다면 그 밖에 다른 것은 수월해진다."라고 했다. 우리가 사는 집은 생존을 위한 가장 첫 번째 단계이고 집, 도시, 직장 등 우리가 사는 공간은 우리의 정신과 육체에 지대한 영향을 미친다. 그리고 이는 우리의 유전자에 각인된다. 우리 인간이 태어난 이유를 극단적으로 표현해 번식이라 말한다면 지금 우리의 일상과 사회적 관계는 후세에 유전적으로도 전달된다.

디자인은 나 자신과 회사, 지역, 사회, 국가의 정체성을 표현하는 방식으로 접근되어 왔다. 하지만 이러한 접근은 이성적이고 시청각적인 분야에 국한되었다. 디자인이 지구와 인간 사이의 관계를 건설하는 일이라면, 지금부터라도 지구의 생명과 인간의 적절한 관계 맺기에 집중해야 한다. 자연과 살아 있는 생명체에 끌리는 인간 본성을 뜻하는 바이오필리아에 바탕을 둔 '바이오필릭 디자인'에 관심을 모을 때인 것이다. '도시가 자연과 단절이 아닌 관계성을 바탕으로 디자인할 수 있는 방법은 무엇일까?', '다른 생물과 인간이 함께 살아갈 수 있는 방법은 어떤 것일까?'라는 큰 디자인 사고에서부터 '우리 집은 생명사랑의 가치와 어떻게 연결될 수 있을까?', '내 방과 거실이 자연과 함께하는 방법은 무엇일까?'와 같은 개인적인 질문까지, 이러한 물음에 대한 답을 디자인을 근간으로 탐구하는 것이 바로 바이오필릭 디자인이다.

집 내부를 인테리어할 때도 바이오필릭 디자인은 얼마든지 적용할 수 있다. 집을 건강과 생명의 관점에서 바라보면 접근의 태도가 달라진다. 인공적으로 포장된 면적을 줄이고 흙이 함께하는 공간으로 전환하면, 또 집집마다 에어컨 가동을 줄이면 도심의 우리는 도심의 열돔 현상을 완화할 수 있다. 바이오필릭 디자인은 태양과 바람이 지나가는 사람의 코트를 벗기는 내기를 하는 동화를 연상시킨다. 바람을 불어 강제로 코트를 날리려고 하면 더욱 코트를 여미게 된다. 내 집에서 시원하게 지내려는 마음이 모여 도시 열돔을 만든다. 정신과 몸의 건강함은 모두 자연에서 온다.

몸이 경직되면 숨을 쉬기 어렵듯, 모든 것이 규격화된 집 안에서는 편안할 수 없다. 공장에서 규격화되어 생산된 도자기는 모양이 다르면 불량품 취급을 받는다. 하지만 공방에서 손으로 직접 빚어 만든 도자기는 모양이 제각기 달라도 불량품이 아닌 차이로 인식된다. 생명이 있는 것은 차이와 다름을 인정하는 것이다. 경직되고 규격화된 집은 생명의 집이 될 수 없다. 집은 우리의 삶이 모두 다르다는 것을 증명하기 위해 존재한다. 건강한 집은 친환경이라는 이름이 붙은 집이 아니라, 생명사랑과 다양성을 실천하려는 태도가 묻어 있는 집이다. 이탈리어 morte는 죽음이고 여기에 반대의 뜻을 나타내는 anti를 더하면 amor, 즉 사랑이 된다. 생명과 사랑은 하나다.

epilogue

건축가가 자신이 살고 싶은 집을 찾는다는 건 상상만큼이나 까다로운 일이다.

꽤 오래전 나는 새로 살 집을 찾고 있었다. 조그마한 마당이 있고 마당 앞에는 모과나무와 장미나무가 있는 집. 탁 트인 전망과 집 뒤에는 산이 있어서 산책도 다닐 수 있고... 하지만 이 조건을 부동산 중개인에게 말하기에는 너무나 비현실적이어서 입이 떨어지지 않았다.

가는 곳마다 맘에 들지 않아 어떡하나 고민하던 중 어느

날 출장길에 오랜만에 고향 집에 들렀다. 그런데 그토록 바라던 조건들이 내가 살던 고향 집에 그대로 있었다.

마음과 무의식에 각인된 고향 집....

난 건축가다.

P.S.

내가 건축가로 활동할 수 있는 자양분은 모두 부모님으로부터 길러졌다.

어머니, 아버지 사랑합니다.

참고문헌

1 찰스 스펜스, 《일상 감각 연구소》, 우아영 옮김, 어크로스, 2022년, p35-36.

2 최낙언, 프루스트 현상: 오직 냄새만 감정과 추억을 자극한다. (2017). ㅍㅍㅅㅅ. https://ppss.kr/archives/24492

3 권태일, 「콜린 로우 '투명성 이론'의 비판적 고찰」. 『건축역사연구』, 15(2), 2006년.

4 민치윤, 심우갑, 「르 코르뷔지에의 '흰벽'에 관한 연구」, 『대한건축학회 2008년도 학술발표대회 논문집』. 28(1), 2008년.

5 니콜라스 카, "너무 많은 소통", 「뉴필로소퍼NewPhilosopher」 vol.1. (2018).

6 집에서 신발을 신는 이유와 벗는 이유. 신발을 신는 나라가 많을까? 벗는 나라가 많을까? (2022). 지식브런치. https://www.youtube.com/watch?v=mqr4-ZVU0UI

7 한국19세기학회, 민은경, 정병설, 이혜수, 《18세기 방》. 문학동네, 2020년, p.18.
8 손세관 《집의 시대》, 집, 2019년, p.290.
9 콜린 엘러드, 《공간이 사람을 움직인다》, 문희경 역, 더퀘스트, 2016년, p.86.
10 구마 겐고, 《구마 겐고, 건축을 말하다》, 이정환 역, 나무생각, 2021년, p.41.
11 조수민, 《빛의 얼굴들》, 을유문화사, 2021년, p.135-150.
12 장지아지, 《중국의 전통조경문화》, 심우경 역, 문운당, 2008년, p.75.
13 콜린 엘러드, 《공간이 사람을 움직인다》, 문희경 역, 더퀘스트, 2016년, p.53-59.
14 에릭 와이너, 《소크라테스 익스프레스》. 김하현 역, 어크로스, 2021년, p.57.
15 김필영, 《5분 뚝딱 철학》, 스마트북스, 2020년, p.360-364.
16 콜린 엘러드, 《공간이 사람을 움직인다》, 문희경 역, 더퀘스트, 2016년, p.92-97.
17 닐스 비르바우머, 외르크 치틀라우, 《머리를 비우는 뇌과학》, 오공훈 역, 메디치미디어, 2018년
18 김필영, 《5분 뚝딱 철학》, 스마트북스, 2020년, p.345-351.
19 나카무라 요시후미, 《집의 초심, 오두막 이야기》, 이서연 역, 사이, 2013년,
20 구마 겐고, 《구마 겐고, 건축을 말하다》, 이정환 역, 나무생각, 2021년, p.64.
21 콜린 엘러드, 《공간이 사람을 움직인다》, 문희경 역, 더퀘스트, 2016년, p.50-52

집생각

초판 1쇄 인쇄 2023년 11월 17일
초판 1쇄 발행 2023년 11월 24일

지은이 김대균
펴낸이 김선식

경영총괄 김은영
콘텐츠2사업본부장 박현미
기획 김민정 **책임마케터** 오서영
콘텐츠사업7팀장 김민정 **콘텐츠사업7팀** 김단비, 권예경, 이한결
편집관리팀 조세현, 백설희 **저작권팀** 한승빈, 이슬, 윤제희
마케팅본부장 권장규 **마케팅1팀** 최혜령, 오서영
미디어홍보본부장 정명찬 **영상디자인파트** 송현석, 박장미, 김은지, 이소영
브랜드관리팀 안지혜, 오수미, 문윤정, 이예주 **지식교양팀** 이수인, 염아라, 김혜원, 석찬미, 백지은
크리에이티브팀 임유나, 박지수, 변승주, 김화정, 장세진 **뉴미디어팀** 김민정, 이지은, 홍수경, 서가을
재무관리팀 하미선, 윤이경, 김재경, 이보람, 임혜정
인사총무팀 강미숙, 김혜진, 지석배, 황종원
제작관리팀 이소현, 최완규, 이지우, 김소영, 김진경, 박예찬
물류관리팀 김형기, 김선진, 한유현, 전태환, 전태연, 양문현, 최창우
외부스태프 디자인 studio forb

펴낸곳 다산북스 **출판등록** 2005년 12월 23일 제313-2005-00277호
주소 경기도 파주시 회동길 490 다산북스 파주사옥
전화 02-702-1724 **팩스** 02-703-2219 **이메일** dasanbooks@dasanbooks.com
홈페이지 www.dasanbooks.com **블로그** blog.naver.com/dasan_books
종이 IPP **출력** 민언프린텍 **코팅·후가공** 제이오엘앤피 **제본** 다온바인텍

ISBN 979-11-306-4894-1 (03800)

• 책값은 뒤표지에 있습니다.
• 파본은 구입하신 서점에서 교환해드립니다.

다산북스(DASANBOOKS)는 독자 여러분의 책에 관한 아이디어와 원고 투고를 기쁜 마음으로 기다리고 있습니다. 책 출간을 원하는 아이디어가 있으신 분은 이메일 dasanbooks@dasanbooks.com 또는 다산북스 홈페이지 '투고 원고'란으로 간단한 개요와 취지, 연락처 등을 보내 주세요. 머뭇거리지 말고 문을 두드리세요.